风云紧急

郑凯英　著

北方文艺出版社
·哈尔滨·

图书在版编目（CIP）数据

风云紧急 / 郑凯英著. -- 哈尔滨：北方文艺出版社, 2025. 9. -- ISBN 978-7-5317-6635-3

Ⅰ. I247.5

中国国家版本馆CIP数据核字第2025T8M501号

风云紧急

FENGYUN JINJI

作　　者 / 郑凯英

责任编辑 / 赵　芳

封面设计 / 邓小林

出版发行 / 北方文艺出版社

邮　　编 / 150010

发行电话 /（0451）86825533

经　　销 / 新华书店

地　　址 / 黑龙江省哈尔滨市道里区田地街106号

网　　址 / www.bfwy.com

印　　刷 / 三河市中晟雅豪印务有限公司

开　　本 / 710毫米 × 1000毫米　1/16

字　　数 / 210千

印　　张 / 16

版　　次 / 2025 年 9 月第 1 版

印　　次 / 2025 年 9 月第 1 次印刷

书　　号 / ISBN 978-7-5317-6635-3

定　　价 / 76.00元

写作，是为了做证。

——托妮·莫里森

自 序

《风云紧急》的主人公陈风，是一位警界青年才俊，如同一颗冉冉升起的新星，受到同行关注，省厅领导读懂了这位后起之秀的才华，并决心锻造这位不可多得的人才，先是起用他在滨州省公安厅的主要处室接受严格的考验和锤炼。陈风不辱使命，战斗在刑侦处、刑事技术处、治安处、经侦处、南方工作站、法制处和禁毒总队。在辗转轮换的工作岗位中，他点燃理想，怀揣着对党和国家的赤子之心，不停地奋斗。多年来，他始终率先垂范，攻坚破难，实现了“一处一辉煌”。先后荣立一等功两次，二等功四次，荣获公安部颁发的“一级英模”称号。

“少年侠气，交结五都雄。肝胆洞，毛发耸。立谈中，死生同，一诺千金重。”陈风与战友共同经历风雨，肝胆相照，诚实笃定伴他成功始终。

大作家巴尔扎克的手杖上写着：“我在粉碎一切障碍。”仔细想来，陈风和他的战友们应该配得上这句名言。毫不夸张地说，他们用才智与果敢，荷枪实弹地粉碎了社会稳定发展中的“一切障碍”。

人生中最光辉的一天，并非功成名就的一天，而是从悲叹和绝望中产生对人生挑战、以意志迈向勇敢的那一天。陈风是公安战线的一员猛将，在指挥台上，他是智者，胸中自存雄兵百万；

在战斗一线，他是勇者，可以燃成一把火，铸成一把剑；在生活中，他以真见性，以柔见情。

时光剪影，追求永恒光芒。我们羡慕并尊重陈风，他已在巨量的工作中取得了不俗的业绩，无愧于我们的国家和人民。

目　录

第一章　从煤城到雪城

北方三月，春寒料峭，乍暖还寒。因在共和国首个大爆炸案中表现突出，一战成名，陈风被滨州省公安厅刑侦大队选中，从煤城市公安局返回阔别已久的家乡雪城。

绿皮火车的车厢里，广播中正在播放《大海航行靠舵手》。车窗外，飞速掠过一幅幅往日熟悉的雪城郊外景色。

这些年来的经历就像窗外快速变换的风景，不停地在陈风脑海中上演。从矿井下掌子面坍塌险些被砸，到午夜时分在坟茔地旁成功抓捕公安部A级通缉犯；从被偷盗团伙围追堵截命悬一线，到破获共和国成立以来首个惊天大爆炸案，陈风经历了太多艰辛和苦难……无数次憧憬重返雪城这一刻的情景，今天这个梦想终于实现了！

火车铿锵有力的一声长鸣打断了他的思绪，前方不远处就是一座典型的欧式桥梁，桥墩拱形处雕刻着具有异国特色的图案。他想起了这座桥名字的出处："长桥卧波，未云何龙？复道行空，不霁何虹？"这便是家乡雪城著名的人文景观之一——霁虹桥。

列车广播员清脆的声音已响遍每节车厢："旅客同志们，列车即将到达本次列车的终点站——雪城火车站……"广播员的话音未落，全车厢的人就骚动起来，风尘仆仆的旅客已经按捺不住想要下车呼吸一口雪城的新鲜空气。陈风将行李从行李架上取下，一想到阔别已久的亲人，他浑身的血液就开始往头上涌，心脏也恨不得顺着嗓子眼跳出来。眼见车厢里的人都拥挤在车门口，连过道上也站满了人，他反而坐下了，不着急了。

站台上，密密麻麻全是人，大家的脸上写满了各种表情，步履匆匆间夹杂着一场又一场的悲欢离合。忽然，陈风的视线锁定了人群中一位飘逸着长发的清纯女子，她的脸被寒风拍打得越发红润，显然她也看见了他。秀儿急切地扑上来，陈风立刻张开双臂抱紧了她。秀儿的肩膀开始颤动，重逢的喜极而泣在脸上绽开了无声的泪花。这对青年男女相拥着，转而笑着离开了站台……

一进家门，母亲便迎上来，她双手拉住儿子，上下端详许久，温柔地抚摸着儿子的脸。“我儿瘦了，人也黑了，个子又长高了！”不等母亲说完，两个弟弟纷纷上前接过哥哥手中的帆布行李袋，那是陈风的全部家当。兄弟俩不停地缠着哥哥，连珠炮似的问这问那：“大英雄回来啦！听说你为破获爆炸案五十多天都没睡过囫囵觉？”“还说你立了大功，才把你从煤城调回省厅的，对吧？”两个弟弟蹦蹦跳跳，连吵带闹，小屋里顿时充满了生机。父亲站在饭桌旁，看着三个成长起来的儿子心里喜滋滋的，但他不露声色，表情依然那么严肃。陈风脱下大衣，走到这个他敬重的男人面前，郑重地举起右手，向父亲敬了个标准的举手礼：“儿子陈风归来，特向父亲报到！请指示！”父亲的嘴角终于露出了微笑。“平安回来就好！”两个弟弟分别效仿哥哥的样子向父亲敬礼，一个将手举过头顶，一个手心向外，拇指尖顶住太阳穴，把站在一旁的秀儿乐得前仰后合。父亲催着母亲："看见儿子了，把你高兴的，快准备饭吧，孩子坐了这么长时间的火车准饿了。"

这本来熟悉的家，由于长久的离开，令陈风心生好奇。墙上挂着他中学时期"三好学生"的奖状，中间是他和弟弟们的合影。一头沉的写字台虽然很旧，但很干净，就连桌上的墨水瓶在略显暗淡的灯光下也泛着干净的柔光。他随手拉开抽屉，里边藏着他的学习笔记和黑色塑料军棋。他情不自禁地翻看这一切，手指触摸到的不只是往日的亲切，还有亲人的温度，以及亲人对他深深的思念。他的眼睛刚有些湿润，就被弟弟们前推后搡地催促着把行李袋打开。他拿出厚厚的牛皮纸大口袋，取出他在煤城七年时间的全部珍藏——七本塑料皮日记本，五张奖状。其中有两张格外耀眼：一张是由煤城市政府颁发的，上面写着"在百日会战中抓捕公安部A级通缉犯，特颁奖状鼓励"；另一张的分量更重，"在破获共和国首个惊天大爆炸案中贡献突出，荣获公安部一级英模称号"。

父亲神情庄重，认真地看着这些文字，眉宇间挂满了不愿叫人察觉的骄傲神情。他用拳头捶了一下儿子的肩膀，说道："你小子真给爹争气，给你爷爷和家族争光！好样的！接下来有什么打算？还干警察？"

"对！还干警察！警察将是我的终身职业！"陈风坚定地说。

"那就好好干，为人民服务！"父亲看着儿子坚毅的眼神鼓励道。

弟弟们见到哥哥，一会儿摸摸他的脸，一会儿摸摸他脸上的胡楂儿，"大哥，讲讲呗，在煤城是怎么抓坏人的？"

"对啊，你怎么肯定那两人是爆炸案的犯罪嫌疑人呢？广播里说，一个年轻警察力排众议锁定犯罪嫌疑人，我一想就是我大哥！”二弟对大哥钦佩有加，迫不及待地催促，“快讲讲吧。”哥仨挤在小屋里，伴着陈风的娓娓道来，惊天大爆炸案的始末也在小屋中重现。

刚刚回到这座颇具风情的城市，久别的游子内心总有些激动。故乡的一切曾经那样熟悉，可环顾四周的改变，再次踏上这片土地时，脚下的触感却引发了很多思绪。

陈风是那么想念这里熟悉的亲友、同学和女友秀儿。“对，和秀儿约会！”回想起前天在火车站两人相拥而行，他的脸庞就开始发烫，“她是我的未婚妻嘛！”他自言自语道。这次见到她，她明显比之前又长高了些，人也更美了，她的变化太大了。

二人相约去亚细亚电影院看电影。一见面，陈风便绘声绘色讲起了这座城市的老建筑，以及城市的许多变化。他们上了有轨电车，“叮当，叮当！”红色的有轨电车缓缓启动，车轮与轨道发出轻微的摩擦声，穿梭在城市的脉络之中。

果戈里大街两侧的欧式建筑将整个街道装点得异常华美。圣·阿列克谢耶夫教堂高大雄伟，引人注目；日本总领事馆矗立在坡上，细节之处尽显折中主义建筑风格。驾驶电车的女司机都是站着开车的，她熟练地将右手的手柄向左转半圈，又向右转半圈，左手一推一拉地挂挡卸挡，电车便急速转弯，又急速前行。随着短促又清脆的铃声，没一会儿工夫，电车就停在秋林公司站台上。人们从四面八方涌来，在路中央排成一行长队，准备上车的人在铁轨一侧站着，当电车停稳后，人们有序地从前门上车，从中门下车。人们在这里汇聚，亦在此处分道扬镳。

陈风和秀儿在这里下车。走到东大直街和果戈里大街交叉口，秀儿被一位身穿白色上衣和蓝色裤子、头戴白色大檐帽的交警吸引了。那位交警笔直地站立在十字路口中央的一个圆台上，手持黑白相间的指挥棒，双手有力挥动，时而伸直手臂指示车辆直行，时而优雅弯曲指引转弯，过往车辆按照交警的指挥井然有序。交警的仪态身姿吸引了许多行人驻足观赏，成为这座城市亮丽的风景线。他身后的街边矗立着一座白蓝相间的圆形小岗楼，别具巧思的圆锥顶涂着天蓝色的漆，那是交警换岗时停留的地方。

陈风和秀儿驻足看了一会儿。“那位交警一年四季承受风吹日晒，真是不简单啊！”秀儿一时不知该怎样表达她的感触。

“每个岗位都是为人民服务，一切为了人民！”陈风有些感慨。两人说笑着走进了亚细亚电影院。《看不见的战线》是正在热映且深受年轻人喜欢的电影。佳人在侧，总会吸引羡慕的目光。秀儿的美是那样与众不同，她白净的皮肤和北方人典型的高挑身材，未绾未束的长发像乌黑的锦缎散在她的身后，优雅合体的衣着，让人很难不多看两眼。一双时时闪动着清澈波光的杏仁眼，她注视你的时候，眼中好似盛满了一汪清泉，微笑时则像弯弯的月牙。陈风的内心满是爱意，可这说不出的满足中又混入了丝丝局促。秀儿依偎在陈风宽大的肩膀上，享受着这份久别重逢的甜蜜。“明天就急着去报到？再休息几天嘛！”说话间，她并没有抬头去看男人那张成熟稳重的脸。

“对，已经回来两天了，尽管领导说了让我多休息几天，但我已经习惯了那种紧张的工作节奏。累的时候真想休几天啊！可现在真休息了两天，却连觉都睡不着。”陈风看着秀儿，温柔地回答道。他何尝不想多陪陪自己的恋人，但一想到工作带给他的紧张愉悦和精神升华，他就想马上投入工作。于是他将秀儿拥得更紧，“我努力工作与学习，为我们共同的美好明天奋斗！”秀儿知道，这个上进的男人，是个有勇有谋、踏实做事、说到做到的人，让他奋斗去，做他的女人就是要懂他、理解他、支持他、放飞他……想到这儿，她喃喃道：“别太拼命，不能累坏了身体啊！”望着那双清澈的杏仁眼，陈风更加坚定了信念，未来人生路上有这样一个明事理、体贴入微的姑娘相伴，没有理由不去奋斗！

初春的北方雪城，夹杂着从西伯利亚刮来的凛冽寒风。

陈风走进滨州省公安厅的时候，正是上班时分。他径直走向厅长翁超凡的办公室，映入眼帘的是一张泛着冷光的实木写字台。一个身姿挺拔、面容严肃的中年男子坐在那里，他头顶的发际线明显地向后退了两厘米，这让他本就成熟的面孔看起来更多了些阅历和沧桑。他穿着利落的警服，肩章上的三颗五角星并排闪烁着银光。陈风想，看样子他就是干刑侦成名的翁超凡。此时，翁超凡正和坐在对面椅子上的人热烈地讨论着什么，见到陈风敲门进来，他连忙站起身走到他面前，“陈风同志是来报到的吧？来，我给你介绍一下，这位是刑侦大队队长肖战。”

“欢迎欢迎！早听说你了，来，快请坐。”肖战热情地和陈风握手并示意他坐下。陈风分别向二人敬礼，随后坐了下来。

翁超凡绕回桌子后面坐下，他戴上一副黑框眼镜，从牛皮纸档案袋里抽出成沓的文件。他认真地翻看着，不慌不忙地说：“陈风同志，你是经煤城公安局举荐，在多起重大案件中有过特殊贡献的年轻警察，也是经滨州省公安厅党委会研究讨论同意接收的唯一一位基层警察。你的档案和有关材料都在这里，我已经看过了，遗憾的是写得过于简单。比如关于抓获公安部A级通缉犯，这里只简略说了说；在打击偷盗‘百日会战’中成绩突出，但也没有写明具体内容；尤其是共和国首个大爆炸案，是你最先锁定嫌疑人！如何推理、如何实施抓捕、如何审讯的过程也都省略了，如何力排众议也只是蜻蜓点水几笔带过。你能就这个惊天大爆炸案详细谈谈吗？你需要准备吗？”

翁超凡把一盒“大前门”推到陈风面前，陈风谢过后掏出自己的“迎春”点燃，他向燃着的烟头凝视了一会儿，便开始讲述那场惊天大爆炸。起初，他说得很慢，好像在琢磨字眼。当往事涌上心头，触目惊心的一幕幕，使他的语速加快，叙述愈加详尽，眼眶也渐渐湿润。

陈风的娓娓道来吸引并打动了翁超凡和肖战，他们一同走进了那场大爆炸案中。聚精会神地听陈风叙述，没有提问题或打断他，二人已经深陷于陈风的讲述中。

……

“啊？这就完了？”翁超凡手中的烟换了好几支，最后一支烟灰已燃了一大截，他向烟灰缸里弹了弹，问道，“陈风，你接下来有什么想法？”

“我中学毕业就去了煤城矿井工作，因为破获了七年未破的大案，有幸进入公安系统。我热爱我的职业，所以我想学习。”陈风满心期待地提出了这样的要求。

翁超凡心中暗想，这是一棵好苗子，有进取心，有责任心。他想起煤城公安局副局长史建民推荐陈风时的那种激动:“他天生就是干警察的料！我给你讲讲他在‘百日会战’中的表现，你就知道他是怎样的人了。”

“陈风生来就是干警察的料……”这是煤城公安局副局长史建民在“百日会战”表彰大会上说的。

刚当上基层民警，陈风总是主动要求干最艰苦的外勤工作。为维护社会治安，他寒来暑往，披星戴月，放弃了节假日休息，客流量大的火车站，人来人往的商场，拥挤不堪的公交车，僻静的深巷，都有他沉稳的身影。只要他在某个热闹的地方一出现，歹徒们立刻就能认出他来，随即落荒而逃。“是他，就是他！快跑！”“被他抓了，没好！”有多少次他化装成矿工去执行任务，头戴一顶矿井帽，也能被盗窃团伙认出来。他脚穿大头鞋，头戴坦克帽，戴个大口罩，还是能被认出来。犯罪分子研究他的步伐、体态、背影和声音，在煤城，陈风的名字一度令他们闻风丧胆。

临近春节，煤城公安开展了打击犯罪的“百日会战”，有三个惯犯因长时间不能得手，蓄意对陈风进行报复。

“我就不信，咱们仨弄不死他。”

“逮住他，就别饶了他，让他尝尝我们的厉害。”

“对，逮住了就灭了他！”

半夜，北风习习。陈风离开喧闹的火车站往宿舍走。夜幕下的煤城，三个歹徒正跟在他的身后，准备和他决一死战。

小胡同里灯光暗淡，陈风见不远处有几个黑影在晃动，他蹲下身佯装系鞋带。三个黑影突然蹿上来，领头的高喊:“是叫陈风吧?

对，就是你！今天你别想活着走出去！”

陈风像豹子一样突然起身，出其不意地向那个领头的下颚猛击一拳，歹徒顿时倒在地上，捂住下巴嗷嗷直叫。剩下两个歹徒，准备给陈风来个左右夹击。不料陈风飞起一脚踢中一个歹徒的要害处，那歹徒哀号着倒了下去。最后一个见势不妙撒腿就跑，“往哪儿跑？”陈风一个箭步跃上去飞起一脚，那个家伙顺势被踢出去三四米远，摔得鼻青脸肿，呻吟不止。陈风乘势将三个歹徒捆绑得结结实实。

这场以一胜三的搏斗在煤城一时传为佳话。同时，陈风节假日失踪的秘密再也瞒不住了。

“讲讲呗，咋练得拳脚这么厉害？”

“我说怎么总有体校和武警部队的人打电话来找他，这是练过啊。”

“原来是练拳击和格斗去了！”

同事们纷纷前来欣赏陈风的一招一式，不禁为之喝彩。有陈风做榜样，年轻刑警中迅速掀起了练功热！

史建民在年终总结会上说：“我曾问陈风，你靠什么制伏歹徒？他说：‘可贵者胆，做警察要临危不惧，勇于献身，这就是胆；所要者魂，做警察就要忠于党忠于人民，这就是魂。在敌暗我明的情况下，调出敌人；面对嫌犯，在最短的时间内制伏他，使他失去抵抗力……’我市凡有杀人、放火、抢劫等大案要案，人家都会看到陈风的身影，他的精神值得我们敬佩和学习。”听完史建民的总结，台下爆发了雷鸣般的掌声，经久不息。

史建民的话还回荡在翁超凡的耳际，翁超凡郑重地说道："因为你在重大案情中英勇无畏的表现，又是党员，我们决定把你调到一个最重要也是最危险的岗位上，陈风同志，这是组织对你的信任。"翁超凡有意停顿了一下，看着陈风的眼睛，敏锐地打量着这个小伙子。

"是！服从组织分配，坚决完成任务。"

"关于学习，你可以一边工作一边学习，只是你要辛苦三年五载喽！"翁超凡鼓励道。

陈风想起井下隆隆的爆破声，掌子面倒塌的瞬间；"百日会战"中被三个歹徒围困，险些出意外的惊险时刻；翠绿的大葱地里，成功推理，追捕挖地洞的窃贼；惨淡的月光下，为抓捕杀人犯，忍受昏暗潮湿、蚊虫叮咬，一夜夜的蹲守；在那个风雪交加的夜晚，茄子河区震耳欲聋的爆炸声……他心中充满对往日的回忆，激动地站起来，坚定地说道："厅长，我会刻苦学习，完成组织交给我的各项任务！"

翁超凡凝视着陈风，语重心长地说道："陈风，这不单单是任务，它应当成为你终身的事业。记住，因为你有纯洁的心和坚定的信念，具备警察需要的精神品质。我期待你成为英雄。"一席话使陈风刻骨铭心，终生难忘。

"组织决定把你派到刑侦大队去工作，就是到最艰苦的前线去，直接同犯罪分子面对面决斗。"

看着眼前的翁超凡和善的面孔，陈风忽然觉得这位厅长有些深不可测。他那双布满疲惫的眼睛，显得执拗而坚决，此时这双眼睛正敏锐地捕捉着自己的情绪。陈风感受到翁超凡肩上的重担和压力，他渴望与这样的领导站在同一个队伍里，与这样精明睿智的人在一起工作，那是自己的幸运！

陈风太熟悉追捕犯罪分子的战斗激情了，那是一种兴奋中夹杂着不安的情绪。他浑身上下每一根神经都颤抖起来，一种无畏的力量在他身上涌动、升腾，他知道在任何时候都不能失掉这种激情。他理了理衣服，将右手举到耳边，向翁超凡行了一个庄重的举手礼。

“厅长，陈风前来报到！”

翁超凡紧紧握住陈风的双手，亲切地说：“陈风同志，祝你工作顺利并取得更大的成就！”

“为人民服务！为国家效力！”陈风严肃地回答道。

“好样的！”翁超凡拍了拍陈风的肩膀，又把视线转向了肖战，肖战立刻走上前，说道：“陈风，上班以后，你能把在基层的种种经历讲给大家听听吗？小城大案，让我们刑侦大队一起学习学习。”

陈风认真地说：“好！就从大爆炸案讲起吧。”

“好！相信这次演讲会成为你走向新工作的起点，为刑侦大队和其他部门送去经验和战斗激情。”肖战鼓励道。

“是！”陈风精神抖擞的脸上现出红晕。

“陈风，明天你要到厅医务室检查身体，没有意外的话，几天后就可以开始工作了。”翁超凡关切地嘱咐道。

第二天，陈风来到厅医务室进行体检。经检查，他的身体各项指标均正常，可以随时投入到新工作中。

当肖战通知陈风可以上班的消息时，陈风的兴奋通过话筒传递过来。肖战马上补充道：“你上班的第一件事，就是给厅里各处各室、各大队干警讲讲煤城发生的大爆炸案，以及其他案件，可以从你从警以来比较典型的案件谈起。记住了，翁厅长也会参加。”肖战细心地嘱托着。

惊天爆炸案

初春的残雪，在蓝天映照下格外耀眼，一栋黄白相间的建筑就矗立在喧嚣的十字路口。走进滨州省公安厅，可容纳五百人的礼堂座无虚席。陈风有些激动，他站在演讲台上，向台下的公安干警敬礼，开始向大家报告那起惊天爆炸案。

冬日，茄子河边的冰碴一丛丛一束束。太阳渐渐收起天际最后一抹紫色。紧靠河边干巴巴的大杨树喘着粗气，农家的炊烟也早早地熄了火。乡间小路上，三五成群的大姑娘小媳妇，老少爷们儿，你拥着我，我扶着你，说着笑着，打着闹着，全然忘了凛冽的寒风和渐渐飘下来的雪，人们只顾朝茄子河区富强大队俱乐部方向走去。

谁家的娃儿蹦着跳着，手上还牵着一条小狗。天边灰蒙蒙的，似乎还有一丝丝光，勾勒出人们的身影，在紫色的天幕下，恍若冰雪构筑的童话世界。

日历翻到1979年12月1日这一页。

茄子河区富强大队除老弱病残以外，全大队近一千人几乎都到齐了，只为赶着去看这场期待已久的流动电影。

富强大队俱乐部里人声鼎沸，热闹无比，那阵仗比过年还要热闹。老汉们卷着旱烟不停地吧嗒，享受吞云吐雾的感觉。高空中悠悠荡荡的小灯泡闪着令人昏昏欲睡的光。老邹家男人见大队书记季福的父母来了，赶快上前，谄媚地说道：“快，您二老坐这里，这里是俱乐部最好的位置。书记不来了？那你们就是今晚的核心。”“来，这儿还有板凳。”有人大献殷勤，递过来板凳。“好，大伙也坐下来一起看电影吧！”书记父亲朝大家摆摆手，大有一种“亲民”风度。书记的母亲颤颤巍巍半天才坐稳。多数人都挤在前排位置，有坐小板凳的，有坐马扎子的，有摞两块砖坯的，还有很多人干脆席地而坐。那些有个空就挤着的人，多数是青年男女，他们嬉笑打闹着，眉来眼去着，找机会偷偷地捏捏心上人的手。

白色的大幕是用白帆布做的，四个角挂在两根木头桩子上，为人们呈现电影画面。放映员像个猴子似的坐在白色大幕对面的梯子上，口中叼个摇铃，双手不停地忙活着。随着铃声响起，嘈杂的声音立刻小了许多。一盘盘滚动的胶片发出“哗哗”的声响，将影像投射在大幕上。电影一开始都是加片，放的全是电影纪录片厂的“新闻”，尽管这新闻已经迟到了一年半载，但人们还是充满兴趣。加片播完，正片才开始，只见大幕上现出四个大字“鹰击长空”，人群立刻就静了下来。

《鹰击长空》是一部讲述中国人民志愿军空军同当时号称“世界王牌空军”的美国空军较量并战胜的电影，颂扬了我国空军英雄用生命保卫国家，保卫和平的壮举。当美军轰炸机向朝鲜人民军和志愿军目标扔下炸弹时，“轰——轰——”荧屏里震耳欲聋的爆炸声，将俱乐部的天棚炸翻了！还没等人们反应过来，东面的大墙已被剧

烈的冲击波推向茄子河边，一瞬间，西面的大墙也轰然倒塌。顿时，火光冲天，硝烟滚滚。人们蒙了，怎么电影里的炸弹炸到了我们身上？刹那间，人们的哭喊声、哀号声乱作一团……

茄子河区富强大队派出所的电话铃声突然响起，陈风立刻接起电话，“警察！快救命啊！富强大队俱乐部爆炸了……”报案人哭喊着，没等说完就泣不成声了。陈风的脑袋“轰”的一下，只听报案人的描述，便感到这场大爆炸非同小可。他马上将大爆炸的消息报告给煤城市公安局局长，通过一条电话线，松江地区公安局、滨州省公安厅相继获悉：北方边陲小镇发生了惊天动地的大爆炸……

傍晚时分，天空飘起大雪，街上行人稀少，电线杆上的喇叭忽然响了起来：“全体市民请注意，刚刚接到煤城市政府通知，我市茄子河区富强大队俱乐部发生了一起重大事故，情况紧急，恳请各单位医务工作人员立即回到工作岗位上去！立即！”紧急的通知和冰冷的雪花同时飘浮在这座城市的上空。许多医生、护士听到广播，马上放下手中的家务活，原本冷清的街道瞬间变得忙碌起来。许多热心市民也自发地向事故现场跑去，希望能出一份力。

煤城市公安局副局长史建民接到陈风的报告后，马上做出安排：“陈风，你立刻赶往富强大队卫生院，估计那里已成了重灾区，千万稳住大家情绪，以免事态失控。”

“是，我马上去卫生院。”

“之后我们在大队部集合。”

“是！”

史建民率领四名干警，一齐挤进北京吉普212车里。看见大家惊恐的表情，他稳住情绪，有条不紊地布置工作。

“同志们，风云紧急！到了富强大队，首先保护现场，维持好秩序，防止有人趁机破坏，再引起新的爆炸和骚乱。”

“是！”

“听史局您的！”

“您说咋干就咋干！”

咆哮的吉普车行驶在坑坑洼洼的郊外乡村路上，尽管拼命地跑，也只有三四十迈的速度。

天空飘着雪，雪中搅着风。吉普车的车轮压过路面积雪，发出“嘎吱嘎吱”的响声。没一会儿工夫，吉普车风挡玻璃就积满了厚厚的霜，大家不得不停下来清扫风挡上的雪，车是走走停停。

心急如焚的陈风踩着垄沟，抄近道向富强大队卫生院跑去。他的大脑飞速运转：我来富强大队当管片民警快两年了，每家每户的情况都在我心里，这灭绝人性的大爆炸是谁干的呢？平日里，富强大队有撬门溜锁偷鸡摸狗的，赌博输光家产动刀子的，两口子打架闹离婚的，陈风都没少出面劝说，大家见他工作尽职尽责，办事尽心尽力，轻易不敢干出格的事儿了，也都愿意和他唠唠家长里短。

狂风大作，暴风雪再次袭来。陈风的帽子被冰霜裹住，狂风几次将他吹倒在地。当他跑出垄沟上了所谓的公路，就看见风雪肆虐中艰难前行的一行行黑影。没受伤的人拉着爬犁，爬犁上躺着面目全非的伤者；还有很多人躺在手推车上不停地哀号；车老板子吆喝着，马发出“咴咴”的嘶鸣，车上横七竖八躺满了人。所有能用上的“交通工具”都用上了。还有挤不上车的人，只能让别人背着或抱着，呻吟声、哭喊声随风拍打着人的脸颊，撕扯着人的内心。

陈风穿过人群直奔富强大队卫生院。卫生院的走廊里挤满了人，地上横躺竖卧满是伤员，别说床位，就连下脚的地方都没有。断胳膊断腿血肉模糊，场面惨不忍睹。嘶哑的呻吟声，声嘶力竭的号叫声，乱作一团。这一幕幕狠狠地扎进了在场每个人的眼睛里，也扎在了他们的心里。陈风这个年轻警察的心碎了！他哭了，哭得像个泪人，他的泪水和乡亲们的血流在一起。

陈风转身向外走去，黑压压的人群使他愈发喘不过气来，人越来越多。“这是谁干的？有没有人管啊？”黑暗中有一个人气急败坏地吼道，人们听后也跟着喊叫，“有没有人管？”陈风担心现场失控，此时他必须保持冷静，见停靠在路边的马车，立刻跳上去大声呼喊：“乡亲们，我是管片民警陈风！”乡亲们听到这熟悉的声音，稍稍安静片刻。有个人打开手电筒照向陈风，“真是陈风！你咋这么快就到了？大家伙听着啊，都这时候了，咱都听陈风的，没错！”

“乡亲们，大家不要乱，市里领导已经到我们富强大队了。市里的医护人员和各单位的车也已经出发，政府会千方百计救助我们的亲人！大家请放心，千万不要乱！”短短几句话使无助的乡亲们得到些许安慰，嘈杂的哭喊声也渐渐平息。

远处，一辆辆救护车风驰电掣般向富强大队驶来，红蓝车灯交替闪烁，鸣笛声尖锐急促，划破夜空。

陈风沿着坑洼不平的乡村小路，心急如焚地向大爆炸现场跑去。这条熟悉的路此刻换上了一张陌生的面孔，散着寒气，闪着寒光。

夜色苍茫中，富强大队俱乐部已然倒塌。

先期到达的煤城市公安局副局长史建民及其他干警都已投入到保护现场和转移运送伤员的工作中。陈风找到史建民，迅速将富强大队卫生院的情况做了简单汇报。史建民看着帽子上挂满冰碴的陈风，焦急地说道："情况紧急！我得马上部署工作。当务之急是守住现场，密切关注周围人的动向，你在这儿守住了，防止再有爆炸袭击。"说完便转身消失在夜色中。

陈风环视没了天棚的俱乐部，东南角和西北角被炸开了两个大坑，正冒着浓烟，火星儿还在向外蹿，刺鼻的火药味道和粉尘混在一块，呛得人睁不开眼睛，鼻涕眼泪直往下流。忽然，陈风觉得脚下软绵绵的，他定睛一看，他竟踩在一具尸体上，无法分辨的四肢，血肉模糊的伤口，尤其是那双眼睛，似乎在向陈风控诉些什么，好像也在怀疑陈风就是实施爆炸的凶手……他顿时毛骨悚然，觉得自己的血液都在向外涌，恨不得立即抓住这个丧心病狂的凶手。他咬着后槽牙，攥紧拳头，噙满泪水的双眼仍然在不停搜寻着。凭着他在煤城矿井下两年多的矿工经验，他断定，这起恶性爆炸采用的是烈性炸药，定是一场有预谋且灭绝人性的大爆炸。为了不遗漏任何一个爆炸点，陈风搜查了现场的每个角落。

富强大队紧急组织了民兵抢险连，连长由刚退伍回村的张辉担任。

"请富强大队书记给大家讲几句话。"史建民说道。大队书记季福走上前来，他的脖子上堆满了肉，怎么使劲向外伸也是缩缩着。他有些无奈地站在民兵面前，因刚刚失去父母，声音难掩悲伤："务必配合公安，听公安安排，清点各家各户人员情况，还要迅速运送伤员，马上统计死亡人数。”说完朝大家挥挥手，腆着圆滚滚的肚子转身走了。

史建民见季福走了，朝张辉点点头。“大家不要乱，先帮助各家各户运送伤员，清点死伤人数！”张辉说道。

人们在血腥恶臭的俱乐部忙碌了一个夜晚，每个人的脸上、手上、身上、脚上都沾满了血迹和灰烬。漫天大雪后，从俱乐部到卫生院的路，经过众人踩踏变得更加泥泞难行。人们的头上、帽子上积满厚厚的冰霜，棉衣棉裤冻成硬壳盔甲，鞋也早已湿透，冻僵的脚板没了知觉。

寒冷的长夜过去了，伴着焦灼和惊恐，在各战线奔忙了一夜的人们渐渐感到体力不支。史建民让干警们轮流打个盹，他抬头看见陈风里里外外忙碌个不停，说道：“更艰苦的工作还在后面，就站在这儿歇会儿吧。”

“我去为大家准备点开水。”陈风说完就转身向俱乐部附近的一户人家跑去。他暗暗下定决心：打击违法犯罪、维护社会稳定是警察的天职，我一定要找到爆炸案的凶手！

飞扬的大雪，把天封了，把地盖了，路没了，天地间失去了分界线，茄子河区的上空弥漫着令人压抑的深灰色。

清晨，寒风习习，煤城市市长，公安局局长，卫生系统、民政部门的相关同志一齐赶到茄子河区富强大队俱乐部爆炸现场。一夜没睡觉的史建民和陈风陪同各级领导查看现场，只剩残垣断壁的俱乐部，碎玻璃与砖石混着焦黑尘土散落一地，每个人的脸上都写满了沉重与悲痛。

滨州省公安厅副厅长刘克非带领爆破专家和刑侦技术人员，陪同公安部副部长高杰率领的刑侦专家，星夜兼程，赶到了爆炸现场。刘克非看完现场，立刻组织有关人员召开现场会。他望着在一线苦苦奋战的干警百感交集，清了清嗓子，说道："先请公安部高杰部长讲话！"

高杰环视现场，用凝重严肃的声音说道："党和国家领导人对煤城市茄子河区富强大队俱乐部这场骇人听闻的大爆炸极度重视，决定举全国之力调配专业技术人员到现场，在最短时间内，集中有效力量打击犯罪分子的嚣张气焰，将犯罪分子一网打尽，还百姓蓝天和安宁！"说完向在场所有人郑重敬礼。

刘克非接着说道："茄子河区富强大队俱乐部发生的这起恶性爆炸案，省委、省政府领导高度重视。情况复杂，风云紧急！为了从严从快侦破此案，经省公安厅常委会研究决定，成立专案中心，调配爆破专家和刑侦技术骨干。专案中心由我总负责。为工作方便起见，下设两个专案组。第一组：组长，滨州省公安厅刑侦技术专家耿立军；组员，刑侦专家常伟，他是刑侦专家宋光斗先生的学生。第二组：组长，滨州省公安厅选派的爆破专家鞠光荣；组员，煤城市公安局刑侦大队队长、副局长史建民，富强大队管片民警陈风。两个工作组由鞠光荣统一调度。此次行动代号'79121'，全体成员，立即行动！"号令一发出，两组精兵强将在各自组长的带领下，立刻组织召开案情分析会，讨论侦破思路，拟定侦破方案，迅速投入到侦破工作中。

此时的陈风心潮起伏，他深感肩上的责任重大。深夜，在大队部的大炕上，他在日记中写下了此刻的心情：“我是幸运儿，和前辈相比，我没有遭受过那么多凄风苦雨，但我要传承他们的精神品质。同时，到群众中去，紧紧依靠群众力量，群众力量是无穷的。”

夕阳为雪原洒下一片余晖。专案组就驻扎在富强大队部里。傍晚，工作了一天的干警们正准备吃晚饭，忽然听到了马爬犁声，越来越清晰。不一会儿，马爬犁就停在了大队部门前。爬犁上走下来三个人，都是富强大队民兵连的。穿黄色棉袄的是姜文成；另外两个是谭家兄弟，老大谭风浩穿着一件补丁摞补丁、褪了色的黑棉袄，腰里扎条麻绳，头戴一顶狗皮帽子，老二谭风得正用袖子擦鼻涕。姜文成见到迎面走来的鞠光荣，急忙上前说道：“富强大队二小队老李家的大小子快不行了，求求专案组领导派车帮忙送到市里医院去吧，晚了可就没救了。”

“小刘，快把车开过去，送病人赶紧上医院。”鞠光荣对司机小刘说道。

“来了，来了。”小刘放下碗筷抬腿就走。

“今天晚上两个工作组开大型碰头会，快去快回。”鞠光荣转身回到临时搭起的会议桌兼饭桌前。谁知那三个民兵也跟着他进了屋，见饭桌上摆着两盘土豆片，两盘渍菜粉，一大盆大碴子粥，一大盆馒头，似乎也想留下来一起吃，庄稼汉就是这样大大咧咧的。

“爆炸案有头绪没？这伤亡人家可不少！”谭风得问道。

“能这么快吗？咋查？”姜文成反驳道。

这时，司机小刘在外面喊：“车来了，快走吧！”

姜文成对谭风得说：“走吧，还看啥呢？”

“我这不是寻思打听打听吗，这大爆炸案子有没有点眉目？”

“不关你的事，少打听。”姜文成不耐烦地说。

谭凤浩四下打量一番，耷拉个脑袋出了门。

“黑色星期五”

夜幕降临。两个专案组成员在会议室里开碰头会，这儿的环境可不比城市。椅子都是从各家各户凑来的，桌子就是吃饭用的圆形大桌面，上面铺了张白色塑料布。鞠光荣望着大家，小伙子们个个表情庄严，眼球都布满了红血丝，沾满灰尘的衣服上散发着焦煳血腥的味道。他起身环视大家，朗声说道：“各位辛苦了！‘79121’爆炸案过去两天了，经过现场勘查，发现太多疑点。下面请一组组长耿立军先发言。”鞠光荣开门见山，直奔主题。

爆破专家耿立军看了大家一眼，说道：“根据我们两天的现场勘查，搜集到以下线索。一、爆炸俱乐部现场，房屋为砖瓦结构，呈长条形。长38.4米，宽11米，高4.6米，面积422.4平方米；二、爆炸现场炸出两个大坑。朝东面的定为一号坑，深1.6米，直径4.4米；朝西面的定为二号坑，深1米，直径3米。另外还有三个坑里埋有炸药，但没有起爆；三、我建议以现场周边10公里为范围，以煤矿工人为重点排查对象；四、这是一起精心策划，有组织有预谋的爆炸案，单独作案可能性不大，应该是团伙作案。”他边说边向一组人员示意，大家一齐点头，表示赞同他的意见。“以上是我们一组勘查现场后得出的结论。”

鞠光荣看向史建民，说道：“大史，请你说说情况！”

史建民的脸黑瘦了一圈，尽管会前他洗了把脸，也是黑黢黢的。他清了清嗓子，说道：“根据我们现场排查认定，一、爆炸时间是12月1日晚上5点20分到5点30分之间；二、当天到富强俱乐部看电影的共计937人。据民政部门和卫生部门统计，现场直接炸死86人，炸伤298人，轻伤近300人。当然，这组数据还会有变化，需要不断核查再进一步确定；三、现场找到炸药81公斤，雷管21个，装有炸药的麻袋11条，缠炸药袋的纸绳10根，连接起爆线40多米，绝缘布11块；四、埋炸药的土坑是用铁锹和镐头挖的。另外，关于炸药成分及生产厂家，正送往技术部门分析鉴定。以上是我们二组的排查情况，汇报完毕。”

鞠光荣向史建民点了点头，表示赞同他的发言。他接着说：“首先要给予肯定的是，两组人员不分昼夜，用短短两天时间在现场摸排到这么多有价值的线索。另外，综合以上现场排查到的情况，我们还要继续分析研究，不能误判，不能浪费时间。同志们，距过年只有28天了，时间紧，任务重，我们一定要全力以赴，争取在春节到来前破案！同时，我要为大家请功！”大家受到了鼓励，干劲儿更足了。

一组的指纹技术专家戚忠义站起身，说道：“连日来，现场经过多人踩踏，很难搜集到有效指纹。今天下午，我在大家查获的众多爆炸物中，在绝缘布上发现了一枚不完整的指纹，希望这枚不完整的指纹对案情进展有所帮助。”

“好，这枚指纹十分有价值，值得研究，请专家尽快给出鉴定结论！请大家继续发言。”鞠光荣热切的眼神望着大家。

窗外，北风呼啸。墙上的挂钟已指向夜里11点30分，调查组还在为各自发现的线索热烈地讨论着。陈风举起手示意要发言。鞠光荣看向这个小伙子，灯光下一张白皙的脸，下巴上满是胡楂儿，尽管双眼布满红血丝，但整个人精神头十足。他见陈风要发言，示意大家安静：“陈风，你在富强大队派出所干了两年多了吧？作为管片干警，请说说你掌握的情况。”

“我曾经在煤城井下工作过两年，和那里的爆破人员接触过，略知他们的爆炸手段和方法。从爆炸现场看，第一，嫌疑人采用的是串联爆炸手段，这是煤城人采煤的习惯做法；第二，所用的炸药、雷管、引爆线都是当地常用的材料；第三，埋藏炸药的量相当大，雷管数量非常多，我认为犯罪嫌疑人就住在附近。综上，我认为嫌疑人就是富强大队的，并且和大队干部或群众有仇恨。同时，嫌疑人有获取雷管炸药的条件，有埋藏炸药和引爆炸药的时间，懂爆破和电工技术，熟悉俱乐部内部及周边的环境，有隐藏雷管、炸药和电线的场所，案发前后应有反常行为和表现。”他听见有人在议论，略微停顿，观察大家的表情。

“另外，我在富强大队生活近两年，对各家各户情况比较了解。这两天的走访中接触了很多人，他们大部分都是‘闯关东’时期逃荒过来的，在山东老家就是同一村的，关系非常亲密，一家有事多家帮忙。目前，遇害者家属正处于悲伤痛苦之中，正忙着处理丧事，伤残者家属忙于护理病人，没受害的人家怕遭到坏人报复，不敢出门，也不配合调查，这使走访工作受到一定影响。以上是我的汇报！”

鞠光荣看着这位年轻的警察，听着他有理有据的案情分析，脸上掠过一丝满意的笑。

“我对你提出的犯罪嫌疑人是本大队的有异议。今天太晚了，我不想多说，我保留意见。”耿立军提出异议，并用疑惑的眼神看着陈风。

“我是管片干警，我有我的判断。”陈风执拗地坚持着。

鞠光荣挥了挥手，说道：“同志们，下一步的工作，一方面要和市卫生局及民政部门密切配合，安抚受伤群众，协助百姓料理丧事；同时和群众讲清楚道理，虽然这次你没受害，但知情不报，犯罪分子还会有动作，接下来也许会伤害到更多无辜群众，请大家协助公安机关破案并提供线索。”

紧张的案情分析会持续到了深夜，陈风专心致志地听着记着思索着，他像一个学生，心无旁骛地学习专家破案的新思路和新方法。

满腹心事的陈风睡不着，计划着明天的走访。他打开日记本，写道：“大爆炸的声音袭来，那些受害人的惨叫声到现在还回响在耳畔。有多少人妻离子散，家破人亡，生活戛然而止；多少孩子失去父母，睡梦里还在哭喊……”

刺耳的电话铃声响起——“昨夜，富强大队供销社1000元货款被盗，更夫被绑在库房里……”史建民接到报案电话后非常震惊，他摘下帽子，摸了摸已经好些天没剪的头发，急切地说道：“陈风，你赶快去现场了解一下情况，是谁在这个节骨眼上还在顶风作案？”

陈风骑上自行车，到富强大队供销社现场展开调查。富强大队供销社大院里七零八落地堆放着各种农机具，围墙处停靠着一挂马车。供销社主任大付见陈风来了，焦急地凑上来说：“陈警官，今天一早来上班，看见供销社大门大敞四开，我就有些奇怪，连喊了两声‘老韩头’都没人答应。我正纳闷呢，就听见库房里有声响，那声响是从一个麻袋里发出来的。解开麻袋一看，可不正是更夫老韩头，他让人打得鼻青脸肿的！”

老韩头已恢复了平静，陈风赶紧问道：“你能说说昨晚的情况吗？”

“昨晚半夜12点多，我忽然听见院子里有动静，起先我以为是野狗野猫在寻找食物，细听一会儿觉得好像是有人。我当时没犹豫，打开大门喊了一声，还没等我看清楚咋回事，一棒子就砸过来了……接下来就什么都不知道了。”老韩头60多岁，个子不高，但肩膀粗壮，一看就有满身的力气。

“看清那人了吗？”

“门上这灯通亮，开门瞬间看见那人头上好像戴个黑帽子。”

“还有什么？”

“没有了。”

“你什么时候知道被盗了1000块钱？”陈风转向大付问道。

“找到老韩头后，我赶紧去柜台里看钱匣子，发现它被撬开了，我当时就惊出一脑袋汗！这还了得，1000块钱是我们供销社的全部流动资产啊！我立刻就报警了。”

“其他物品盘点了吗？”

“其他东西一目了然，都没被偷。”

“老韩头，你头上的伤怎么样？用不用上医院啊？”

“公安同志，我没事儿，这上一趟医院得花多少钱啊！”老韩头摸摸脑袋上的大包，“唉，好悬开瓢啦！”

“陈警官，这爆炸案才过去一个礼拜，这供销社就被盗了，又赶上星期五，怪了！”

“纯属巧合。事态紧急，抓紧盘点，想起什么随时告诉我。另外，晚间只靠一个人打更不行，最好安排供销社其他人员轮流值夜班。”

“有道理。我这就安排加派值班人员。”

“这起偷盗案不是偶然的，显然是有人浑水摸鱼，千万不能麻痹大意，掉以轻心。”说完，陈风开始仔细勘查现场。由于院内积雪很厚，加上遍地马车辙痕，难以辨别出新脚印。他来到供销社墙根下，在1.2米宽的水泥台上转了一圈。在后墙窗户下，陈风发现了两组有些凌乱的新脚印，他蹲下来用卷尺测量，一个是39码，一个是42码。42码的脚印上明显沾有马粪，顺着鞋印走到供销社门口，隐约可见马粪痕迹。供销社的双开门没有被撬动的痕迹，室内红砖地面上有一段刮痕明显，应该是拖动装有重大的麻袋蹭出来的，还有一块砖脱落后滑出去好远，擦出一道道红砖印。收款台是一张长条桌，三个抽屉都被撬了。桌子下面的小柜也没能幸免于难，因用力过猛，柜门耷拉在一侧，合页摇摇欲坠。不远处有一把二尺子（农机具），上面没有留下指纹。陈风环视四周，转身对大付说：“有什么新发现，请立即联系我们！”

“是！麻烦你了，陈警官！”

回去的路上，陈风思索着：这起盗窃案是有人趁火打劫，还是和爆炸案有关？真和爆炸案有关的话，接下来，他们还要干什么？

想到这里，他不禁冒出冷汗。

富强俱乐部大爆炸，使煤城人陷入极端的悲痛和恐惧中。同时，关于“黑色星期五”的流言也传播开来。所谓“黑色星期五”，是因为煤城之前发生的一起恶性事件和这场大爆炸都发生在星期五，紧接着供销社被盗也发生在星期五。这本是一种时间上的巧合，可是许多人觉得冥冥之中有种神秘联系。这种传言本不值得一驳，可是竟愈演愈烈，一时间搅得人心惶惶，煤城人一到星期五就提心吊胆，“谈五色变”，甚至不敢出门。

心理专家认为，无论是消除人们对星期五的恐惧，还是抓捕犯罪分子，都必须以破案为前提。于是，陈风和同事们耐心疏导遇害家属，反复与技术人员排查现场，不放过任何蛛丝马迹。

从现场的爆炸情况来看，需要大量的炸药才能造成这样的后果。炸药是分几处埋的，同时引爆必须具有熟练的操作技术；而事先埋设这些炸药和布线，需要时间，更需要熟悉俱乐部的环境，还要知道什么时间放映电影……这个人无视近千名无辜百姓伤亡，心中必有对社会的仇恨，是一种残忍至极的报复行为。仔细分析判断后，再把这一切线索联系起来，陈风有了明确的侦查方向。

雪后，寒冷将一切裹得严严实实，四野静悄悄的，毫无生机。陈风和史建民顶风冒雪，一个村子一个村子地走访。

许多人家门口挂着黄纸，有的穷人家干脆在院中摞几堆土坯，坯上用砖头压着一沓黄纸，亲人去世的悲伤在村子里肆意蔓延着。陈风太熟悉这些乡里乡亲，平日里，每家每户他都没少去过。他从村东头五保户王大娘家出来，没走几步就看见老郭家院子里不懂事的孩子正用小木棍挑黄纸玩。陈风见状对史建民说:“这家孩子多，条件困难，咱们到他家看看吧！”两人说完进了老郭家的院子。

掀开草编的门帘子，屋内的情况让人伤心落泪：一铺土炕上堆着一团像被不是被的破棉絮，里面裹着两个衣不蔽体的孩子，小家伙们看见有人进来，眼神里闪着惊恐。炕头就是炉灶，锅里扔着几块苞米面饼子。靠墙角有个半空的粮墩子和一口水缸，锅台上有几个破碗，算是全部家当了。

“陈风，你可来了，昨儿个把我媳妇埋了。”说到这里，老郭的眼泪流了下来，“这娘们和隔壁老邹婆子一起去俱乐部看电影，结果被炸死了，我连个囫囵尸首都没见着。今天，这俩孩子烧得也快不行了！”两个小家伙长得一模一样，是对双胞胎。老郭穿着一件破棉袄，腰上缠着根粗麻绳。早些年，老郭下井干活，前年井下塌方把腰砸坏了，落下了残疾。老婆一连生下三个娃，靠种地卖粮换钱给老郭买药，东挪西借，勉强养活仨孩子。

见两个孩子满脸通红，陈风走上前摘下帽子，用前额贴着孩子的脸蛋，用手摸摸孩子身上，一片滚烫！“史局长，我得马上把孩子送医院去。”

“一起去吧！”

“你还有那么多事，快去忙吧，我一个人就行！”说完，陈风脱下大衣，把两个孩子一裹，抱起来就往卫生院跑……

当晚，陈风在大队卫生院里守了两个孩子一夜，孩子们吃了退烧药，又打了退烧针。天快亮时，孩子们的烧终于退下去了。

老郭感动得不知说什么好，这个被苦难压弯了腰的男人眼含热泪，唯有不断说着“谢谢”。乡亲们得知此事也十分感动：“多亏了陈风，在关键时候帮了老郭。”

“嗯！陈风是个信得过的好警察。”

“老郭，日后有个为难走窄的就吱声，大家伙都会帮忙的。”陈风说完拍拍老郭的肩头。老郭心里涌起一股暖流，不住说道：“谢谢陈警官！”

出了老郭家，陈风又走访了几户人家。听说后街老孙家的孩子眼睛受伤了，一家人急得如热锅上的蚂蚁。掌灯时分，陈风走进了老孙家。

老孙是富强大队供销社会计，为了孩子的学习，他可没少花心思。儿子孙小波也争气，学习成绩总是名列前茅，连年获得三好学生荣誉。

老孙的媳妇霍翠是大队广播站的广播员，见陈风来了，热情地说：“陈警官，快来，炕上坐，我给你倒水。”倒完水，她把孙小波拉过来，满脸愁容地说道，“陈警官啊，这爆炸是谁干的啊？这个挨千刀的，我儿子这眼睛往后可咋办啊？”她边说边掉眼泪。

陈风关切地摸摸孙小波的头，问道：“听说你们去雪城看眼睛了？医生怎么说？”老孙用眼神示意陈风别往下说了。他走到儿子小波身边，温柔地说道：“小波，你到奶奶那屋去，陪奶奶说会儿话儿。”孙小波很听话，去了奶奶的西屋。

老孙把检查报告单拿给陈风。看到报告单上“视神经萎缩”的字样，陈风的手有些颤抖。他转过身安慰孙家夫妇：“孩子还活着，就是最大的幸运，就有希望。从报告单上看，小波的眼睛……刚才看小波往奶奶那屋去，有点跌跌撞撞……”

“是啊，他的视力急剧下降，连书本上的字都看不见了！”霍翠流着泪说道，“医生也说要早做打算，我现在就盼着能出现奇迹……”

陈风安慰道：“别把孩子耽误了！小波需要继续读书，他的人生路还很长。听说小波喜爱音乐又有天赋，那就更要在这方面培养他。我有个同学在雪城是特别学校的音乐老师，我可以介绍小波去那里深造。”陈风语重心长，像对自己家兄弟一样耐心。

老孙含泪看着报告单，抽泣道：“他还小啊，这时候更需要我们在他身边照顾啊！”经历过这场爆炸，人们的精神极度脆弱，总是控制不住流泪。停了一会儿，陈风问起供销社被盗一案：“依你看，供销社这起盗窃案是什么人所为？”

“一时说不好。能和爆炸案的人有关吗？那样的话，这犯罪分子的心理素质也太好了吧。不过，我也听说是邻村的一个小混混干的。唉，陈警官，不瞒你说，小波的眼睛弄得我啥心思都没有了。”

陈风见悲伤中的老孙无心应答，也不再多问，说道：“你们也照顾好自己的身体，有什么情况我们再聊。”

“有空常来家坐坐。”霍翠和老孙把陈风送到门口。

告别了孙家，陈风心跳加速，他为孙小波的遭遇而忧虑。多好的孩子，却被这场大爆炸毁了前程。想着想着，他愈发觉得手心冰凉，忍不住加快了脚下的步伐。

北风萧瑟中，茄子河区迎来了春节，东北人叫过大年。每年到了腊月，都是家家户户最为热闹的时候，贴窗花，挂灯笼，杀年猪，备年货，一派热闹景象！可今年不同，因为这场大爆炸，人心结了霜，就是烟花爆竹声声也难解忧愁和恐惧，人们哪还有心思过年了。

早饭过后，陈风直奔富强大队队长李连贵家。他听说李连贵在市医院住了半个多月才回家，便决定去看看他。

矗立在村西头的三间大瓦房，很是显眼，院墙都是用红砖砌的。推开漆黑的大门进了院，宽敞的大院透着一种有别于其他人家的阔气。从屋里走出来个小媳妇，“哎呀，大兄弟啊！快来看看我老叔，丁巴儿哭，咋说也不行啊！”这个伶牙俐齿的小媳妇是李连贵的侄女李桂花。

陈风进了东屋，看见躺在炕上的李连贵，瘦了很多，松松垮垮的一张脸，早已没了往日的光泽。他身上盖着被，左边下半截明显空着。见陈风来了，李连贵想翻身坐起来，一时间竟然忘了没有左腿的支撑力，一翻身痛得他“嗷”的一声，出了一脑门子的冷汗，眼泪也跟着掉了下来。

“陈风啊，谢谢你来看我！我媳妇怀孕八个多月了，眼瞅着过完年这老二就要生了，你也知道我家老大有点残疾，全指望着老二了，结果我媳妇被这场大爆炸给炸死了，我的腿也没了……”李连贵几近崩溃，哭得撕心裂肺。陈风劝慰道：“别哭了，哭坏了身体，腿也好得慢啊！”往日里，李连贵是富强大队的核心，说一不二的人物。每天早晨，只要他从家门一出来，村西头到村东头就像地震一样，谁见了他不低头哈腰？每次他看见陈风都会客气一番：“那谁，大兄弟，到我家喝酒去啊，我有的是好酒，清一色的茅台啊，可劲喝！”说完还拍拍陈风的肩膀。陈风每次遇到李连贵心里都会升起一种厌恶感，做人得低调点，哪能这么咋呼？老老实实做人，踏踏实实做事多好。

看见李连贵唉声叹气哭闹不止，陈风也不知道如何安慰他。想起破案迫在眉睫，赶紧说道："上级领导非常重视这起爆炸案，想听听你对爆炸案有什么看法。"这句话果真奏效，李连贵的情绪立刻平静了很多。他转着眼珠子思索着："听说这爆炸案是矿上人干的？没错，完全有可能。有些人和咱们大队有仇，肯定是他们组成团伙干的。"

"谁有这么大仇啊？"陈风忙问。

李连贵一连说了十多家，东一榔头西一棒槌，完全没有逻辑。忽然，他像是想起来什么，"听说书记季福他爸妈也炸死了？我说这个老东西咋没露面！"

见问不到什么有用的线索，陈风便借故告辞了。李桂花跟在陈风身后，说道："我老叔就乐意有人和他汇报啊、征求意见啥的，陈警官，有空常来，和我老叔唠唠嗑！"说话间，她的脖子里钻出来一条明晃晃的金项链，在阳光下闪闪发光、格外刺眼。

专案组连续几天走访受害群众，这一举动让群众感到温暖与宽慰，愿意将知道的信息告之。接下来，专案组收到群众揭发检举信百余封。陈风和史建民还重点走访了富强大队俱乐部周边的住户，知晓了案发当晚观众的位置，摸清了中途退场人员、未到场人员。专案组共发现线索216条，重点对象40人。

通过缜密的思考，有人情味的关怀，细致的排查，陈风对爆炸案渐渐有了清晰的侦破思路。

一场谈话带来重要线索

夜里，狂风呼号，抽打得房门和窗户直响，正在伏案整理线索的陈风突然听到一阵敲门声，他披上衣服开门一看，来人是本村小学的赵老师。

“陈风，我有事儿和你谈谈。”赵老师说明来意。

“好，快进来。”陈风预感，今晚的谈话会带来不小的收获。

“昨晚，你和我说的话让我很受启发，你那么信任我，还提到老谭家，我想来想去，得把我知道的情况告诉你，这样我也能释然。”赵老师似有满肚子的话要说。

这几天，陈风在富强大队每家每户走了一圈后，发现有几家嫌疑最大。其中，老谭家是早年从山东奔老乡来到富强大队落户的。谭国才在山东时曾被国民党抓过壮丁，在国民党军中干过几年，解放战争胜利后，谭国才逃回了家。不料，回家后，家里的亲戚和周围人都瞧不起他。他识文断字，还写得一手好毛笔字，却处处碰壁。谭国才心里憋屈，听说有一个远房亲戚在东北煤城矿上没少赚钱，就奔这个亲戚来了，并在富强大队落了脚，还娶了东北媳妇，连生下三个男娃。他农活干得不错，可就是这国民党壮丁成分，使他到哪儿都受人排挤和嘲讽，大半辈子抬不起头。眼见三个儿子长大成人，到了娶妻生子的年龄，但这种家庭背景，谁家有姑娘也不敢嫁过来。

谭国才的大儿子谭风浩从小受周围人歧视，到哪儿都不敢多说话，性格内向古怪，可遇事思维缜密，善于思索，加上心灵手巧，偶尔也能和伙伴们到矿上干点别人不愿意干的危险活儿。谁家打个井啊，哪里有个爆破的活儿，都少不了。他靠出力气帮父亲维持家里生活。

由于父亲的历史问题，谭凤浩不得已娶了邻村大他三岁的老王家大姑娘王丽艳。这姑娘人挺俊，干起庄稼活儿手脚麻利。过门没多久，王丽艳就怀孕了，哪承想孕期犯了病，两眼发直，不吃不喝。早听人说王丽艳有精神病，不犯病时和好人一样。谭凤浩原想等媳妇生下孩子，自己下力气干活多赚钱，让妻儿过上安稳的好日子。可每次王丽艳一犯病，总是一个人发呆，不吃不喝，咋劝也不听。十月怀胎，一朝分娩，王丽艳产下一个男婴，这个小生命的到来给全家人带来了欢乐，王丽艳的病情也渐渐好了起来。

年初，谭凤浩的儿子高烧不退，哭闹不止，全家人急得团团转。谭凤浩抱着孩子、领着媳妇一起去了大队卫生院，央求大夫给孩子打退烧针。卫生院大夫抬头见是谭凤浩夫妇，又看了眼孩子，说道："量量体温吧！"量完一看，孩子已经烧到38.6度，大夫边甩温度计边漫不经心地说，"吃点退烧药吧。"说完低头写起了药方。谭凤浩听到孩子的哭声不止，心都碎了："大夫，求您了，给小孩打一针青链霉素吧！"大夫连眼皮都没抬，不耐烦地说道："哪有青链霉素？快回家给孩子吃药吧！"王丽艳哭着乞求大夫："就给孩子打打针吧，孩子烧坏了啊！"那时候，凡是有个大病小病的，顶数青链霉素最管用，只要能用上青链霉素，人们就觉得啥病都有希望了。无论谭凤浩夫妇怎样央求，卫生院大夫都说："没有青链霉素！"

冷风习习，谭凤浩夫妇无奈地抱着孩子回家了。到了半夜，孩子不仅没退烧，还大口喘着气，稚嫩的小脸憋得青紫，渐渐失去了血色，没多大工夫，孩子就断了气！谭风浩见孩子没了呼吸，顿时如发疯一般哭号，王丽艳见孩子身体逐渐变凉，又见丈夫哭成泪人，便把孩子放在炕头，拼命往灶坑里添柴火，想把孩子身体焐热了。谭风浩见媳妇折腾了一宿，怕她再做出什么不理智的事情，就把孩子埋在自己家屋檐下。哪料想王丽艳趁谭风浩出门工夫，就从房檐根下把孩子扒出来抱回了炕上，这么折腾了一个礼拜，全家人都疯了。

疯癫的王丽艳抱着死去的孩子，在雪地里深一脚浅一脚地走着，她不清楚自己要到哪里去，也不清楚冬天过后还有没有春天，她就这么抱着孩子，走向她的尽头、天的尽头、时间的尽头……

谭风浩认为孩子和媳妇的死是卫生院大夫的责任，是他们不给用药才导致孩子死掉，才导致媳妇犯病，冻死在了雪地里。从此，谭风浩心里埋下了仇恨的种子，他不再相信任何人，就像不相信他那夭折的孩子和死去的媳妇还能活过来一样。

爆炸案发生以来，陈风多次接触过谭家兄弟，他们俩在民兵连表现得异常活跃，积极护送、抢救伤员，为此，他还特意"表扬"了他们，并去过他们家两次。

陈风想，谭风浩极有可能是这场爆炸案的嫌疑人，可单凭他一己之力很难完成这么大规模的犯罪。他的同伙是谁？谁会和他一样有着滔天的恨意？

陈风把棉帽子向后推了推，用手挠了挠耳根，他又向赵老师问起谭风得的近况。

"谭风浩的弟弟谭风得去年报名参军，大队长李连贵说他父亲有‘历史问题’，没资格报名。后来，谭风得要考学，大队书记季福不给他复习时间，想考就半夜复习，不能耽误工。再后来，谭风得回山东老家找对象，李连贵不给假。谭家要地皮盖房子好几年了，季福和李连贵研究来研究去，说不能给他家地皮。去年矿上招工，谭风得被录取了，结果，李连贵竟然冒用谭风得的名字，给自己家亲戚安排了工作。”赵老师一口气说了这么多，抬头看了看陈风。

陈风无奈地长叹一口气：“哎，一个人一生受过往经历的影响太深。”

赵老师见陈风万般感慨，又爆了一个猛料：“有一回我和谭风得一起喝酒，谭风得还谈起对大队干部不满，有机会想炸了李连贵和季福的家，还有大队的矿……”

陈风眼神里满是震惊，他抬腕看看表，说道：“已经半夜了，赵老师，你今天提供的情况非常重要，十分感谢！也请你继续暗中观察谭风得的情况。”

陈风彻夜难眠，绞尽脑汁，思索怎样接近谭家兄弟。天亮前，一个计划在他的脑海中形成了。

清晨，北风刺骨。吃过早饭，陈风见鞠光荣撂下碗筷，赶紧上前递了一张字条。鞠光荣打开字条，眉头紧皱。陈风便把昨晚赵老师提供的情况和自己的想法向他全盘托出。

鞠光荣聚精会神地听着陈风的计划，不时地点头赞许，最后说道：“好！就这么办。”

寒冬腊月，风雪拥门，这是北方煤城最冷的季节。

老百姓都在家里猫冬了。人们坐在热乎乎的土炕上，东拉西扯，自然也谈到了俱乐部爆炸案。

“这都多长时间了，爆炸的事儿还没整出头绪来，八成破不了了！”

“不好说，眼瞅着过年了，谁还不奔家过年啊？过完年，专案组指不定不回来了。”

“哎呀，出门多长点眼睛吧，别再弄出啥事儿来！”大家你一言我一语，打发着漫长的冬季。

陈风找到民兵连长张辉，说道：“自大爆炸以来，民兵连的同志们都在积极配合调查，专案组领导非常重视这支队伍，并对你和大家提出表扬，特让我来听听大家有啥新线索。”张辉一听领导有指示，马上立正，还郑重其事地敬了个军礼。“我马上集合队伍！”他举起胸前的口哨一吹，别说，还真灵，一支烟的工夫，民兵们就从四面八方赶了过来。

因为陈风在场，张辉别提有多紧张，啰嗦了半天，也没找准主题，最后说道：“请陈警官给我们训话！”说完还带头鼓起掌来。

陈风示意大家停止鼓掌，大声说道：“民兵同志们，辛苦了！自去年12月1日富强大队发生恶性大爆炸案到现在，已经一个多月了，在这期间，很多人不顾家里的困难，积极投入到运送伤员和清理垃圾的工作中，大家不怕苦不怕累的精神值得表扬。尤其是赵福春、高四、谭家兄弟、姜文成……接下来，我们仍要主动帮助困难群众，让大家安心过年。”受到表扬的民兵们都按捺不住喜悦，脸上洋溢着笑容。忽然，前排有人问道：“这案子啥时候能破啊？有没有目标啊？”说这话的人正是谭家老二谭风得。

“是啊，这么长时间了，还能不能破啊？”

“等破了案子，民兵连是不是就解散了？”大家七嘴八舌边，想知道民兵连今后的去处。

陈风听着他们的议论，观察着每个人的表情。他示意大家安静下来：“关于爆炸案，专案组已经有了进展。在这个基础之上，广大民兵更要发挥模范带头作用，发现新线索积极举报，配合专案组早日破案。”

张辉见陈风说完了，大声宣布：“散会！”

散了会，有人凑上来和陈风搭讪。陈风瞥见谭家兄弟在身后跟着，就故意放慢脚步，对谭风得说：“老二，走，和我一起去五保户王大娘家看看有没有啥事儿。”谭风得听见陈风叫他“老二”，心里掠过一丝感慨。在富强大队，从来没人这样亲切称呼他，他喜出望外，很乐意陪陈风去。谭风浩听见陈风这样称呼弟弟有些意外，见弟弟有些得意忘形，他上前扯了一下谭风得的衣襟，还使了个眼色。谭风得向哥哥投去了一个意味深长的眼神，摆了摆手又点了点头。

陈风带领谭风得走访了几户人家后，见前边拐角处就是谭家，说道：“走，上你家看看去，这些天你们哥俩都进了民兵连，家里双亲都顾不上了吧？”听陈风这么说，谭风得欢喜地把他请进了家。

谭风得的父亲谭国才见陈风到家里来，很是高兴，忙招呼老伴：“快把我那花茶沏上，家来客了！”谭国才热情地招呼陈风，又对谭风得说道，“赶紧叫你哥回来。来来，炕里头坐。”谭风得见父亲高兴，也喜滋滋的，转身出去找哥哥谭风浩了。

谭家东西两间房，谭国才住东屋，炕上地下没啥家什，但挺干净。陈风坐在炕沿和谭国才说着话。他用手摸摸土炕，挺热乎，瞄了一眼西屋门帘撩着，问道：“西屋没人住啊？”

“没人。”谭国才答道。

陈风起身朝西屋走去，边走边说：“看囤里的粮食，今年收成还不错。”“嗯，这都得感谢党啊！”谭国才吧嗒了一口烟袋说道。陈风环顾四周，迅速撩起门帘，发现地上堆着几个麻袋，里面装的好像是电线。再摸摸西屋的土炕，一片冰凉，掀开炕席一角，他发现炕席下边有黑土，忙抓了一小把装进衣兜里。他转身朝东屋炕上坐着的谭国才说：“正经人家啊，粮囤里有粮食，过日子心里不慌。”

“今年年景挺好，咱老百姓过日子就图个风调雨顺。”谭国才一脸满足。说话工夫，谭国才媳妇抱着一捆柴火进了屋。

谭风得找到谭风浩，说陈风上他家了，谭风浩听后一愣，恶狠狠地说道：“要是他有啥动静，咱俩立刻结果了他。”说完做了一个抹脖子的手势。

“哥，没事儿，你太紧张了，陈风来咱家是看爸妈的。”谭风得不以为意，眼睛笑得眯起了一条缝。

“我不管他是来看谁的，他是官家人，要是敢怀疑我，哼！听我的没错，见机行事！”谭风浩见弟弟忘乎所以的样子提醒道。

谭家兄弟俩气喘吁吁地跑回家，见陈风和父亲唠得正欢，对视一眼，都松了口气。

“抽空再来看你，我还得去老郭家看看那对双胞胎。”陈风说完起身向外走。谭国才真心实意地说道：“有空常来家坐坐，咱爷俩喝两盅。”

“好！有机会一定！”

“这都到晌午了，在家吃了饭再走呗！”

“是啊，留下来和我爹喝两盅。”

“会有机会的！”陈风意味深长地说道。

谭家兄弟俩见实在留不下陈风，就送他出了家门。

阴霾笼罩着苍茫，困惑降临在昏昏沉沉的茄子河上。

不知疲倦的茄子河水，似乎低声吟唱着安魂曲，一阵风吹过，仿佛悲痛的呼号：“苍天啊，还我孩子，还我家人啊！”

夜里，专案组的分析会正在紧张地进行着。鞠光荣眼见干警们长期处于高度紧张的压力下，情绪焦灼，吃不好，睡不好。为鼓舞士气，他清了清嗓子：“同志们，爆炸案已经过去40多天了，距咱中国人的年还有十来天。刘克非厅长来电话鼓励大家，一定要在春节前破案，到时候他给大家组织庆功会！同志们，时间紧，任务重，我们一定要竭尽全力争取在春节到来前破案！”说完他有意停顿了一下，“经过我们的排查，‘79121’有了新进展。二组的陈风这些天挨家挨户走访，获得了很多新线索，下面请他向大家介绍一下情况。”

陈风起身，朗声说道：“根据多方线索，经过认真排查，我认为谭家兄弟最可疑。”话音未落，一组组长耿立军立刻插话，“这不可能，谭家兄弟都没下过井，家里没有矿工，也没这方面经验，怎么能弄出这么大动静？”

“对啊，陈风，你可别瞎耽误工夫。谭家老大可是个玻璃花眼睛，那眼神能干这么细致专业的活儿？”

“你可别闹了，陈风，咱可别犯了侦破方向的错误！”

面对大家的质疑，陈风依旧信心十足，提高了嗓音：“有群众反映，谭风浩倒卖过炸药，有储备炸药和雷管的条件。有人看见，去年10月中旬的一天半夜，谭风浩用麻袋往家里背东西，那东西很有可能就是炸药啊！另外，谭家兄弟看电影中途退场，我问起他们的时候，哥俩都不承认，这还不说明问题吗？”

“富强大队这地方，谁家没炸药？谁家没雷管？”

“是啊，谁家没倒腾过这些东西换钱？”

“麻袋里的东西不一定是炸药，得进一步核实……”大家各持己见。

陈风继续分析：“我去过谭家屋后，地上有个大坑。听邻居说，他们家前段时间半夜里弄出一场大动静，像是在弄炸药，炸得周围房子地动山摇。”说着，他从左衣兜里掏出一把土，“这是谭家炕席底下的土，那炕洞里肯定还藏着炸药。”又从右兜里掏出一把土，“这是谭家屋后炸的大坑里的土。另外，我前天去邻村胜利大队调查供销社被盗案，在距富强大队五公里处，发现了一个废弃砖厂。砖厂旁有个大坑，坑里明显有新土，我跳下去发现有人在这里试爆过炸药。”说完从背包里掏出来一个布兜，又倒出来一些土，“请技术部门鉴定。”

“越说越离谱了，搞个试爆用得着跑那么远……”

鞠光荣用右手示意陈风停下来，见大家纷纷质疑，为安抚焦躁的情绪，说道：“各位连续40多天没睡过囫囵觉了，真有点熬不住了，但是案情侦破取得了突破性进展。想想那天爆炸现场的惨状，真像一场噩梦，总是在我眼前挥之不去。”听鞠光荣这么说，大家都安静了下来。

“同志们想过没有？死伤者的家属，比我们更焦虑、更恐惧、更压抑、更沮丧。眼看到年关了，我们必须咬牙挺住，一刻都不能松懈！”见大家情绪有所缓和，鞠光荣安排了下一步工作，“抓紧化验这三种土，尽快拿出结论。另外，依据线索逐一排查，不能有任何疏漏。”说完，他目光严肃地看着耿立军。

“坚决落实排查任务，用最短的时间将犯罪嫌疑人一网打尽！”耿立军坚定地说道。

窗外，寒风呼啸，陈风再一次细致地梳理起每一个细节，力求不放过任何细枝末节。

连日来，谭风得和陈风不断接触，精神上获得了许多安慰，陈风身上散发着一种与众不同的魅力，深深地感染了他，也影响了他。他一直渴望有人理解、肯定自己。可忆及这些年受到的冷眼和欺辱，他又多了些纠结。谭风得一想到和哥哥谭风浩犯下的罪行，不免心惊肉跳，那抹不去的一幕幕惨剧历历在目。可一转念，大队长李连贵和书记季福阴险毒辣的丑恶嘴脸又浮现在眼前。

“去年我好不容易考个工，李连贵竟然让他的亲戚顶替我；还有那个季福，装腔作势，欺上瞒下，无赖透顶；那些大队干部也是阳奉阴违，狡猾奸诈，随风倒……”想起这些，谭风得恨得咬牙切齿。

多年来忍受的屈辱，大爆炸瞬间人们的哀号，沉重的精神压力，将谭风得死死缠绕着，他挣扎着起身，从桌上拿起曾经的复习资料，在扉页的空白处写道：“我们正身处险境，没人知道能否躲过这场灾难。太多人都变成了其他人，而我也要去一个陌生的地方。我是谁呢？我还有未来吗？我已到达梦的尽头……此刻悬崖勒马，做回自己，可能吗？”谭风得在精神恍惚中睡去。睡梦中，他和哥哥谭风浩回到了小时候。先是在茵茵草地上无忧无虑地玩耍，蓝天下，两人奔跑着，放着风筝。手中的风筝将他们拉到空中，他们看见了辽阔的远方，那山那水，郁郁葱葱，亮晶晶的，他们尽情地呼吸着清新的空气。忽然间，风筝降落到黑压压的井下，兄弟俩也长大了。别人都是装车运煤，只有他俩用单薄瘦弱的肩膀扛起维系生活的“煤山”，扛不动了，两人干脆向外倒煤，折腾半天也不见倒腾出去多少煤。在无尽的黑暗恐惧中，两人累得汗流浃背，人和煤一样逐渐模糊成了黑色……突然，一声轰隆隆巨响，掌子面倒塌了，正砸向他们，旁边的火舌也喷向他们，两人身上全是火，火星噼里啪啦，可他们没有任何办法，只能任烈火灼烧，痛苦尖叫……谭风得终于醒了过来，全身大汗淋漓，抖动不止，他吓坏了！他觉得这个梦不吉利，只想盼着天快点亮，赶紧告诉哥哥。

自打孩子和媳妇相继去世，谭风浩愈加仇恨生产队干部和卫生院大夫，这么多年来，他无处宣泄的情绪终于有了一个出口。“终于把你们这帮人渣炸死了。”他的嘴角露出了一丝邪恶的笑。

大爆炸以后，谭风浩就一直住在大队农机修理厂，其实就是个四面透风的马架子。他和谭风得在俱乐部安装了多处炸药，虽然有三个点没有起爆，但结果令他满意。他最希望俱乐部中央那个点爆炸，因为那里坐的都是大队的核心人物，他认为那些人最坏，被炸死是他们罪有应得！

天刚亮，谭风得就急匆匆找到谭风浩，说了昨晚做的梦。谭风浩听弟弟说完，愤怒地说道：“明天咱俩继续做新炸药，就绑在身上，谁查咱，咱就炸谁，大不了同归于尽！”谭风得被哥哥狰狞的表情、血红的眼睛吓坏了，眼前这个人还是那个疼爱自己的哥哥吗？

“别心软啊！”谭风浩拿出匕首，见角落里一只老鼠在探头探脑，他走过去一刀将其刺中，拔出刀后，只见刀刃上丝丝血迹，他的眼睛里燃起了嗜血的光芒。

“哥，就此罢休吧！我真的怕极了！”谭风得哆哆嗦嗦说完，跪倒在哥哥脚下。

“小兔崽子，这时候了，你还有选择？以后再胡说八道，我立刻宰了你！”说完，谭风浩将匕首朝弟弟的脖子挥去。

“我不敢了，哥，全听你的。”谭风得吓得裤子都尿湿了。

鞠光荣找到陈风和史建民，三人分析，如果爆炸案是谭家兄弟所为，他们家肯定会有散落的炸药，不仅在炕上，还得有其他埋藏点。于是，经过一番巧妙安排，专案组对谭家进行了一次秘密搜查。

果然，谭家炕洞里埋藏着大量炸药。另外，在陈风发现的废弃砖厂旁的大坑里，确实有人试爆过炸药。经技术部门鉴定得出结论，这两处炸药和现场挖出的81公斤炸药，成分相同。

真相渐渐浮出水面，案情有了突破性进展。

专案组大会上，刑侦技术部门列举了化验报告结果。指纹专家戚忠义将提取的指纹报告公布：“经查验，绝缘布上的指纹是谭风浩的。”这些证据有力地证实了谭家兄弟是爆炸案的重大嫌疑人。专案组研究决定，立即对谭家兄弟实施抓捕。

陈风再次找到民兵连长张辉，安排道：“请全体民兵到大队部集合，有新任务！”

“有任务？太好了！”一声哨响，民兵连的人整齐地站在了大队部的大院里。民兵们一个个昂首挺胸，颇有随时出征的劲头。见大家集合完毕，陈风扫了眼在场的人，说道：“民兵同志们，年关在即，上级领导对富强大队受害群众十分关心，特组成慰问小组，由我们三个人负责。”他说完看了看史建民和耿立军，两人点头示意。“我们按路线分成四个小组行动。第一组……”分配完了，陈风看了眼谭风得，“谭风得和我一个组。散会！”

民兵们意犹未尽，等着陈风再说些什么，见他转身朝大队部走去，只好散了。

谭风得紧跟着陈风进了大队部。

史建民和耿立军一左一右站在谭风浩身旁。谭风浩顿感情况不妙，转身就想逃脱，被史建民上前按住肩膀，耿立军厉声呵斥：“谭风浩，不许动！”谭风浩两眼直冒金星，双腿发软，瘫倒在地。

时间不等人，鞠光荣决定抓住战机，立即对谭家兄弟进行审讯！鞠光荣和耿立军负责审讯谭风浩，陈风和史建民负责审讯谭风得。

午夜时分，谭风浩彻底交代了他和弟弟谭风得合谋作案的犯罪事实。

真相大白

“自从大队长李连贵让亲戚冒名顶替我当煤矿工人，我就觉得生活再也没什么希望了。我恨那些两面三刀、假仁假义的大队干部，恨不得把他们五马分尸，碎尸万段！”谭风得咬牙切齿地交代道。

“去年的9月10号晚上，我就和我哥商量如何实施爆炸，要做哪些准备。11号，我俩偷割了60米电话线，盗窃了停靠在大队部里的东方红拖拉机和小四轮车油箱里的汽油、柴油，总共30多斤。经过多次踩点，发现西沟那边小树林里的青河煤矿炸药库没人看守，我俩当时乐坏了。

“10月初，我和我哥前后去了4次青河炸药库，想着多弄点，反正没人管。我哥说：‘这里往后就是咱的后院仓库，啥时候需要，咱就啥时候来取。’他还说，要做炸药的主人。我俩一共偷走炸药7箱，有360多斤。回到家再把炸药拆开，用塑料袋装好。我知道邻居老李家有30发雷管，就谎称要倒卖，从他手里高价买下。我家原来有一些，加一块就差不多了。

“10月14号那天晚上吃完饭，我和我哥商量都炸谁家，他说：‘挨家挨户炸，凡是歧视咱们，经常找碴儿的人家都炸了，看他们这回往哪儿跑！’我说：‘主要炸大队部那些干部，他们欺人太甚，咱们趁大队部开会时把他们全炸了。’我哥说：‘嗯，也是。关键还有那个卫生院，不炸了那里，我是永远咽不下这口恶气！’

“我俩研究多次，就是一直没找到合适机会。我哥说：‘不急，眼瞅着到年关了，每年这时候都有电影放映队来大队放电影，索性等俱乐部放映电影的时候把他们一窝端了。’我说：‘别都炸了啊，不是说主要炸大队部和卫生院吗？’我哥反驳道：‘你别心软，那些群众也不是什么好东西，随帮唱影，颠倒黑白。全炸，让这个屯子在地球上彻底消失！’就这样，我俩一致认为放电影是个好时机。

“一切准备就绪，我们就开始连接炸药、雷管，反复试验。开始在家里屋后试验，哪承想引爆后炸药威力那么大，炸开了一个大坑，还震得周围好几家邻居出来看热闹。

"'啥玩意炸了？这家伙地动山摇的，吓死我了。'邻居老邹是个大嗓门，我哥赶紧解释：'哦，没事没事，这不邻村有户人家要挖井嘛，我俩试试，对不住了！''可别瞎折腾，弄这么大动静跟地震似的，吓死人了。''可不是吗，这半夜三更作啥妖呢？再整出这么大动静，小心我告你去。'

"邻居们你一言我一语，骂骂咧咧了半天，把我俩吓得停工半个月。后来发现离大队5公里处有个废弃砖厂，就到那里试爆了两次，结果挺成功。

"11月4号，那天很冷，空中还飘起了雪花。半夜，我和我哥带着铁锹，用麻袋装上雷管、炸药、煤油、汽油，还有镐头、钳子、螺丝刀、手电筒等工具，偷偷地从俱乐部正面的破玻璃窗户跳了进去。先后在俱乐部挖了5个大坑，把7箱炸药和50发雷管全埋上了。我哥说：'中间这个坑再挖大点，多埋点炸药，每回有好电影好节目，大队干部和家属都坐在这个位置上，正好一锅端了。'埋完炸药，连接了起爆线，只等机会到来。俱乐部灯光灰暗，加上长年累月积下的残土和瓜子皮，没人注意到地上有啥变化。不过也有人发现了新土，好在没人再追问什么，我干脆挖了很多新土填在了俱乐部舞台上的地板缝里。

"一切都准备好了，就等电影放映队快点来。那段日子挺难熬，左等没来，右等没信儿。

"11月30号中午吃饭工夫，我小弟弟跑回家，连蹦带跳地说：'屯子里要来放电影啦！'我哥厉声呵斥：'不许你去看电影啊！咱家谁都不能去！'家里人不知道我俩的计划，都蒙了。

“12月1号，电影放映队真来了。我俩知道时机已到。听说有电影了，顶数我爸张罗得最欢。我故意把他的药瓶打碎了，我爸气坏了，给我一顿骂：‘兔崽子，气死我了，你这是不让你爹活啊！算了，不去看电影了。’

“那天下午4点多，天就黑下来了，我和我哥到了大队俱乐部。电影正片放映前先放加片，这时候我哥问我：‘看见老三了吗？’‘没有！’‘赶快回家看看，一定给我找到他，盯住他，别让他出家门。’我赶紧跑回家看个究竟，老三果然没在家。我又赶回俱乐部，和我哥找到了老三，忽悠他：‘咱爸心脏病犯了，你赶快回家，我和你二哥后脚就到家。’老三很不情愿地回家去了。

“我哥不放心，让我盯着老三回家。这时候我有点害怕了，就说：‘哥，爆炸成功了的话，咱俩可是罪责难逃，到那时候身陷囹圄，谁都救不了咱俩！’

“我哥看我打退堂鼓，恨铁不成钢地骂道：‘这时候了你还敢说这种屁话，找死啊！赶紧把老三给我盯死。你再跟我磨叽，小心我整死你，你信不信？’说完还把刀掏出来比画了两下。见他这样，我吓得要死，赶快尾随弟弟看他是否回家了。见弟弟确实进了家门，我便快速跑回俱乐部。这时候加片演完了，银幕上出现‘鹰击长空’四个大字。趁大家正聚精会神地看起电影，我俩偷偷地点燃了引爆线，然后就悄悄地溜出了俱乐部，躲在茄子河边，刚蹲下就听见‘轰隆隆’几声震天巨响，俱乐部直接被炸开了花，浓烟四起，火光冲天……”

“还有什么事没交代？”陈风声音洪亮，眼神犀利。

“还有一件事，无论能否立功，我都是出于对陈警官的敬畏之心，索性也告诉你们。”谭风得目光呆滞，情绪已经平静下来。

“邻村胜利大队老卞家的卞老三是我中学同学，我们关系一直挺好。前不久我在街上碰到他，他说：‘这回咱哥们有钱了，来，请你喝酒。’我俩在他们屯子二小狗肉馆里吃的狗肉，一瓶高粱酒下肚，我看他就有些醉了。

“我说送他回家，他说：‘回去干啥？不醉不归，老板再来一瓶。’老板二小无奈又上了一瓶高粱酒。快半夜了，卞老三他媳妇李桂花气哼哼地找到店里，张口就骂：‘咋回事儿？下半夜了还不回家？原来是你，谭老二，是不是你找我家卞老三喝酒？’

“卞老三拍桌子，冲他媳妇叫板：‘咋呼啥？咋地？爷现在有钱了，不用再看你家人脸色了，尤其是你那老叔，比比画画的，跟谁呢？瞅见没，这大金链子是我给她买的。’他一把拽过李桂花，我看见李桂花脖子上的金项链明晃晃地露出来，悠来荡去，十分显眼。我感觉不对劲，便问：‘老同学发达了？这条项链不得十来克啊？花不少钱吧？’

“‘啥眼神啊？16克还高高的哪。’卞老三说完用手做了一个‘撬’的动作，趴在我耳边说，‘我把供销社给撬了！’

“‘啥时候的事儿啊？’

“‘大爆炸后一个礼拜，就是人们说的‘黑色星期五’，连这个你都不知道，完蛋玩意。’

“‘你一个人干的？’

“‘哪能呢，我叫上了老邹家老四，那个废物，到真章了啥也不是，我一棒子打倒更夫，他吓得屁滚尿流就想溜，别提他！’

“‘这把你能的，行了行了，别显摆了。谭老二，你可别听他胡咧咧，全是醉话。’‘闭嘴！不管咋样，你家人都得另眼看待我了吧？’‘早就知道你不一般了，行了吧？’李桂花上前架起卞老三，两口子就回家了。”

……

冰雪消融，大地回春，震惊全国的大爆炸案，终于水落石出，真凶也认罪伏法。表彰大会上，省公安厅副厅长刘克非上台为陈风颁奖并致辞：“陈风同志连续54天没脱衣服，没睡过一个囫囵觉，天天琢磨案情到深夜，凭着惊人的观察力和判断力，敏锐地锁定懂爆破、盗窃过炸药、有严重报复心理的谭家兄弟，并建议对谭家兄弟立即实施抓捕。我们表彰他，是因为他始终扎根在群众中，依靠群众的力量破获了案子；我们表彰他，是因为他始终孜孜不倦地探究学习，勤恳钻研。好样的，陈风，人民感谢你！”

讲完了有关大爆炸案的始末，陈风站起身，向在场的滨州省公安厅干警敬了一个礼，全场掌声雷动，经久不息。

坐在后排的翁超凡走上台，说道：“同志们，成为一名刑侦专家的过程是漫长的，也不是偶然的。陈风同志在基层积累了丰富的工作经验，从他的成长中，我们看到了一个优秀共产党人的坚韧、勤劳、正义、信念，以及不懈求索。哪有什么一战成名，无非都是百炼成钢；哪有什么常胜将军，无非都是越挫越勇。”掌声再次响起。

翁超凡继续说道：“一个人的一生可以留下多少回忆，又会写下怎样的传奇？谁会在那铺满荆棘的路上留下前行的足迹，抑或是在浩瀚的历史画卷上写下浓重的一笔？‘79121’惊天大爆炸案成功告破，陈风立了大功，受到煤城市委、市政府的最高嘉奖，荣获省委、省政府授予的‘新长征突击手’称号，公安部授予的‘一级英模’嘉奖。”说到这里，他转身看向陈风，“陈风同志还有很多精彩的破案故事，大家想不想听？”雷鸣般的掌声再次响起。

一枝乍秀，淡淡如菊。破获大爆炸案把陈风推向了日后的辉煌，他像一只矫健的雄鹰，一飞冲天。

第二章　大老李不是盗窃犯

挖完了最后一锹土，借着月光，王云一伸手就摸到了洞两边的水缸和酸菜缸。他高兴得差点叫出声来，却被洞口边掉下来的干土呛得一连打了好几声喷嚏，吓得他立即缩回了洞里……

睡梦中的谷阿姨似乎听见了响动，她侧耳听了一会儿，没声，以为自己在做梦，翻个身又沉沉睡去了。

夏日桃山，漫山葱郁。

“冰棍，奶油冰棍！”叫卖声从早到晚，传遍了桃山的街头巷尾，给炎炎夏日送来清凉。

下午3点，桃山小学校门前，孩子们将卖冰棍的谷阿姨团团围住。“别急别急，来，你的一根，还有你的。哎，别跑别跑！”谷阿姨见孩子们起劲儿地嘣嘣着冰棍，连蹦带跳的样子，露出了欣慰的笑容。

太阳下山了，天色渐渐暗下来。每到这个时候，家家户户房顶上炊烟缭绕，在苍翠树林的掩映下，显得曼妙祥和。

吃过晚饭，谷阿姨等来了这一天最后的一个仪式——查钱！她把这一天走街串巷卖冰棍赚来的钱按面值分开，再分别捆成卷，用皮筋扎起来。她坐在炕上聚精会神地数着钱，这已成为她生活中最重要的仪式。查完最后几张纸币，打开炕柜，她自言自语道:“儿子结婚的‘三大件’算是准备得差不离了！”又小心翼翼地摸了摸儿子结婚用的毛料，“终于准备妥当了。”她躺在炕上，头顶着炕柜沉醉着，一会儿工夫就进入了梦乡……

她梦见一个晴朗的下午，儿子领着小琴姑娘上了山，两人在漫山遍野的花海中说笑着追赶蝴蝶。那蝴蝶成双成对，可儿子手中拿着白色网兜在空中使劲摇晃，怎么也捉不到一只蝴蝶。小琴姑娘上前抢过网兜，竟然轻而易举地网住了蝴蝶，还和蝴蝶一起飞向蓝天！她越飞越高，越飞越远，嘴里还喊着:“我走了……”

谷阿姨从梦中惊醒，捏了捏自己的脸，回味着刚才的梦，她披衣下炕走进院里。东方拂晓，不远处的房山头似乎有个土堆，走近一看，怎么是个大坑？她有些奇怪，是谁在她家房山头挖了这么大的坑？自己怎么一点儿也没发觉？她呆呆地望了一会儿，反身向屋门口走去。就在她进门的瞬间，借着天际散落的点点亮光，看到酸菜缸和水缸中间竟有直径近一米大小的一个洞！“啥时候出来的洞？”谷阿姨被眼前这一幕惊呆了，慌忙转身进屋，只见枕头旁的炕柜不翼而飞了！她揉揉眼睛，上前一阵摸索，一拍大腿，“哎呀，我的柜！”说完，她不顾一切地向门外跑去，恍惚看见院子里有个东西像是炕柜。她又惊又喜，跑过去急忙打开炕柜，见钱和衣料都不翼而飞，顿时坐在地上号啕大哭，这哭声惊动了四周邻里。

“这谁啊？大清早上的，怎么了？”邻居大老李闻声走过来询问。

“我家被盗了！”谷阿姨泪流满面，用衣袖擦着眼睛，“不知道是哪个挨千刀的，不得好死的东西！”

“被盗了？都偷啥了，给没给你留一两件？”看着哭成泪人的谷阿姨，大老李很同情，出言安慰道。

听大老李这么一说，谷阿姨起身走到柜子边又翻腾起来，果然有两件孩子的旧衣服在里边。

“你怎么知道？啊！是你干的吧？”谷阿姨瞪着泪眼，冲大老李大声地吼着。

“咋那么不知道好歹？沾边就赖啊？”大老李也急赤白脸地吼起来。

“准是你！不是你就怪了！我这就报案去，等公安来了，非把你抓走不可！”谷阿姨气急败坏地骂道。

“去吧，看看公安咋办！随意攀咬，看你咋收场！”

“你给我等着啊！”谷阿姨跑到村公所，抄起电话，向煤城公安局报案。

清晨，煤城公安局刑警队接到谷阿姨报案。值班的是刑警队队长彭华，他见上班时间还早，就敲响了民警宿舍的门，“陈风，情况紧急！和我跑一趟桃山镇。”

“有案子？”

“对，一起盗窃案。”

早上6点，陈风和彭华就赶到了案发现场，也就是谷阿姨家。

两人一到现场，就听报案人谷阿姨连哭带叫：“我家昨晚被盗了，我给儿子结婚攒的钱，还有毛料，全被盗走了。这事儿就一个人能干！”

“谁？”

“大老李干的。”

“你怎么那么肯定是大老李干的？”陈风问道。

“第一，他一听我说东西丢了，站在旁边说‘给没给你留一两件’，我一翻柜子，真有两件东西，你说怪不怪？他怎么知道柜子里还有两件东西？第二，开春时我辛苦种的大葱让人给拔了一垄，我就顺着拔大葱的土印找到了大老李家。我本想骂他，考虑到我家那口子不在家，别把邻里关系弄僵了，日后低头不见抬头见的。可转念又想，他要是想吃大葱就告诉我一声，我能不给他吗？气得我嚷嚷了好几天，他就是不搭茬，真气死我了。思来想去，邻里邻居的吃个大葱，算了。第三，我家养了条大黄狗，好模好样的，突然就没了！可怜我的大黄狗，我天天不吃不喝、走街串巷地找，心疼得我夜里都睡不着觉啊！正在我发愁的时候，发现他家后院挂着一张大黄狗狗皮。我当时就急眼了，拿起菜刀非要和他拼个你死我活。要不是邻居老赵拦着我，我都想报案了。根据这三点，我断定这次挖洞偷柜准是大老李干的，跑不了他。”谷阿姨说得句句在理，头头是道。

谷阿姨说完，期待彭华和陈风认可她的判断。“就是他干的，没错！”她焦急地等待彭华队长说话，恨不得公安局马上就把大老李给正法了。

彭华把陈风拉到一边，信心十足地说道：“谷阿姨说得有道理，这起盗窃案应该是大老李所为。把大老李带回局里审审，一会儿就能招。”

“不能轻易把人带走，一定要有充分的证据，否则大老李日后怎么做人？再说，如果不是他怎么办？老百姓会认为我们办案不严谨，会对我们失去信任。”陈风有些疑虑。

“只是带回去询问嘛，如果不是就算了。再说有当事人指认，不是也没啥，咱现场也出了，啥时候能破案再说！”彭华说道。

“别急，我再问问。”陈风耐心地说。

“大老李是不是经常到您家来？”陈风转头向谷阿姨问道。

“没来过，从来没来过。”谷阿姨满脸认真地回答。

陈风听谷阿姨这么一说，有了决断：“大老李不是盗窃犯！为什么？要从酸菜缸和水缸之间顺出去一个柜子，得从外边往里刨，如果不是经常到您家来的人，不量尺寸，弄不了那么准确，这稍有偏差，一镐下去，非得把水缸干碎了不可。这得是个对您家相当熟悉的人干的。可大老李从来没到过您家，不可能这么准确掌握您家的情况和刨洞的位置。”陈风又问谷阿姨，“有谁经常上您家来呢？”

“没谁来过。我家那口子常年在外地打工不着家，我自己领着孩子过。”谷阿姨再三思考，怎么也想不出还有什么人来过。

“谷阿姨，再想想，有没有啥亲戚来过？”陈风引导谷阿姨回忆。

“在东北哪还有啥亲戚？有的话也不可能！”谷阿姨咋也想不起有啥亲戚。

“‘有的话也不可能’是啥意思？”陈风不错过任何一个细节，仔细盘问。

“我外甥，他常上我家来。不过，绝不可能是他。”谷阿姨斩钉截铁地说。

“您外甥是干啥的？”陈风继续问。

“从山东老家来投奔我的。为了给他找到如意工作，我可没少托人，还送了人家两瓶好酒。结果光送东西没用，拿了钱才给他在矿上安排了工作。”谷阿姨有些惆怅。

陈风在屋里来回踱着步，试图寻找更多线索，抬头看见墙中央挂着一幅照片，是两个年轻男子的合影，他问谷阿姨：“这是您儿子？”

“对，我儿子和外甥去年照的。”

“你问那么多有啥用？工作都是他姨帮着安排的，哪能是他？白费劲！行了行了，走吧！”彭华边摇头边催陈风。

“您外甥在哪个煤矿？叫什么名？”陈风不死心，还在追问。

“东风煤矿，叫王云。”谷阿姨答道。

“好，谷阿姨，您安心等着，我们争取早点破案。”说完，陈风骑上自行车，迎着初升的朝阳，疾驰在乡间小路上。

凤凰牌自行车

炎炎夏日，一丝风都没有。

彭华和陈风赶回煤城市公安局已是中午时分。吃过午饭，彭华开始午睡。陈风琢磨再三，觉得应该立即到东风煤矿去，抓紧调查王云，还大老李清白。

忽然，电话铃声响起，“东风煤矿小煤窑发生斗殴事件，两轻伤一重伤，正送往医院抢救。请警察同志速到现场协调伤者家属，避免发生重大事故。”报案人员一口气说完，等着电话那头回复。

“好！我们立即前往！”

“刑警队全体都有，集合！”彭华队长一声号令，刑警队六名刑警井然有序，列成一队。彭华环视了一圈，只有陈风和梁晓阳手中的案子刚结。

“陈风，梁晓阳！”

“到！”

“你们两个速去东风煤矿小煤窑协调伤者家属，看看伤到什么程度，禁止事态扩大。同时，多做思想工作，给群众一个满意的答复。”彭华说完又补充道，“陈风，我下午还有个会，你抓紧去矿上走访一下，卖冰棍老太太家被盗案，抓紧结案。”不等陈风说话，他就摆手示意大家解散。

午后，骄阳似火。陈风和梁晓阳两人出发了，他们骑着自行车，赶了30里路才到达东风煤矿小煤窑。

烈日炎炎，树根下围着几个人，见有两个汗流浃背的年轻人从自行车上下来，“警察！”报案的那个人猜到他们是警察，上来就说，“赶快拿出个说法，这小煤窑安全可没有保障，下回真出了人命，可别怪我没提醒你们。”

“开小煤窑的黑心老板是市里一个领导家的亲戚，查查他有没有开矿许可证！”不知从哪儿围上来一伙人，你一言我一语，贡献着各种情报，让陈风和梁晓阳无从下手。

“你们两个小警察能不能解决问题？不行就找你们大领导来！今天这事儿不解决，谁都别想走！”矿工家属庞春平死死地揪住小煤窑矿长媳妇的衣领不松手，还放了狠话。

阳光火辣辣的，焦躁的情绪难免有些失控。“不是说有人受伤了吗？怎么回事？一个一个说。”梁晓阳上前说道。

“你先报个名，你是干啥的？是不是管事的？能不能说了算？不行就不跟你说。去，老杨，给他们局长直接打电话，让局长来。”庞春平说完，瞅都不瞅梁晓阳，直接命令道。

“这位同志，我们是煤城公安局刑警队的，接到报案说你们这有斗殴事件，有什么问题可以直接和我们说。”陈风诚恳又不失威严地说道。

“我手里这个人就是小煤窑矿长的小媳妇，看见这个熊色了吧，她仗势欺人！还撺掇她老头让我弟弟在矿下干了30多个小时的采煤活儿。要不是我找人把她老头给揍了，到现在都没人重视这事！这不，我弟弟刚上来。”庞春平推了推一旁的弟弟。

“大姐，你打人肯定不对啊，把人打坏了，赔医药费不说，还犯了故意伤害罪。究竟为啥事？”陈风追问。

“这个娘们看好我弟弟了，非要把她那呆傻的妹妹嫁给我弟弟不可。我弟弟有对象，说不行，她就折磨我弟弟，还扬言‘你不娶我妹妹，就让你在井下干一辈子’。”庞春平怒不可遏，说完还踢了小煤窑矿长的小媳妇一脚。矿长小媳妇一个趔趄，吓得哆哆嗦嗦不敢抬头。

“走，配合一下，回局里去接受调查。”陈风对庞春平和矿长小媳妇说。

“哎，这就对了嘛，把她带到局子里，让她尝尝苦头，打打她的嚣张气焰，看她还敢嘚瑟不？”庞春平有点兴奋。

众人围上来，“带走她，小煤窑是不是就关了？”

“要关了的话，大矿能不能收了啊？要能收了就好了！”

“其实，那矿长也没被打成啥样，他要无赖！要是把他扣了就好了，看他们还敢仗势欺人，再弄出啥动静！”

“自从她上位，咱都没赚到过钱，年底一算账，我们还得欠她的钱，真是怪事，找谁说理去？带走好，好好收拾收拾她，再也别回来了！”人们的议论中充满了对矿长两口子的怨恨。

眼见围了一群人，陈风只能无奈地挥挥手，劝道：“大伙散了吧，有事直接找矿上，绝不能再动手打人。”他见人群里有个人说得最欢，便对那人说，“走，你陪他们走一趟，路上也好帮帮忙。”

老贾欣然凑上来：“好嘞！这活儿交给我吧。”说完，他东张西望像在找什么，“你们没车啊？这么远的路咋走？”老贾以为办案都有吉普车，借机还可以蹭车坐坐。“老魏，你和我一块去吧，骑上车，咱俩一人驮一个。”老贾边招呼老魏，边骑上自己的自行车。别说，两人挺配合，一前一后，载上庞春平和矿长媳妇，朝煤城公安局方向出发了。

“你们先走，我们到东风煤矿还有事儿，　会儿到局里会合。”陈风嘱咐完，就和晓阳直接去了东风煤矿。

东风煤矿办公室主任兼人事部负责人王杰听见有人敲门，懒洋洋地把双腿从写字台上拿下，“谁啊？”话音未落，两个人气喘吁吁地推门而入。“我们是煤城公安局的，我叫陈风，我同事梁晓阳。”陈风边介绍边掏出警官证。

“啊？领导啊！”王杰忙起身让座，找水杯倒水。

“不用忙活。”陈风看见地上有个水壶，水壶嘴上倒扣个茶缸子，摘下缸子倒满水，一仰脖喝了个干净。他又给晓阳也倒了一缸水，“晓阳，井水，凉快！”

陈风用手抹了一下嘴角，上前问道：“和你打听个人，王云认识吗？”陈风满脸是汗，顾不上寒暄，直奔主题。

“王云，认识！他来矿上还是我帮他安排的呢！这小子一步一步地进了销售科，眼瞅着要升职啊！不过，他有些死性，不会来事。”王杰介绍道。

“谈谈王云的近况。”陈风询问。

“怎么？他有什么事吗？”

“只是询问！”

“近况？啥意思？”王杰擦了擦汗，“这小子蔫了吧唧的，不知道啥时候还搞上了对象，听说是城里姑娘，哪个幼儿园的幼师。这不，最近正张罗要结婚，昨天请假去佳木斯买自行车了。”

“他在矿上工作多久了？”

“临时工干了两年，正式工满打满算一年十个月。”

“他每月工资多少？”

“临时工每月35块钱，正式工每月56块钱。”

“一辆自行车多少钱？”

“听他说要买一辆凤凰牌坤车，说是送给姑娘当作结婚礼物，市场价180元，可贵贱没有卖的啊！怎么，他出事了吗？”

听到这里，陈风说道：“告诉我他的住址。”

“他住在矿工宿舍。”

“好，先到这里，有什么问题再来找你。”

两人赶紧骑车返回局里，把情况汇报给彭华。

“看来你分析得还是有点道理啊！”彭华听完陈风汇报，肯定了他的判断，又看了一眼在等待陈风的庞春平，就派值班民警路大海去做笔录。

“陈风，事不宜迟，你和晓阳坐火车去佳木斯找王云。”彭华安排道。

陈风把目光转向晓阳，晓阳从陈风的目光中看出了他的态度：“好！马上出发。”两个人不顾疲劳，立刻向煤城火车站跑去。

两人匆匆赶到火车站，伴随着“呼哧呼哧”声，白色蒸汽已经升腾起来，眼见火车驶出了站台。他俩一筹莫展，只好拨通电话，向彭华请示重新制定行动方案。

“只能开咱们那台东风吉普车去追了。也好，咱们和绿皮火车来场赛跑，目的地——佳木斯。”撂下电话，彭华就开车到煤城火车站与陈风、晓阳会合，三人一起去佳木斯寻找王云。

绿皮火车的速度不快，在十八拐上坡的路上，火车喘着粗气，放慢了速度，吉普车也刚好赶到，陈风对梁晓阳说：“跳到火车上怎么样？抓紧找到王云。”晓阳点了点头。彭华也将吉普车适时地靠近火车道，两人飞也似的拉住火车车厢连接处的把手，嗖地一跃，登上了火车，呼啸的火车丝毫没有察觉到这两名警察的到来，仍旧保持着缓慢的车速一路前行。

“呜呜——”火车驶进佳木斯火车站。

陈风和晓阳在出站口寻找王云。潮水般的人流一齐涌向出站口，梁晓阳错把一个人当成王云并尾随其后。人山人海中，迎面走来一个老太太，她对那人说道：“儿啊，这车走得可太慢了！”那男子一手提个包，一只胳膊上前搂住老太太:“妈……”晓阳见此情景才发觉自己盯错了目标。

陈风先是站在出站口，没想到有三个出口同时检票。出站口熙熙攘攘，他担心把王云漏掉，便迅速走出出站口，站在台阶高处瞪大眼睛盯住来来往往的人。他凭借在谷阿姨家看到的照片，在人群中搜寻，“不是！”“也不像！”随着出站口的人稀稀落落，越来越少，出站口的门也关闭了，“这个狡猾的王云，难道没走这个口？”

“找到了吗？”晓阳急三火四上前问道。

“会找到的！”陈风看出晓阳有些焦急，便给他鼓劲儿。他们在火车站没有找到王云，迅速向已等在车站外的彭华走去。

吉普车进了佳木斯市区，驶进红旗路，眼看要到机电公司了。突然，道边冲出一伙人，手持棍棒追赶前方不远处的一个人。

“停下车，看看怎么回事。”陈风的视线牢牢锁定前方那个飞快奔跑的人。“等会儿，再看看。”彭华提了车速。突然，前面那个人像被什么东西绊了一下，速度也减了下来。后面一个大块头男子追上去挥棒就打，眼见那人挣扎几下就倒在地上。见此情景，陈风推开车门，不顾一切地飞跑过去，与大块头男子撕扯在一起。大块头男子显然占有身体上的优势，但陈风丝毫不畏惧，施展拳脚，灵活应对。大块头男子暗想：哪里杀出来个程咬金？身手不赖呀！几个回合下来，大块头男子一个倒栽葱，陈风用胳膊插向他的右臂死死别住，拿出手铐扣住了他。后面蹿上来的一伙人举棒就向陈风袭来，被后面赶来的彭华死死扭住。一个人趁乱要跑，晓阳上去一把将其揪住，并一拳击倒在地。

“警察！”“警察来了！快跑！”其他人赶紧扔下棍棒，撒腿就跑。

一辆吉普车飞驰而来，佳木斯市局刑警中队队长徐中锋从车上跳下来，大喝一声，稳住了混乱的局面。

“谢谢彭队前来助力！”徐中锋说道。

“巧遇。要谢就谢陈风和晓阳，他俩跑得飞快，才抓住这几个家伙！好了，公事在身，不聊了。”彭华说完朝吉普车走去。

“快看看那人怎么样！”陈风指着倒在不远处的人说道。

“行！有我们，放心吧！”徐中锋向陈风和晓阳郑重敬了个礼。

吉普车拐了个弯就到了佳木斯机电公司。

“陈风，你和晓阳上去找王云，把他带回来。”彭华交代完就把吉普车椅背往后调，靠上去闭目养神。

陈风和梁晓阳上楼后，找到了经理室。

听见敲门声，潘经理撂下手中的电话，拿起桌上的茶杯正往嘴边送，见两个陌生人大摇大摆地走进来，他眼皮抬了抬，问道：“啥事儿？”

“煤城市公安局刑警队的，请配合。”梁晓阳把警官证亮给潘经理。潘经理忙不迭地站起身，刚进嘴里的水还没来得及咽下，支吾道：“请坐，请坐！”

“有个从煤城来的人，叫王云，到你这儿来买自行车了吧？”陈风问。

潘经理听见陈风这么问，脑门上立刻沁出汗珠，心里暗想：难道王云买车，我要他50块钱好处费的事儿暴露了？这也太快了吧？

他故作冷静地说“来，坐下喝点水。”

陈风直视他，那极具威慑力的眼神让潘经理有些招架不住。他用右手挠了挠稀疏的头发，说道：“是有个叫王云的人，刚买了辆凤凰牌自行车，这不，非要扔给我50块钱。”他将抽屉打开，拿出五张10块钱，“我可没和他要啊，是他硬塞给我的。”说完，他如释重负，一屁股坐在椅子上。

陈风和晓阳对视一眼。怎么办？如果把这50块钱交给机电公司财务，明细这一栏怎么写？写潘经理收取卖自行车好处费？陈风心里盘算着，嘴上却说：“王云把车发走了吗？”

“对，他说发零担，人和自行车随火车一起走，估计半夜人先到，直接就提车了。”潘经理点头哈腰，不敢直视陈风和晓阳。

“叫你们财务人员来一下！”陈风果断地说。

“警察同志啊，求求你们了，我以后不会再收礼了！这事儿你真告诉了财务，我这脸还往哪儿放？算我求你们了！”潘经理可怜兮兮，双手抱拳。

陈风看了看晓阳，晓阳也一脸无奈的样子。陈风抬起胳膊看了一眼腕上的表，时间紧急，没工夫和这个潘经理纠缠了，“暂且给你一次机会，若被我们知道你再犯，绝对不会轻易放过你。”

“谢谢了！”潘经理双手不住地作揖，嘴上还不停地说，“高抬贵手！高抬贵手！”

离开机电公司，陈风暗自思忖：一个机电公司的经理，就可以暗地里营私舞弊，贪赃枉法，利用职务之便获取不正当利益！千里之堤，溃于蚁穴。腐败都是从一点一滴开始的，要坚决抵制这种现象。

“开往煤城的火车马上就要开了，请送亲友的旅客抓紧时间下车……”随着列车广播员甜美的声音，一声长鸣，夜幕下，绿皮火车缓缓离开了佳木斯。

“晓阳，你从第一节车厢开始找，直到我们碰面为止。”

“好！跑不了他。”

陈风来到最后一节行李车，在铁路警察的配合下，他找到了签有发货人王云名字的包裹，里面正是自行车。接着，他一节一节车厢地往前查找，在第六节车厢处，陈风和晓阳遇上了。“我从第一节车厢查过来，没有！”晓阳双手一摊，示意没有。

“他跑不了，走！”陈风叫晓阳折回来，同他一起找。

突然，一阵孩子的哭闹声吸引了陈风的注意，他循声望去，原来是一个老汉正吧嗒着旱烟，冒出的浓烟呛得他旁边女人怀里的孩子哇哇大哭。对面坐着的男子见状，随手拿起小桌板上一把铁勺，边敲铁缸子边哄那孩子：“哎哟，小朋友咋那么爱哭啊？”“当当”的敲击声音使孩子哭得更加厉害了。只见那女人一撩衣襟，孩子立刻依偎过去，马上就不哭了。陈风看清了男子的长相，急步向这边走来，那男子立刻将头转向窗外。

“王云！”陈风厉声喊道，王云听到有人叫自己的名字，当时就堆随了。

“差点让你蒙混过去。”梁晓阳掏出警官证，“警察。配合一下！”他径直上前搜了王云的身。王云战战兢兢，企图抵赖，还是被晓阳找到了托运自行车的邮单。

王云耷拉着脑袋，像只泄了气的皮球。

水缸和酸菜缸之间

王云看着满脸沧桑的谷阿姨，“扑通”一声跪倒在地，哭道：“姨，你家的钱就是你这个不争气的外甥偷的！”

谷阿姨难以置信，声音沙哑，透着愤怒：“你这个畜生！”

夜晚，煤城华灯四起，喧嚣了一天的城市渐渐变得清凉起来。劳累了一天的陈风和梁晓阳洗去风尘，脸上流露出一丝轻松。

审讯室的灯光冷峻。彭华对陈风说：“‘风阳组合’干得不错！招呼晓阳，咱们一起！”说完，三人进了审讯室。王云如坐针毡，左顾右盼，想寻求最后一根救命稻草。

“怎么回事？老实交代！”彭华严肃地看着王云。

“我全交代。”铁的事实面前，王云无法抵赖。

“我姨是我的恩人……”王云刚说完一句话，喉咙就哽咽了。

“继续！”

“我自小就没了妈，我爸娶了后妈，从此我就没有安生的日子。水深火热的生活让我学会了怎么讨后妈欢心，怎么能吃饱饭，但稍不留神就会遭到后妈的毒打。她打完还要和我说：‘你可以告诉你爸我打你了，但你知道后果。’我不敢告诉爸爸，因为这意味着下次会遭到更狠毒的打骂。许多年前我就听说，我妈有个胞妹在东北煤矿上，我就盼着自己快点长大，去找我姨。18岁那年，我高中毕业，一心想考大学。可后妈让我娶她姐姐的姑娘，还把那姑娘带到我家。她比我大三岁，人长得挺俊，可是个瘸子。

“那姑娘来到我家，当天晚上就住在我家不走了，可把我吓坏了。夜深人静，我偷偷溜出家门，揣着多年来偷摸攒的零钱，总共40块钱，便离家出走了……

“历经千辛万苦，我终于找到了我姨家，姨看见我直抹眼泪：‘唉，我那老姐死得早啊！可怜的孩子，以后就住家里，有啥事姨给你做主。’她待我如己出。我在矿上干了几年临时工，渴望有一份稳定工作，我把这个想法和姨说了，姨很高兴，支持我有个安稳工作。她千方百计找到矿上领导，又送礼又送钱，才把我安置在总务科。后来，我喜欢上了一个城里姑娘。姑娘的母亲嫌我穷，不同意我俩搞对象，后来姑娘告诉我多帮她家干活，就会扭转她母亲对我的印象。经过一个春天的接触，她母亲勉强同意了我俩的婚事。眼看婚期将近，姑娘和我要一辆凤凰牌自行车，可操办完婚礼，我就没钱了。我说：‘结婚以后再买自行车吧。’‘不行！连台自行车都买不起，结婚的事就算了！’她妈直接把我推出家门，还警告我，‘以后不许再来我家！’眼看我俩的婚事因为一辆自行车就要泡汤，我不甘心，思来想去，姨不是也给她儿子筹备结婚呢吗？姨有钱，要是和她借呢？但是她攒的钱也只够给她儿子成婚，如何还能借我？加上姑娘催得紧，她妈又找人给她介绍对象了，我实在等不及了，便动了偷钱的心思。

“那阵子我没事就去姨家，见她每天都把卖完冰棍的钱藏在炕柜里。我有意瞄了一眼，那里还有毛料和其他稀罕物！以前我觉得这个炕柜很小，可这时候我才发觉这炕柜其实很大。我开始研究在哪儿动手。最开始我想从窗户往外搬。那天，我故意走得很晚，发现姨把窗户扣得紧紧的。我又想到从门往外搬，可门闩也是在里面插得牢牢的。思来想去，突然眼前一亮，发现厨房的水缸和酸菜缸中间可以下手，在这里挖个通道，神不知鬼不觉！经过反复丈量，我确定了水缸和酸菜缸之间的距离，就这样，我动手了，并计划三天挖通。

“第一天下班，我早早到姨家，帮她把缸里的水挑满，还带来从食堂买的馒头。姨高兴地说：‘这馒头真香！哎，得外甥济了。’‘看您说的，往后咱日子更好过。’姨笑呵呵地偎在炕上，开始她每天最后的‘仪式’——查钱。

“我躲在姨家房山头，等姨屋里的灯关了就开始挖。想着能娶到一个如花似玉的城里姑娘，我充满干劲，速度也快了。一锹，两锹……通了！我看了一下表，凌晨三点。哪承想这么快就挖通了，天助我也，最后一锹土一挖就掉下来了，呛得我连连打喷嚏，我害怕吵醒姨，急忙躲了起来。过了一会儿，我听没啥动静，便用手朝洞边摸了摸，正正好好，炕柜就在水缸和酸菜缸之间，我暗自高兴，差点叫出声来。

“我朝洞里望去，姨熟睡的面孔就在眼前，那么慈祥，可我是来行窃的，偷我自己亲人的财物。我的亲姨，曾经帮助我脱离苦难，为我东奔西走安排工作，我却恩将仇报……由于白天太累了，姨的鼾声再次响起，她翻了个身，好像在做美梦，一脸幸福。可我也要幸福啊，现在遇到了难处，您一定要理解我啊，我妈走得早，要不是投奔您，哪能当上工人？哪能娶上媳妇？不能犹豫了，我日后孝敬您就是了。

“我屏住呼吸，轻轻从姨头顶搬走了炕柜，一口气将炕柜从水缸和酸菜缸之间的洞中顺了出来……”

陈风扶着谷阿姨走出审讯室。“陈警官，谢谢你帮我破案，抓住了我外甥王云这个忘恩负义的贼！唉，我还差点冤枉了大老李。”大老李和邻居们也围了过来，大老李说：“哎呀，大妹子，案子破了就好，不打不成交嘛！以后遇到什么困难找邻居，远亲不如近邻。”

礼堂里又一次掌声雷动。刑侦大队队长肖战听完连连点头，怪不得当初翁厅长一眼就看好陈风，还要重点培养他，真是个好苗子。这起盗窃案不大，可往往最容易疏忽。而陈风仔细求证，从细节下手，直至水落石出，真相大白。“同志们，天下无难事，只怕有心人；天下无易事，只怕粗心人。如果当时陈风草草断定大老李是盗窃犯，多了一个冤案，失掉一份民心，如何收场？同志们，办任何案子，无论大小，我们都要用心分析。陈风同志在案情分析上态度严谨，值得我们每个人借鉴学习。”肖战总结道。

“向陈风同志学习！”

第三章　矿舍谋杀案

午夜，漆黑的夜幕下，一男一女推着单轮车，由远及近。两人踉跄着将推车上沉甸甸的麻袋卸在火车道上，转身就跑。谁料，那男子的裤脚似被什么东西死死扯住，他一下栽倒在地……

北方，农历四月，柳絮伴着思念纷纷扬扬。

清晨，细雨蒙蒙，家住矿工家属区铁道西的付家贵上早班。东方渐渐显出了鱼肚白，为打发这独自一人的无聊时光，他悠闲地哼起歌："夜半三更哟盼天明……"脚下的步伐也加快了许多。经过铁道时，他被什么东西绊了一下，不禁打了个寒战。他低头摸了摸那有点柔软的东西，顿时被吓得头皮发麻，倒吸了一口凉气。天际渐渐放亮，他定睛一看，四周是黑漆漆的血迹和被火车碾压散落一地的骨头，是人！这可把付家贵吓坏了，他下意识地抬头望望四周，四周静悄悄的，连个人影都没有。怎么办？得马上把这个消息报告给矿上和公安局，查查是谁上下班时被火车撞了。付家贵这么想着便一路快跑，一口气跑到煤城市公安局报案。

早上6点，煤城市公安局刑警队接到报案。

市公安局副局长史建民迅速组织刑警罗朝阳、陈风，技术勘查员苗彧，立即赶往现场。

煤城去往铁力的铁轨向南延伸着，地上的血迹由浅至深，细碎的尸块散落一地。

“不用说，肇事现场，也是第一现场。”苗彧围着铁道查看一圈，对史建民说道。

“上矿上找吧，看谁今天没上班。”罗朝阳说道。

陈风在铁轨上全神贯注地搜寻，一会儿蹲下，一会儿又站起，没走几步又停下。果然，在30米外的铁道边上，陈风发现两截铁轨相连处的螺丝钉上挂着一绺破布条。他手拿镊子，动作极轻地将那绺破布条取了下来。那是一块残缺破损，像裤腿边缘的碎布，因用力过猛，卡其布料扯出了细丝。陈风将这一绺破布条视为重要物证，小心翼翼地装进塑料口袋里。

“史局，陈风，咱们走吧，没啥玩意了，端详啥？弄了一上午，这肚子都叫唤半天了！”罗朝阳喊道。

陈风又环视了一下铁道边，感觉没什么线索了，就背起书包，骑上自行车，四个人上了泥泞的小道，骑了半小时才回到局里。

草草吃完午饭，史建民顾不上休息，召集大家到办公室开会。

“同志们，一早上接到报案，大家就马不停蹄地赶往现场，大家的敬业和配合，历来是我们的好传统。来，说说这一上午在现场的收获。”史建民说完望向大家。

“这一大早上，现场也出了，该查的也查了，应该是上下班的矿工不小心被火车撞了。矿上谁没上班，一查就知道了。”罗朝阳坚持自己的观点。

“应该是一起意外事故，盯住铁路，向铁路索赔。”苗彧轻描淡写地说道。这两人的分析乍听起来似乎有道理。

“人命关天！一个人出意外了，他背后的家庭今后怎么办？”史建民若有所思地说。他见陈风从书包里拿出了笔记本，感觉陈风一定有不同的见解，“陈风，你说说！”

“现场尸体是男性；我和苗彧测量了散落尸体的范围，长43米，宽32米；事故发生区域中心段位于C634铁道处；从尸体碾压程度看，粘在铁道线上或拖出去一段距离的尸体分别留有痕迹；另外，从三块尸块上看，明显有刀斧劈过的痕迹。”陈风一口气说完了自己观察的结果。

“这能说明什么，陈风？”罗朝阳有些不解。

陈风并不急于回答，继续分析：“在现场，我捡到一绺布条，从布条的边缘看，明显是经过大力撕扯后刮在螺丝钉上的。”他把早上发现的布条递给苗彧，并投去期待的目光。

“这有什么可研究的？刀斧痕迹？这明显是车轮碾压造成的嘛！还有这布条，肯定是死者衣服上的碎片。看来，你是对我说这里是第一现场有怀疑？这么多年还没人质疑过我出现场的结论！”苗彧情绪激动，对陈风的怀疑十分不满。

“对，这里肯定不是第一现场！”陈风坚决地说。

“是与不是，都要有科学依据。苗彧，抓紧时间化验尸块是否有刀斧痕迹，这绺布条也要给出科学的分析。”史建民下达指令。

“史局，看来你也有疑虑啊。好，我尽快拿出报告，铁的事实面前，看你们怎么说。”苗彧有些不服气。

“好，抓紧化验。接下来，我们分成两组。我和陈风负责到矿工家属区走访了解情况；苗彧和朝阳负责到矿区了解情况。同志们，抓紧时间破案，行动吧！”史建民说完大手一挥。

铅灰色的天，细雨像眼泪一样不停地落下。陈风和史建民顾不上蒙蒙细雨，骑着自行车前往矿工家属区。穿过火车道向西走，经过第四中学，再往北走5里地，就到了矿工家属区。

一排排破旧的砖房在寒风中歪斜着，远看像一个驼背老人佝偻着不再挺拔的身躯。有的人家在破旧的房子边接了偏厦子，你家接，我家也接，眼看砖房承载不了这沉重的负担，房子开始下沉。两排偏厦子中间仅有一条窄过道，经过行人多年的踩踏，加上屋内没有下水道，人们习惯把污水泼到过道上，污水混合着房檐滴落的雨水、开化后的雪水，一股脑搅得过道泥泞难走。

陈风和史建民刚踏上狭窄肮脏的过道，就听见大人训斥孩子的骂声、老人的哀叹声、两口子打架的哭喊声，与清脆的劈柈子声混成一片……

忽然，从不远处传来"突突突"的摩托车声，那声音越来越大，直到震耳欲聋，骑摩托车的人出现在两人面前，摩托车喘了口粗气，突然就灭了火。那男子下了摩托车，瞟了一眼陈风和史建民，眼里掠过一丝惊恐，他用脚猛踩油门，本应向里转的车把，他却向外转动。这一切都被陈风看在眼里。

男子穿着一件硬邦邦的皮夹克，因为多处磨损，露出毛茬，他站在雨中瑟瑟发抖、战战兢兢的样子，令人不解。

"打听个人呗，老黄家老二在哪趟房子住？"陈风见这人有些可疑，便想从他身上探寻些线索，故作轻松地问道。

那人支支吾吾地说道："找老二啊，嗯，往东拐第二家就是。"说完骑上破摩托车，"突突突"的声音又响起，车后面蹿出一股子难闻的柴油味道，冒出一股青烟，摩托车在泥泞的窄道上消失了。

“你在这儿有认识人？”史建民问陈风。

“没有。你没看刚才那人紧张吗？他紧张啥？我是故意试探他的反应。”陈风微笑着说。

“你小子连我都给唬了。”史建民捶了一下陈风的肩膀。

“走，咱们按他说的地址往前走，看有没有老二家。”陈风说道。

两人来到了往东拐第二家门前，大门虽然很旧，但门前很干净。从门缝向里望，院子里也很整洁。陈风上前轻轻叩动门上的铁环。

“哎！来了来了，谁呀？”院里传出一个中年女人的声音。

“是我，找老二！”陈风应承着。

“来了！”随着女人的声音飘来，门也开了。

“贵姓？”陈风问道。

“姓韩！”女人半掩着门向外看，见不认识这两人欲关门。

“我们是警察，来调查点儿事。”

女人立刻回头张望，喊道：“孩子他爹，家来客了。”听见喊声，老韩边穿衣服边说：“来，快进屋！”

得知老韩从矿工干到了工会副主席，陈风和史建民投来信任的目光。“今天怎么没上班？”陈风问老韩。

“兄弟，今儿个是礼拜天啊！加上小舅子要结婚，今天会亲家，这不就歇一天嘛！”老韩见陈风忘记了礼拜天，又说道，“你们啊，事多，贵人多忘事！”

“东风煤矿是个大矿，有多少矿工？”

“现在在册的得有6000多人吧！”

“这么大的矿管理起来难度太大了，得有一套好制度才行。”说完这句话，史建民就把铁道边碎尸案全盘托出。

老韩听完，并没有特别惊讶，说道："这么大的矿，发生意外事故很正常。不过，你说的碎尸案有些蹊跷，能是谁家呢？有没有这种可能，上夜班路上被火车给撞了呢？"

"你能不能具体谈谈矿工和矿区之间、矿工和矿工之间是否存在矛盾，什么样的矛盾。"

"要说矿工和矿区之间的矛盾，那是由来已久。比如，矿领导又安排谁家小媳妇上内勤了，我干的活比他多了，我的风险比他大了，我开的工资比他少了，领导不公平了，等等。矿工和矿工之间矛盾也不少。有一回，一个矿工把一个领班给揍了，那领班被揍得鼻青脸肿，连胳膊腿都断了，要不是大家伙拉架，那矿工就要和那领班同归于尽。细问才知道，那领班把矿工的小姨子给睡了。后来听人说，那矿工小姨子多年没嫁人，就是和矿工有一腿。"说起八卦，老韩倒有些兴致勃勃了。

"依你看，这起碎尸案和谁有关呢？"陈风直截了当。

老韩一口气说了十来家都有嫌疑。"这些人家之间，有的都是你死我活的矛盾。"说完还看了一眼站在身旁的老婆小蒋。小蒋立刻附和道："是！是！"

"有个骑辆破摩托车的男人是干什么的，你知道吗？"陈风又问。

"你说的是谁家？骑辆破摩托车的？这一带好几家都有摩托车。老钟家大小子老早就有辆摩托车，刮风下雨天都不骑，就是和他那相好的约会，赶上下雨天也不骑，也从来不外借；老王家老二也骑辆摩托车，不管远近，上哪儿都离不开摩托车，整天载个娘们，前几天我看见他载着殷领班的大姨子；还有一个专门耍漂儿的，哪儿人多就往哪儿骑，穿得溜光水滑，可兜里没钱。骑着辆破摩托车的，还真没注意……”

“再想想，那人穿件很旧的皮夹克。”陈风补充道。

“矿上的矿工和家属，我基本都认识，你说的这人也许是矿上招的临时工？很多临时工在矿工棚户区的偏厦子住，他们不在册，我们也很少介入他们的生活，你说的这人兴许在那边住吧，搞不清。”老韩解释道。

“韩工会，有什么情况和信息及时沟通啊。能做工会工作，不一般啊，你肯定是有两下子的！”陈风不忘奉承一句。

“我家这口子，吹拉弹唱，样样都行，那笛子吹的，老好听了！”小蒋听陈风这么说，有意显摆自家男人的才华。

“好了，时间不早了，等破了案，听你吹两段。”陈风和史建民起身告辞。

“这雨下得不像是要停的样子，带把伞吧？”老韩说完让小蒋进屋去取伞。

“一会儿就到了，举个伞不方便。”陈风说。

“你们公安也不容易啊，整天风里来雨里去的，连个礼拜天都不消停。”老韩十分感慨。

棚户区里找线索

小雨淅淅沥沥下个不停。

史建民和陈风两人推车走向矿工家属区，家家户户又传来了当当的切菜声，噼啪的木柴燃烧声，叮咣的炒菜声……

一缕缕炊烟随风飘舞，打着旋儿向空中升腾，交织缠绕着。陈风和史建民颇有感慨，这家家户户挤挤挨挨，能没有矛盾吗？

“眼看天就黑了，还下着小雨，咱们也回吧？”史建民望着雨中不知疲倦的陈风说道。

“前面就是偏厦子了，走，过去看看临时工的住处到底啥样。”

走到家属区的边缘地带，眼前一片破败。用土坯堆的房子东倒西歪，所谓窗户是用塑料膜夹板条钉的，早已千疮百孔，四处漏风，地上泥泞不堪，臭气熏天。有几条野狗见有人走来，使足全身力气狂吠了几声。放眼望去，一片灰茫茫，唯有烟囱中冒出的青烟证明着这里的烟火气。

“这啥地方啊，能住人吗？有个火灾，人往哪儿逃呢？”史建民望着眼前的场景，一脸不可思议。

“史局，你先回吧，挺长时间没接女儿放学了吧？快去接女儿，我再往里边走走。”

“孩子是指不上我了，你嫂子也有怨言，没办法，干我们这行都这样。”望着这个善解人意的小伙子，史建民苦笑道。

黑暗逐渐吞噬了这片破烂的棚户区。一个老妇人孤寂地坐在灶门前的土坯上，微弱的灶火映照着她那衰老的容颜。自打在矿上当临时工的丈夫去世后，她经常一个人坐着，等着天黑，像等着死亡。

陈风叫了几声，老妇人都没有答话，他蹲下来，耐心问道:“大娘，你在等人吗？”

“啊！儿啊，儿子回来了？”老妇人颤颤巍巍地站起身，错把陈风当成自己的儿子。当老人听清楚，发现不是自己儿子时，眼角流出老泪，用破烂的衣襟擦着泪。陈风见老妇人家徒四壁，要粮没粮，要亮没亮，心中不是滋味。他从兜里翻出仅有的25块钱，史建民掏出30块钱，递给了老妇人。“大娘，买点粮食吧，把钱揣好，别丢了。”说完又劝老妇人回到屋里，别着凉了。

两人无奈地走出村不是村、屯不是屯，正在摇摇欲坠的破烂棚户区。

柳枝发芽，柳絮随风起舞，惹得人烦躁不安。

上午，苗彧和罗朝阳来到了河区煤矿，找到了办公室主任薛文才。当苗彧说明来意后，薛文才满脸热情，边倒茶边说:“你们找我是找对了。今天小食堂改善伙食，红烧肉，在这儿吃完再走啊！”

“这两天有谁没上班？是否有人报案被火车撞了？”罗朝阳问道。

“谁家报案？没听说，没有。”薛文才抓耳挠腮想了半天，把内线电话机端到眼前，“小王，到我办公室来一趟，拿上全矿区的签到簿。”

听到主任的指示，小王飞快地拿起签到簿，推门进了薛文才的办公室。

“小王，太没有礼貌了！不敲门就闯，和你说过多少回了？敲门！重进！”

“是。”小王灰溜溜地往外走，手中的签到簿哗啦啦掉了一地。

“哎呀，至于吗？”罗朝阳蹲下身去捡签到簿。

“这回我看两位市公安领导的面子饶了你！你找找这两天谁没来上班。”薛文才板着面孔。

小王谢过罗朝阳，郑重其事地说：“考勤本拢共有三本，矿上的工人实行两班倒，其中一班3754人，另一班2911人。领班不下矿的是142人，领班下矿的是189人，矿部领导和后勤人员203人。这两天，有15人请病假，有7人请事假。情况就是这么个情况。”小王一口气说完。

“有没有谁家报告有人失踪了？”苗彧盯着小王问。

小王想了半天，答道：“没有！”

“怪了，被火车撞死的人，怎么会没人来认领？”罗朝阳这时候才发觉这具尸体有些可疑。

“对了，昨天早上有个上早班的工人来报案，说发现铁道上有一具尸体。”薛文才一拍脑袋，忽然想起昨天早上付家贵报案的情形。

“小王，你再查查这些请假的人当中有没有出意外的。”罗朝阳不愿放弃任何一点儿线索。

“好，一有消息就马上报告。”小王答道。

这时，座机铃声响起，薛文才迫不及待地接起电话，只听那头传来一个女人的声音：“死鬼，咋还不来吃饭？我特意给你多盛了几块肉，快点啊，来晚了都进狗肚子里了！”

“行了，行了！”薛文才一脸尴尬，赶紧把电话撂了。他转身拉起罗朝阳和苗彧，“走，到小食堂吃饭去！”

苗彧见薛文才热情的样子，给罗朝阳递了个眼色。“走，借机打听打听，没准有新发现。”一路上碰到许多矿工，见到薛文才都点头哈腰的。

“主任，吃饭去啊？”

“主任好！”

“主任，我那事儿怎么样啊？只要能进维修组，咋表示都行！”薛文才腰挺得更直了，朝这边点点头，又朝那边点点头，俨然一副大领导的派头。

进了小食堂，一个女人迎上来，嗔怪道：“敢挂我电话？胆子肥了，是不是好几天没收拾你了？”说话间见薛文才身后跟着两个人，吐了一下舌头，识相地躲开了。

薛文才大声喊来厨师长，又向食堂管理员吩咐道：“矿上来公安领导了，弄几个像样的菜，快点啊！”

“弄啥菜呀？告诉我啥标准。”管理员问道。

“啥好弄啥，听见没？”薛文才有些不满。

罗朝阳上前说道：“打住啊，我们是来办案的，不是来吃喝的。”说着做出打住的手势，“你不是说有红烧肉吗？那就挺好了，吃完我们还要下矿，和矿工聊聊。”

厨师长听说是公安来了，有些紧张。他亲自炒了盘蒜苗炒肉丝，又炒了一盘芹菜粉，端上一碗红烧肉。“齐了！”见管理员周到热情，罗朝阳和苗彧不好推辞，“我们是来打听一个人的，还麻烦师傅做了这么多菜！”

“打听谁家？这矿上五六千人，谁家红白喜事少得了我？一般人我都认识。”管理员急忙上前说道。

“不懂规矩啊？上三个菜？存心给我添堵。还谁都认识？谁都认识你咋不上天？你是不是有点没大没小了？”薛文才不依不饶，大声训斥着管理员。

“好了好了，主任，等我们破了案，再来你的小食堂，行不行啊？今天已经超标了啊！”苗彧赶紧打圆场。

薛文才一挥手，说道：“要不是给公安领导面子，今天我非给你点儿教训，多嘴多舌。”说完还狠狠地瞪了管理员一眼。

管理员悻悻地回后灶去了，小声骂道：“这家伙装的！”

吃完午饭，天空阴云密布。

罗朝阳和苗彧径直朝一号矿井走去。矿工领班小金子接到薛文才的电话，早就在那里等候了。

“矿上有没有失踪人员？”苗彧迫不及待地问。

“有那种结仇的死对头吗？”罗朝阳也问道。

“目前为止，没有人家报案。要说打架结仇的，那可有几家。”小金子十分了解矿上人家的情况，“听说前段时间有个河北来的临时工，不放心媳妇一个人在家，干脆把媳妇锁在家里，后来听说还是被人给惦记上了。那临时工说啥也不干了，到鸡西那边找活去了……”小金子一连说了几家的情况。

“临时工在册吗？”苗彧问道。

“不在册。”小金子忙答道。

“对这些人怎么管理？”苗彧追问。

“临时工里边有个工头，临时工那边有事儿都是那工头出面解决。”小金子看出两个人很着急，“工头叫老乔，凶巴巴的，谁见了都两腿转筋，关键是我和他说不上话啊。”

“说一下他的住址，我们自己去找。”罗朝阳掏出笔，边记边说。

天空下起了细雨，苗彧和罗朝阳两个人骑车往回赶。

“莫非真让陈风说中了？”

“真有可能！”

“第一现场不是铁道？怪了，搞了这么多年现场排查，只要是我出现场，无一纰漏。”苗彧有些纠结。

夜晚，天空依然飘着小雨。苗彧和罗朝阳刚回到办公室，就碰上了刚刚进屋满身湿透的陈风和史建民，得知他俩骑车走了十几里路，赶快到水房打回热水。

“辛苦了，跑了一天，收获不少吧？”史建民问道。

“别提我俩今天多幸运了，中午吃了半碗红烧肉，香！现在还口留余香哪！”罗朝阳边说边朝陈风张嘴哈气。

陈风咽了下口水，极力回忆上次吃红烧肉的情形，那还是大年三十晚上值班时吃的呢。想到这，他舔了一下嘴唇，史建民看在眼里，说道：“同志们，这个案子破了，都到我家去，让你们嫂子给你们做一锅红烧肉吃，咋样？”三个人听后欢呼起来：“为了尽早吃上红烧肉，咱也得快点破案。”

“好，书归正传，谈谈今天还有哪些新收获。”

“这矿区里热闹事儿不少呢。陈风，你不是说你下矿两年多，咋从来没听你说过那些男女之间的花花事儿呢？”罗朝阳打趣道。

“我哪知道什么热闹事？矿工整天累得要命，这一下矿啊，每人除了牙是白的，谁都认不出谁。谁家老爷们下矿了，家属都提心吊胆的，指不定哪天掌子面掉下来，人就没命了，哪还顾得上男女之间的事儿。”陈风白皙的脸红了。

“哎呀，你可真行，陈风还没结婚呢，哪有你那些花花肠子？”苗彧接过罗朝阳的话。

“说真的，陈风，这回可能真让你说中了。矿上的总考勤和办公室主任，还有矿上的好几个领班都说没有接到谁家报案。奇怪了，难道铁道线真不是第一现场？现在就剩下排查临时工了。”罗朝阳把今天走访后知道的情况和盘托出。

“这能说明什么问题？也许是临时工上下班时被火车撞了呢？那也属于矿上事故。”苗彧喝了口热水继续说。

“苗彧，依你看，下一步如何排查？”史建民听苗彧坚持说此案是意外，便想听听他怎么说。

“在册矿工没人报案，暂时可以排除，直接查临时工。据领班小金子说，有个叫老乔的直接管理临时工，找他了解一下情况。”苗彧说出自己的想法。

“好。还是你俩直接找老乔，务必问清楚。”史建民说完转向陈风，“你介绍一下今天了解到的情况。”

“上午，我和史局去了矿工家属区，走访了矿上工会干部老韩。据他介绍，矿工之间矛盾不少，矿工家属之间的矛盾更为尖锐，给社会造成的不稳定因素比比皆是。尤其是临时工这个特殊群体，矛盾更烦琐更复杂。基于矛盾的复杂性，我有个想法。”说到这里，陈风看了一眼史建民，“我想，我一个人住宿舍，住哪儿都是住，明天我就蹲在矿工临时工家属区，这样便于摸排情况，更有利于获得信息。”

“不行，那里条件实在太差了。你住哪儿？怎么住？绝对不行！

你们俩是没见到那环境，关键是还很危险。”史建民强烈反对。

“克服几天，我可以住到今天咱们遇到的那个大娘家，还可以陪她说说话。他们能住，咱就能住。一有消息，我马上报告，行吧？”陈风坚持道。

“你是不是坚持火车道不是第一现场？算你说对了，那里不是第一现场，行了吧！你可别这么折腾了，行吗？”苗彧也急了。

“听大家一句劝，你可以早点去晚点回来，不能在那儿住啊，真出事了，谁负责？”罗朝阳劝道。

“危险可以使我们更强大！”陈风信心十足。

“说得好！危险可以使我们更强大，但首先得保护好自己。”史建民语重心长地说道。

“好吧，让大家操心了。但是，苗彧，我一定拿出事实给你看，火车道不是第一现场。”陈风郑重地说。

“好，我就和你杠上了，事实胜于雄辩，拿事实说话。”苗彧也不放弃自己的判断。

老乔和“蔡破摩托”

一场小雨过后，田野泛起一派盎然生机。

陈风大步流星地向棚户区走去，走了许久都见不到一个人影。雨雾编织的帘子渐渐卷起，阳光也洒满大地，不远处山脚下那片荒凉的废墟般的棚户区映入眼帘，陈风心中掠过一阵酸楚。

陈风不想让人一眼就看出他是警察，便装扮成矿工模样。他穿过东倒西歪、摇摇欲坠的棚舍，只见一个女人正倚着门框晒太阳，有滋有味地嗑着瓜子，便上前搭讪："大嫂，这院子收拾得不错啊，正经过日子人家。"

"不比咱关里家啊！你看这周围环境，唉，心里堵得一点儿缝都没有。"女人操着一口山东口音。

"家搬来多久了？到矿上干活总比在农村强吧？"陈风有意通过这个女人了解些情况。

这时，门外呼啦跑来一帮孩子，听见孩子们叽叽喳喳的热闹动静，从屋里突然蹿出来一个男孩子，他眨着大眼睛疑惑地看着陈风。陈风上前，温柔地问道："你叫啥名？几岁了？"

"我叫钢子，8岁了。"小男孩调皮地做了个鬼脸，用衣袖擦了擦鼻涕，随那帮孩子跑远了。看着这些孩子的背影，陈风的心里不是滋味，这个年龄不应该上学吗？

"大嫂，当家的在矿上干啥活儿呀？"

"电工。"女人见这个小伙子说了半天话，热情地说道，"进屋喝口水吧，大兄弟。"

"不进屋了，我就是想打听临时工都有啥工种。"陈风看见屋里地上有一个电炉子，上面坐着个水壶，正咕咚咕咚冒着热气，"大嫂，用电炉子可得注意安全，小心火灾。"

女人下意识看了一眼电炉子上，"哎呀，这么快就开了。"她忙不迭地拔掉电源，把水壶挪到地上。

"兄弟，你是要找活儿干吗？那你是真问对人了。我家那口子和老乔是拜把子兄弟，这一片都归老乔管，找他说准行。”女人认真地说。

“能把我引荐给老乔吗？”陈风迫切地问。

“不瞒你说，见他挺难，他下班时间没准，啥时候到家都不一定。”女人拽了个凳子让陈风坐下，“你有啥手艺啊？”

“我干啥都行。另外，这一片最近有没有人失踪？有没有谁家打架啊？”陈风见女人爽快，也不拐弯抹角了。

“要说打架嘛，天天有，要不老乔咋天天不着家呢。失踪？就是人丢了呗，没听说。”女人答道。

“老高婆子和谁唠得这么欢？”这声音是从隔壁院里传来的，是一个跛脚女人。

“哎呀，老王家屋里的，看你说的，这个大兄弟求我帮着找个临时工干干，我正琢磨咋跟我家那口子说哪！”老高婆子故意提高了嗓门。

跛脚女人上下打量着陈风半天，说道：“用你给人家找工作啊？这白净的脸、细嫩的手，能干你这临时工的活儿？这一看就是个识文断字的人！”这个跛脚女人不仅眼尖，嘴皮子还很厉害。

“大姐，前两天有人报案，说火车道上有人被撞死了，矿上让我来问问是谁家摊上这事儿了。”陈风说道。

“哎呀，大兄弟，我真以为你是来找活儿干的，正寻思帮你找个啥活干呢！”老高婆子边说边拍大腿。

“那你还真得进棚户区看看，你到后趟街去问问，我们也帮你找找。”跛脚女人倒是听明白了陈风的来意。

“老乔家在哪儿？”陈风问道。

"他家离这儿可远了，你得穿过那边两条胡同，向西走十分钟，见到一个板障子围成的院，就是他家。"老高婆子答道。

忽然，远处传来"突突突"的摩托车声，这熟悉的声音钻进陈风的耳朵里，立刻引起他的注意。"这个骑摩托车的人是谁？你们经常听见这辆摩托车的声音吗？"陈风急忙起身。

"没注意，这一带好多人家都有摩托。看见了吧，这胡同里不好走，到矿上那么远，没这玩意多耽误工夫。"跛脚女人说。

陈风向二人告辞，顺着那摩托车的声音向胡同深处寻去。没走多远，摩托车"突突突"的声音就消失了。他总感觉那声音跟火车道上的尸体有关联，不觉加快了脚步。一连走了几条胡同，除了几条野狗朝他不停地狂吠，再不见人影。他走进一条胡同，越走越窄，泥泞的小路上只有他一个人，如同茫茫大海上的一叶扁舟。满是泥污的路面像是深不可测的沼泽，看似硬实的地方，一脚踩上竟陷下去了，眼瞅着泥坑没过了脚踝。一抬腿，脚出来了，可鞋已没影了。陈风有些懊恼，单腿立着，东倒西歪……

孩子们疯闹的声音再次响起，跑在最前面的钢子经过胡同口看见了单腿立着的陈风。孩子们跑了过来，其中一个大点儿的孩子直接蹚着泥泞朝陈风走来，扶着他，这令陈风十分感动。这孩子不顾满地污泥，哈腰伸手去帮陈风找鞋，摸了半天，总算找到了。陈风无奈穿上满是污泥的鞋，一瘸一拐地走出了胡同。

帮助陈风的孩子叫锁柱，今年11岁了，在这群孩子中，他算是最大的了。他搓着手上的泥，看陈风脚上沾满了泥，说道："叔叔，到我家洗洗脚吧，兴许我爸的鞋你能穿。"面对锁柱的热情，陈风怎忍心拒绝。

锁柱家的小院虽不大，也算整齐。土坯砌的房有窗户有门，在这一片就算不错的了。锁柱把陈风领回家，孩子们也围了一院子。锁柱妈听见孩子们的欢笑声出了屋，见儿子满手满脚泥浆，旁边还站个陌生人，还以为儿子犯了错，张口就骂："你又上哪儿作妖去了？啊？"说着举起了一根小木棍。

"大姐，今天要不是锁柱帮我，我就得光脚走道了。你可不能打他。"陈风上前劝住了锁柱妈。

"这个混账东西还是懂事的！哎，这孩子，就这么一天天疯啊闹啊！"从锁柱妈的叹息声中，陈风听出了无奈。

"大兄弟从哪儿来呀？是矿上的吗？"锁柱妈打量着眼前这个年轻人。

"不瞒你说，前天早上有人被火车撞了，矿上让我来看看是谁家遇难了。"陈风投去询问的目光。

"谁那么不长眼睛能撞上火车？"锁柱妈边说边找个破桶，装满水递给陈风。陈风接过漏水的破桶，一屁股坐到土坯上，直接把脚放进桶里，"哎呀！"他被冰凉的井水拔得直叫。

"哎呀，大兄弟，哪能这么洗？把水一点点往脚上撩着洗呀。"锁柱妈说着忙进屋取了双破黄胶鞋放在陈风面前，"这是锁柱他爸的，不嫌弃先穿上吧！"

"谢谢！"陈风三下五除二洗了脚，用裤腿擦了擦，赶忙穿上鞋。

"谁家老爷们没了，还不急疯了啊？这一带住的都是临时工，啥保障没有。但人死了还是能找互助会要1000块钱的！找老乔，他准能知道谁家人死了。"锁柱妈肯定地说。

“依你了解，有谁家不和睦呢？”

“那可多了，这临时工棚户区住着1000多户人家，乱七八糟的事儿多了去了……”锁柱妈一连说了好几家的情况。

眼看太阳直射在头顶，陈风有些焦虑。想到刚才的摩托车声，他谢过锁柱妈起身朝后面的胡同走去，那群孩子见他要走，就跟在他身后连跑带跳。

“突突突——”远处又传来刺耳的摩托车声！

中午时分，却不见几家烟囱有冒烟。陈风对锁柱说：“听见摩托车声了吧？先带我去这户人家看看。”

“骑破摩托车那人不是她家的人。”

“那人是李庄的，专门来会女人的。”

“那家女人招男人。”

这帮孩子你一言我一语，陈风听着听着，越发感到奇怪，加快了脚步。

“那家女的经常在门口挂条白毛巾，看着吧，挂上白毛巾，没一会儿工夫，那个‘蔡破摩托’就来了。”说这话的是钢子。

“这两天没挂也来了呀。”

“那不是没进屋嘛。”

“哎，怪了，今天没挂毛巾啊，咋还来了呢？”锁柱有些疑惑。

“快走，带我上他家去看看。”陈风一招手，这群孩子呼啦啦围了上来。经过刚才的烂泥胡同，孩子们巧妙地绕过一个岔道，又走了一会儿指着不远处的破房子说：“就是她家！”

见门口的车辙印，陈风断定那骑摩托车的人刚走，他大声喊道：“有人吗？”

“来了！谁呀？”屋内传来一个女人颤抖的声音。

“找你家掌柜的。”陈风说。

焦春花上下打量着陈风，心想：这人没见过，是矿上的？“上工去了。”她急促地答道。

“据矿上说，他两天没上工了，特意让我来看看咋回事。”陈风从容地说。

焦春花惊慌失措，话都说不连贯了：“啊？嗯，好，好几天没回来了，要不，要不就是下工后打牌去了。”她的手在揉搓衣角，极力掩饰不安。

“人没了咋还不着急找？”陈风说完欲往屋里走。

“我家男人不在家，你不能进屋。”焦春花堵在门口，挡住了陈风的去路。

陈风站在门外，眼睛确望向屋内，只见炉灶旁明显有迸溅的液体，疑似是血液，门口铺的红砖刚刚洗刷过。焦春花慌里慌张地往屋里走，险些被门槛绊倒。

焦春花与陈风对视的时候，觉得自己像是一只即将被狮子吞噬的兔子，顿感一阵灵魂的战栗。

“也好，等你家掌柜的回来我再来吧。”陈风说完就往院外走。焦春花张望了好一阵子，听了半天，确定没动静了，才走到大门口，望着陈风远去的背影，她浑身打着寒战，早已泣不成声……

苗彧和罗朝阳到了矿上，在办公室主任薛文才和领班小金子的陪同下，在井下找到老乔。

下了井，没走多远就看见个小过道，过道边上立个小桌，桌边有把椅子，算是给老乔高规格的配置，以示他和其他临时工的区别。井下矿灯的微光照在老乔的脸上，只见他40多岁，头上戴顶白色安全帽，四方大脸，眼睛也大，鼻子也大，嘴更大，皮肤黝黑。苗彧有种感觉，这个男人身上有种匪气。

老乔和穿梭在矿井下的临时工打着招呼，给他们安排活计，电工、力工、爆破工、勤杂工，各类工种都有。苗彧想，像老乔这样的人还真不好找，能把这里的人摆弄得服服帖帖，可不容易啊。老乔见薛文才和小金子带着两个人过来，知道老秦的事儿是压不住了。但他故作镇静，还提高嗓门："让开，让开，别耽误工人下井啊！"

薛文才挤着笑脸，说道："老乔，咱回井上说话吧？这井下太吵了。"

"啥事？没看我这儿正忙着吗？"老乔不耐烦地说。

罗朝阳见此情景，上前说道："我们接到报案，有人被火车撞了，被撞的人是咱这边的人吧？"

"被火车撞了找铁路啊，找我干什么？"老乔依然不配合。

苗彧把警官证拿出来亮给老乔，严肃地说道："好好想想，谁家有人让火车给撞了，最近有谁家不正常的？"

两个警察严肃锐利的目光紧紧盯着自己，老乔想，在这矿上，没有我出面摆不平的事儿，拿警官证唬我？他说："先上去等我，忙完了再说。"说完转头就要走。

苗彧伸出一只手拦住了老乔的去路，正色道："老乔，你听着，知情不报，你知道啥结果，还用我说第二遍吗？"

谁知这句话还真奏效，老乔的头顿时低下了，和刚才判若两人。他边往矿外走边摘掉安全帽，不时和矿工打几声招呼。他目光呆滞，知道事情的严重性，没法抵赖，就把一切都交代了。

“前天早上天还没放亮，老秦家媳妇就拼命砸我家门，一见面就哭哭啼啼地说：‘老秦死了，知道你们一起喝酒，我怕连累你，尸体就找人处理了。’头天晚上，关里老乡聚一块喝酒，有喜才和他连襟，还有我那拜把子兄弟老高，老高还带个本地人老秦。老秦没少喝，说话间提到他媳妇长得是又白又胖，走起路来一扭一扭的，能迷倒一大片。还说之前在林区，他媳妇被人惦记上了，他才上这儿来干的。借着酒劲，老秦还把他行凶的事也抖搂出来了。他趁没人注意的时候，把那小子给捅了！那家伙命真大，没死，但也落下终身残疾。老秦犯了故意杀人罪，蹲了十年牢，出来后怕那小子报复，就到这矿上干了。

“老秦说得正起劲，忽然说，‘不行，我得早点回家陪我媳妇。’他说完就走了，我们几个喝到了下半夜才散。谁料想，他回家后就出事儿了。”

“为啥知情不报？”罗朝阳问道。

“老秦媳妇和我说完，我想是不是老秦在我这儿喝多了，回家脑出血了，还是心肌梗死？我怕担责任，就赶紧给了她3000块钱，告诉她正常互助会只给1000，我多给她2000。她感动得扑到我怀里，我这心啊，扑通扑通地跳个没完。我盘算着，这三年来，算上老秦，意外死亡的有17个人了，我每个月可以名正言顺地多领17个人的工资。我可全交代了，你们可得宽大处理啊！”老乔像泄了气的皮球，再也提不起一丝精神。

“跟我们回局里吧。”苗彧和罗朝阳把老乔带回煤城公安局。

史建民听完苗彧、陈风和罗朝阳汇报的情况后，马上报告局长。

经过局长办公会议决定，对焦春花立即实施抓捕。

清晨，北风直往脖领子里钻。苗彧、罗朝阳和陈风开车赶到老秦家。周围人家炊烟袅袅，呈现出一片烟火气。但见焦春花家冷冷清清，无限凄凉。

“开门！”罗朝阳上前砸门。

“谁呀？”惊慌失措的焦春花预感不对，急忙拧开了早已准备好的农药瓶。

三人默契十足，破门而入。

“焦春花，你犯了故意杀人罪，煤城公安局现对你实施逮捕。”罗朝阳亮出逮捕证。焦春花哆哆嗦嗦地将打开的农药往嘴边送，被身手敏捷的苗彧一把抢下，“你想寻死？”

焦春花抬头看了眼站在旁边身穿警服的陈风，这不是昨天来的那个小伙子吗？原来他是警察！她欲哭无泪，没等反应过来，双手就被铐住，“带走！”

焦春花坐在审讯椅上，情绪彻底失控，她先是浑身抽搐，然后哇哇大哭，哭得撕心裂肺。

陈风递给她一杯水，又拿来了纸巾。

“焦春花，如实交代你的犯罪事实。”苗彧严厉说道。

焦春花抬起头来，一缕长发滑过额头。她的眼神露出惊恐和无奈，往日的妩媚和多情不见了。她浑身瑟瑟发抖，上下牙齿打着冷战，把水杯磕得嗒嗒直响。她喝了口水，稍稍平静点，便坐直身子，开口说道：

“他叫蔡伟光，因为骑个破摩托，人们都叫他‘蔡破摩托’。

“他曾经是李庄生产队的小队长，因为贪污小队农机具款260元，被揭发检举后，落了个贪污犯的罪名，为此老婆还跟他离了婚。我们家是三年前搬来的。前年过年时候，我去李庄供销社购买年货时认识了他。当时供销社里人很多，供销社的房主任凑过来小声和我说：‘上次你来，我一眼就相中你了。咋这么长时间不来？大过年的，看好啥就买，记我账上。’说完还捏了我的脸蛋一把。我说：‘我可不能占你便宜，凭啥记你账上？’

“‘谁叫我稀罕你呢？吃啥喝啥我全包了，尽管挑！’他说完还上来搂我摸我，我当众打了他一个耳光！谁料那姓房的恼羞成怒，当众羞辱我，说是我勾引他，还说……一大帮供销社的男男女女围上来，七嘴八舌将我一顿骂。这时候，站在不远处的伟光看不下去了，他拎起一把大板锹上来就抡他们，那架势不是你死就是我活。他直接把姓房的打趴下了，吓得姓房的当众给伟光跪下磕头。

“‘你得给这个女人道歉，以后别再打她的主意了。’伟光还让姓房的给我道歉，吓得那个混蛋连连和我赔礼道歉，还说以后再也不敢了。

“‘饶了你这回，以后再听说你欺负谁，我绝饶不了你。’伟光说完还挥了挥手中的铁锹。从那以后，我就再没去过那家供销社，伟光隔三岔五从街里给我带回些花布和吃喝。一开始，他一个月来一趟，自从我俩好了以后，他就总想来。我害怕碰上老秦在家，就把家里新买的白毛巾挂在门口当记号，可是有两回也让老秦碰见了。我害怕，就让伟光想想办法，这样下去非出人命不可。大前天早上，老秦临上班时说：‘晚上我去老乔家喝酒，不回来了，你把门插好。’他走后不久，我就挂上了白毛巾，没一会儿工夫，伟光就来了。谁知道后半夜，老秦突然回来了！他喝得烂醉如泥，错把伟光当成了他表弟，非要再喝点不可。我还炒了盘花生米和土豆丝。老秦边喝边说：‘我不在家的时候，你给我看着点你嫂子！哎，哎，不对呀，你俩没事吧？’我听他这么说吓坏了，就说：‘少喝点吧！’伟光说：‘别管，让我们哥俩喝个够。’没多大工夫，老秦就醉得不省人事，歪倒在炕上打起了呼噜。伟光见状和我说：‘时机已到，你不是说今生就和我在一起吗？好，我要定你了。去，把门口那把大板斧子拿来。’他说完把剩下的半瓶子白酒都干了。伟光把老秦拽下炕，拉到了门口，我吓得腿都迈不开步，可还是拿来了斧子。伟光让我出去，我在门外，就听见斧子劈骨头的声音，进屋一看，人成了四块，满地是血，我吓得魂都没了，瘫倒在地，说不出话，人也站不起来了。

“伟光用麻袋把尸体装好，又去推了辆独轮小车，在车上铺了一堆烂草和一条破被，就把麻袋扔到了车上。借着月光，我俩一口气推到了离家5里地外的火车道上。大概凌晨3点钟吧，我俩把老秦的尸首推在火车道上，企图制造假象，让人感觉是上下班的矿区工人意外撞上火车而死。就在我俩转身要走的时候，伟光像被什么东西拽住了，一个大前趴子摔倒不起。后来到家了才看清楚，是裤脚边被什么东西缠住了，还扯下去半圈。伟光让我喝点热水，安抚我半天，让我到老乔家报信，说老秦昨晚酒喝得太多，酒精中毒，脑出血断气了，怕连累老乔，尸体自己处理了。我和老乔说完，老乔马上从兜里掏出3000块钱给我，他还说日后罩着我。我回到家，从里到外用铁刷子刷了个遍，折腾了好久……”

焦春花、蔡伟光对他们二人合谋害死老秦并碎尸抛到火车道上的事实供认不讳；从老乔的供述中得知，他盗用死者身份冒领工资，涉案金额巨大。法网恢恢，疏而不漏。任何践踏法律的行为，终将付出代价。

“同志们，矿舍谋杀案的告破，再一次证明了陈风的观察力和推理能力非同一般！”肖战忍不住夸赞道。

全场掌声不断，年轻的警察们沸腾了：“接着讲，接着讲……”

第四章　暗夜缉凶

8月，一丝凉意都没有，沉闷的空气泛着燥热，简直让人无法呼吸。午夜，刺耳的电话声划破夜空，“新建煤矿家属区发生重大盗窃杀人案……”

接到报案，刑警队值班人员全体出动赶往现场。在矿区一户人家的院子里，躺着一具男尸，法医闵锐上前拍照，镁光灯一闪一闪，撕扯着夜空。陈风和梁晓阳看见一具女尸横在进门的过道上，听见屋内传来一个半大孩子的抽泣声，两人循声一前一后进了东屋。炕上角落里躲着个孩子，他惊恐地瞪大眼睛，瑟瑟发抖。“不害怕，孩子，叔叔在。”陈风抱紧孩子，将他送上救护车。

队长彭华大声问：“谁报的警？”半天没人理会，他将陈风、梁晓阳和金海波叫到一边，“保持现场原状，这家主人是新建煤矿副矿长赖大富，一会儿史局和矿领导也会来。”

写字台的玻璃板下，压着各式奖状：“煤城市先进工作者”“劳动模范”等。中间的抽屉因脱离了滑道而低垂着，抽屉的锁已被破坏。陈风把一切记好，站在窗边向外张望。

东屋里，晓阳见地上的饭桌和椅子东倒西歪，炕上被褥乱作一团。客厅地上血迹斑斑并且留有打斗痕迹。金海波也在极力搜集犯罪分子留下的蛛丝马迹。

西屋里侧有一张单人床，床头柜上的枪套明显被人解开了。散落一地的除了高档烟酒，还有一卷卷字画。能看得出这里之前是装东西的仓库。立柜门上有明显被撬的痕迹，地上有一把螺丝刀，还有几个名表、首饰的空盒子。窗外护栏有三根铁栏杆已弯曲，室内窗户向里敞开着……

煤城公安局局长郁喜文和副局长史建民从吉普车上走下来，史建民脖子上搭了一条白色毛巾，有点显眼。院子里，地上躺着两具尸体，法医闵锐正在检验取证，红蓝警灯下映照着一群人忙碌的身影。“怎么样？有什么重大发现？”郁喜文问彭华。

“郁局长，这起凶杀案手段恶劣，残忍至极。死者是新建煤矿副矿长赖大富和他媳妇富巧珍。没想到案子就发生在我们眼皮子底下。”彭华心情沉重。

新建煤矿矿长隋波气喘吁吁赶过来，进了院子，见地上摆着蒙了白布的担架，就知道是副矿长赖大富和他媳妇富巧珍。他吓得浑身颤抖，说话都有些含糊不清，他站在屋门口向里面张望着，不忘和工作中的警察打招呼。和他一起来的是办公室主任王杰。

“能简单介绍一下赖大富的情况吗？比如，他平时与谁接触密切？工作中与谁有过节？他媳妇是干什么的？”彭华问道。

“彭队，一时半会儿还真说不准他与谁有这样的血海深仇！这起案子大概发生在几点？”隋波瞪大眼睛问。

“一切以现场报告为准。请你上午9点到市局会议室参加案情分析会。”史建民接过隋波的话茬，又转向彭华，“这可不仅仅是一起盗窃案，必须尽全力侦办！”

郁喜文在东西屋转了一圈，说道：“建民，我早上还要坐火车去省厅参加个重要会议，这里一切都交给你了。”不等史建民说话，他匆忙转身上了吉普车。

史建民在门口站了一会儿，四下观察，若有所思。他从容地把挂在脖子上的毛巾取下，擦拭着往下淌的汗珠，然后向西屋走去。

“史局，”陈风将放大镜挪开，说道，“我搜集到一些线索，拿给您看看吧。”

“好，我看看你们发现了什么。”史建民接过陈风的记录，细细查看。“地上脚印尺寸；写字台上留下的手印；汗水浸透很薄的手套；留在写字台边缘的两个大拇指印；在奖状下找东西，玻璃板有挪动痕迹；立柜门锁刮到两根手套线；从窗外弯曲的三根铁栏杆可以初步判断罪犯的体态、身高和年龄。综上所述，在蛛丝马迹中抽丝剥茧。”

史建民边看边点头。“省厅的翁超凡说过，犯罪就会留下痕迹，有时多一些，有时少一些，有时明显，有时隐蔽。”

梁晓阳和闵锐听见二人谈话，也凑了过来，拿出各自的记事本递给史建民。史建民翻看着法医闵锐的记录，第一行赫然写道：“女性死者生前曾遭受性侵，致命伤在头部。”史建民大怒：“简直毫无人性！”他攥紧了拳头，“案发现场可以证明，凶手的犯罪经验丰富。尽管他万分小心，还是留下了蛛丝马迹，抓紧搜查线索，天亮之前结束排查。”

陈风走出院门，站在小街上，副矿长赖大富家的大院院墙很高，与左右两家相隔20米左右。天已放亮，他见左边人家依然灯火通明，右边人家漆黑一片，便走到亮灯的这一户门前，轻轻敲门。开门的是一个微胖的中年男子，他问道：“有事吗？”

“我是警察，能和你了解一下昨晚赖大富家的情况吗？”

“我是煤矿中学的语文老师，我姓何。昨晚我在家批改学生作文，半夜12点我才改完。因为茶水喝多了，没到2点我就起来去了趟厕所，隔着院墙隐约听见赖矿长家有动静，我仔细听，像是有人往口袋里装东西的声音。我还寻思，这大半夜的，赖矿长收拾东西怎么不关门？

“我也没多想，又回屋躺下了。我媳妇听见我起来了，她也要去厕所，就这么个工夫，她看见房后有个人影向东走去，那人身上还背着东西。她回来和我说，我还不相信，以为她看错了。她心里有疑，翻来覆去睡不着，便说去赖矿长家看看。我俩见赖矿长家院门虚掩着，隔着门缝往里瞅，发现地上竟躺着一个人，真是吓坏了，马上报了警。哪承想出了这么大的事。”

“赖矿长平日和周围人关系怎么样？”

“他平时不爱说话，每次路上遇见，他都是低头走路，像是在思考事情的样子。和他打招呼，他才抬头答应一声。有一年的新春晚会，他邀请我和学生们去矿上演出，他在新春晚会上讲话声音洪亮，内容新颖，言之有物，我才对他有了全新的认识。我和赖矿长接触不多，但我媳妇林兰和他媳妇富巧珍来往比较多。”何老师说完叫来媳妇林兰，“你也睡不成了，和警察同志说说赖矿长家的事。”

“巧珍是早年来的城市知青，人虽不漂亮，但为人和善。听她说，她年幼时就失去了双亲，有个弟弟当了边防兵。的确，她嫁给赖矿长这么多年，没有啥亲戚朋友来过。”林兰说道。

“赖矿长家平时来人多吧？”

“隔三岔五就有人来，不过都来得很晚，可能是矿长下班晚吧。”林兰答道。

“谢谢你们提供的线索，有事我再来。”陈风告别了何老师和林兰，天光已大亮，他环视四周，听见小街传来嘈杂的脚步声，知道是刑警队集合了。

陈风边往院外走边想，上次史局破获无头女尸案，正是借助周围人的指认。但那次是白天，这次黑灯瞎火的，上哪儿找目击者？他想起刚才林兰说的“有一个人影向东走去”，便绕过房后，树皮围起的院墙明显有两处松动，还有一个豁口。从豁口出去，不远处地上一枚黑色四孔衣扣赫然出现在陈风眼前，他小心翼翼捡起并放入塑料袋中。一枚清晰的脚印突然吸引了陈风的注意，他蹲下来细看，脚印上明显有血和泥土混杂的痕迹，他量好尺寸并记录在本上。他顺着脚印走了一段路，到了小街口，脚印被零乱的马车印淹没了。这算不算是一条线索呢？它是那么细小，甚至有些模糊不清。陈风向四周望去，再往东走就是铁路家属区，穿过家属区不远处就是火车站。对，这应该是一条线索，嫌疑人是不是到火车站坐火车走了？或者就住在铁路家属区？因为突然有了新线索，陈风喜出望外，飞快地向集合队伍跑去。

上午9点，史建民在市公安局小会议室召开了关于“8·7”盗窃强奸杀人案的案情分析会。

“今天凌晨，新建煤矿家属区发生了一起惨无人道的盗窃强奸杀人案，副矿长赖大富夫妇遇害。闵锐，说说你的发现。”史建民看向闵锐。

“正门完好，没有强行闯入的痕迹。凶手使用外力致使窗户护栏弯曲后，从西屋进入室内。通过室内痕迹推断，男性死者生前曾与凶手发生过激烈的搏斗。凶手用绳子勒住男性死者脖子，致其死亡后拖至院子里；又将女性死者拖至客厅，实施强暴后，用钝器将其头部砸中，导致其脑部大出血死亡。现场许多技术问题需经鉴定审核后再做详述。”闵锐冷静地陈述道。

“金海波，你是刑警队的老警察了，你说说。”史建民想听听金海波有什么发现。

“从西屋地上大量字画、烟酒来看，死者生前收礼可不少，应该是被凶手盯上了，引来杀身之祸。”金海波说完，两手一摊。

“没了？”

“没了。”

“梁晓阳，把你搜集的信息汇报一下。”史建民继续点将。

“从东屋地上零乱的物品和桌脚处留下的血迹看，女性死者曾拼命挣扎，其头部右侧确实有撞击的痕迹，证明了这一点。凶手是一个丧心病狂的家伙。”梁晓阳的脖颈青筋暴起，他努力克制着自己愤怒的情绪。

“陈风，把你了解到的情况说说。”史建民有些期待地看了一眼陈风。

“凶手将西屋窗户上的三根护栏用力折弯后进入室内，判断凶手体型较大，体重应该在75公斤以上。凶手入室后，惊动了在西屋住的男性死者，便用准备好的细绳勒住男性死者颈部，致其死亡后拖出。发出的动静惊动了女性死者。女性死者的颈部有印痕，推断是凶手扼住其喉咙，阻止其发声留下的。凶手将女性死者拖到客厅强暴，撞倒了客厅的花架，女性死者用掉落的瓷瓶碎片划向凶手脸部时，凶手用瓷瓶底部猛砸女性死者左侧头部，造成其失血过多死亡。完成杀人后，凶手又窃取了首饰、手表若干，手枪一把。”

“啊？还有枪？”

“没有搞错吧，陈风？”

“我是根据床头柜上的枪套来判断的，一切都要等技术鉴定结果。”陈风瞪大眼睛，认真地说。

“还有补充吗，陈风？”

“死者邻居何老师说半夜听见死者家有动静，他媳妇林兰说早上2点多看见一人背着东西向东边走去。我按她提供的线索找了过去，除了捡到一枚四孔纽扣外，还发现了脚印，都已移交鉴定部门。另外，我刚刚去看了死者的孩子小明，给他买了玩具和零食，问他是否看见了什么人，听到了什么声音，均说没有。”

“技术部门抓紧时间拿出检验报告。彭华，陈风的分析不无道理，你来总结一下。”

“凶手具有一定的犯罪经验，手段残忍。接下来，我们要在新建煤矿家属区周边撒网摸排，寻找目击者。陈风，你和晓阳一组，金海波和我一组，抓紧走访，谨慎行事。这是一场硬仗。”彭华安排道。

“省厅和市委、市政府对发生在煤城的这起盗窃强奸杀人案高度重视，敦促我们尽早破案。这起案件的影响太恶劣了，所有人都在关注，家家户户谈案色变，公众安全感缺失，我们必须抓紧破案！散会。”史建民总结道。

散会后，矿长隋波找到彭华，说道：“小明就交给我们吧，在找到他的亲人之前，我们一定负责他的安全。另外，”他抬头看看周围，压低声音，“办公室主任王杰这两天有点反常，像是有心事，要不要提审？”

“嗯，还有什么情况？”

“没有了。”

“暂时不要打草惊蛇，密切观察，随时报告情况。”彭华说完便推门进了史建民的办公室。

史建民皱着浓黑的眉，接过彭华递过来的烟卷，叹息道：“短短一周，两起入室抢劫，愈演愈烈，如不尽早破案，将凶手绳之以法，后果不堪设想。”

“是啊，不同的是，第一起发生在白天，光天化日之下入室抢劫，竟然没发现一点儿有用的线索，怪了！”

两人默不作声地抽着烟，他们早已习惯各自思考的方式。多年来，两人形成了一种特有的默契，彼此理解，面对复杂和危难，总能保持步调一致，成功破案。

“目前，我们正处在最危急的关头！刚才会上，陈风分析得有条有理，按他的思路排查，矿上和家属区及东面沿线铁路家属区，我们还需加派警力。”史建民提出建议。

“加派警力？说得容易，这个节骨眼只有我们这些人硬扛了。”彭华使劲将烟头按在烟灰缸里。

抓获公安部A级通缉令在逃人员

入夜，陈风躺在床上，翻来覆去，“晓阳，睡了吗？”

“你这么翻腾弄得床吱嘎响，我哪能睡着？明晚我睡上铺。”经过一天的折腾，梁晓阳只想好好睡一觉。

“既然凶手是半夜出动，我看不如咱俩去侦查侦查，怎么样？”陈风说完索性坐起来。

“这大半夜的，你折腾啥？今晚好好睡一觉，明晚再去吧。”晓阳翻了个身，打了个哈欠。

“晓阳，兵贵神速，今晚咱们先去看看动静。”说完，陈风动作麻利地穿起了衣服。

“哎，没办法，听你的吧。”晓阳虽有些不情愿，但还是起来了，他有些无奈。

午夜时分，陈风和梁晓阳穿着便装，一前一后从刑警队走出来。

“有条近道，敢不敢走？到新建煤矿家属区少走3公里，怎么样？”陈风提议道。

“抄近道好啊，别领我走坟茔地就行，我最怕那地方！”晓阳说道。

“跟在我身后，跟紧点儿，小心跟丢了！”陈风有些神秘，话音未落，就大步向前走去。刚开始还是平坦的大路，渐渐地，二人脚下的路越来越崎岖，晓阳好几次被沟沟坎坎绊倒，还差点崴了脚。夜风呜咽，远处不时传来野狗的狂吠和野猫的尖叫。“陈风，这是走哪儿来了？咋好像进了坟茔地？”晓阳心里害怕，嘴上哆嗦，腿脚也有些不灵便。

陈风回头看了他一眼，“跟上！”

“风哥，你等等我，行不行？”晓阳哀求道。

“坚持，马上就走出去了。”陈风鼓励道。

一望无际的黑蓝夜幕镶嵌着寥寥几粒星子，伸手不见五指。终于，不远处有了点亮光。“快到了，晓阳，出了这片坟茔地就离厂部不远了。”

“好你个陈风，到底领我走了坟茔地！”

“这不到了吗，要是告诉你，你还能走那么快呀！”

两人走出坟茔地，晓阳满头大汗，上气不接下气，他索性把衣服脱下来擦个痛快。突然，微弱的灯光下有个黑影在移动，“有情况！”晓阳倒吸一口气，屏住呼吸，朝前面望去。

“这大半夜的，既不是工人上班时间，也不是下班时间，这人是干什么的？”陈风小声嘀咕，大步流星地往前走。路灯下，一个人正贴着墙根向前走，陈风快步跟上，离他越来越近……

“晓阳，这么晚到家，媳妇还在等你吧？”

“啊？哎，天天等啊！”

“回家吃点啥呢？咋也得喝两口啊！”陈风高声说道，又吹起了口哨，悦耳的口哨声在宁静的夜晚显得有些诡异。那人听见说话声，压低帽檐，双手插在上衣兜里，不紧不慢地走着。

“晓阳，看见了吧，那人背的斜挎兜子明显往下坠，一看就有分量，准揣着家伙！”陈风小声说道。

“兴许是矿工，包里装的是工具吧。”

“跟上我就行！”陈风突然向前跑去，晓阳迟疑了一下，也跟了上去。那人听见有动静撒腿就跑。陈风加快速度，如同离弦的箭，手指擦过那人晃动的斜挎包。突然，那人掏出一把刀猛地刺向陈风。陈风旋身错步，抬腿踢向那人手腕，同时抓住其持刀手臂猛力下压，膝盖狠狠顶向其腹部，将其扑倒在地，晓阳上前将其铐住。

两人将此人带回局里时，天已放亮。

史建民听完陈风和梁晓阳的报告后，严肃地说道：“你们的午夜侦查成果显著，可这人到底是不是‘8·7’案件的凶手，需要审完才知道。你俩不向队里汇报，私自行动，这事要深刻检讨。试想一下，如果在抓捕罪犯途中意外受伤，是谁的责任？”

“史局，陈风坚持要去，我没拦住，我也有责任。”晓阳有些紧张。

“都是我的主意，我写检查，以后绝不鲁莽行事。”陈风赶紧承认错误。

史建民打心眼里欣赏陈风的敢想敢干，勇于担当，说道：“知道犯错原因就好。好了，抓紧审理吧。”

审讯室里，陈风和梁晓阳对犯罪嫌疑人实施问讯。

“哪里人？”

“安徽泗县。”

“什么时候到的新建煤矿？”梁晓阳认为此人就是“8·7”案的嫌疑人，语气严厉。

“上个月。我先到的煤矿办公室，说要找个工作。有个自称办公室主任的人说，想来干活得找个保人，可我没有保人啊，他就说‘没保人拿1000块钱吧，我给你安排个好工作’。我没钱，要是有1000

块钱，能跑这么远找工作吗？”

“没有就盗窃？”陈风瞪大眼睛，高声说道，“我可没工夫听你挤牙膏，赶紧交代！”

经过两天两夜的审讯，此人竟是公安部A级通缉令在逃人员，涉嫌故意杀人罪。潜逃七年，竟被陈风误打误撞抓获归案，真可谓“天网恢恢，疏而不漏”。经查实，他确实不是“8·7”案的嫌疑人。

半个月过去了，“8·7”案仍然没有头绪。史建民召集刑警队开会。“同志们，‘8·7’案一天不破，工人群众一天不得安生。要时刻牢记，我们的职责就是守护社会的平安，守护人民的生命财产安全！前几天，陈风、晓阳两人抓捕了公安部A级通缉令在逃人员，实在可喜。他们两人的成功值得我们学习借鉴。记住，罪犯还在活动，只是更隐蔽了。所以，我提议，在当地设伏，蹲守。”

“凶手肯定是流窜犯，这些天没动静也许走了。”

“听说这地方抓获了七年未归案的杀人犯，谁能不害怕？估计凶手听到风声后早溜了。”

“罪犯阴险狡诈，他在这儿多次得手，能轻易善罢甘休吗？蹲守可以，只是我们警力有限啊。”彭华分析道。

“陈风，晓阳，你俩是主力；海波，你也得上。你们三人一组，怎么样？”史建民做出部署。

“我发现，只要有陈风，每次都能抓到罪犯，真是怪了！我这警龄也不短了，咋就没打过漂亮仗？这次我奉陪到底！”金海波还真有点要上战场的架势。

“海波，遇事多和陈风商量。”彭华对金海波的转变很是高兴。

火辣辣的太阳晒在地上，仿佛擦一根火柴就能点燃似的，这天热得连小鸟都躲在树荫下懒得叫唤。

夜幕降临，陈风、梁晓阳和金海波三个人在家属区集市边的一片草地深处隐蔽着。“罪犯没准早已经撤了，咱们守一宿听听风声就收队吧！”金海波提出自己的看法。

“我相信领导的判断，史局可是老刑侦了。”陈风用帽子扇着风。

“老刑侦也有失算的时候。这天真热。”金海波浑身是汗，便脱了外衣。

晓阳见海波还想脱背心，赶紧劝阻：“别脱了，再脱蚊子全上来了，它们最喜欢白花花的肥肉。”

果不其然，一大群蚊子围了上来。“哎呀妈呀，咬死我了。”金海波使劲地拍打着脖子和后背，耳畔是蚊子恼人的“嗡嗡”声。贪婪的蚊子不断发起猛攻，大有横扫千军的架势。

“陈风，你脸上的红包一片片，你不痒吗？”海波见陈风跟没事儿人似的，不解地问道。

“陈风是铁打的！”晓阳抢过话头，“那天半夜，一出门我就被蚊子包围了，可他非要抄近道，我在坟茔地里跟头把式地一路狂跑才勉强跟上他，哪还顾得上蚊子？现在想起来还心惊胆战。但如果不是他这速度，可能就错过了抓捕罪犯的时机。”晓阳有些意味深长。

“蚊子叮完别挠，越挠越痒。”

“唉，疼可忍，痒没法忍啊。”

三个人终于熬到了天亮，海波躺在地上昏昏欲睡，晓阳一脸困倦，陈风眉头紧锁。

“晓阳，这样下去可不行，虽然咱们舒服些，可罪犯会在最隐秘的地方出现。”

“啥？这还叫舒服？这半宿差点要命啊！”

“罪犯可不管那些，他可是不要命的主。今晚换地方！”

“往哪儿换？”晓阳声音里带着哭腔。

“我盘算了半天，应该在离厂门口和家属区近些的草丛里面设伏，离罪犯越近越有可能逮住他。”陈风说完看了看表，叫醒海波，“4点多了，撤！”

午夜时分，夜空中繁星点点。白天，陈风在周围踩点，选定了厂区门口的一处草丛，不远处就是通向家属区的小街。

“陈风，在这里待一宿，明天能不能回去了？”

“以前没蹲守过？”

“那不一样，都是在车里或者在屋里。”金海波边驱赶蚊子边说，“干这么些年警察，没这么蹲守过！”

“那是你走运，没早遇上陈风，早遇上他，啥都得经历。”晓阳调侃道。

“唉，这蚊子又盯上我了，全身都咬遍了，还往哪儿咬？”金海波无奈至极。

突然，不远处传来脚步声，三人瞬间屏气凝神。

“这班上的，干一宿都没尿，刚一上来就憋不住了。”

“我也是啊，你不说我差点忘了。”

先是窸窸窣窣的解皮带声，紧接着是哗啦哗啦的水流声——顿时，一股热流向陈风袭来，从后脖子浇到脚后跟。另一个矿工也不甘示弱，淋了金海波一身尿，他立刻抖了一下肩膀。“好像有啥东西！”那矿工被吓得拔腿就跑。前面那个矿工定睛细看，“啥也没有，你啊，是让那个杀人犯吓坏了。”

待二人走远，“苍天啊，可吓死我了。”金海波说话间把上衣脱下来，从头到脚擦个遍，“这味儿！熏死我了。”

“起码凉快了，晓阳没这福，还得热着。”陈风苦笑道。

“陈风，你这衣服是租来的？还不脱下来晾晾？”

“陈风，你咋一动没动？我这一动弹，把那小子吓死了，哈哈！”

“陈风，你小子是行啊，怪不得史局把重要任务都交给你，我是服了。”

雨夜，蹲守设伏

启明星一闪一闪，天终于亮了。

回到单位，金海波在走廊里碰到了闵锐。

“海波？脸怎么肿成这样了？差点没认出来是你！”闵锐嚷道。

“唉，一言难尽……这蹲守现场真不是人干的活儿。”金海波摆摆手直奔史建民的办公室。

办公室内，侯洪雷正与史建民争论不休。

“涉及经济诈骗的案件必须一查到底，把钱款追回来才算完。”

史建民语气强硬。

“追回来？太难了。银行不配合。”侯洪雷不以为意。

“银行不配合？本市的银行我可以出面协调，出了省没人帮你，自己想办法。”史建民严肃地说。

侯洪雷拉个脸，胖墩墩的脸上，两道深深的鱼尾纹抽搐了一下。

“史局，能不能再给我们增派警力？”侯洪雷的要求在眼下有些不切实际。

史建民听到这话有些生气，抬头见金海波来了，见他脸上都是红点红包，明显是被蚊子叮肿了。他站起身，绕过写字台，走到金海波身边，说道：“我们的一线干警正在水深火热之中啊！老侯，你和海波一起进的市局吧？你看看你，吃成了什么样子？每次见你，脖子都粗了一圈。再看看海波，还在一线蹲守哪！增派警力？别想了！”史建民望着这个市长的小舅子，言辞有些激烈。

金海波本来是想和史建民发发牢骚，建议撤了晚间蹲守，可见此情景，他不得不改变主意：“史局，夜间蹲守确实困难重重，我建议，下午2点到5点，再增设一班岗！”连金海波自己都不知道怎么说出口的，可这当口儿，他实在说不出别的。

“看见了吧，海波他们是怎么干的！”史建民拍了拍侯洪雷的肩膀，“相信你一定能把煤城人民被骗的钱款追回来。待你凯旋之日，我和局长去火车站接你，亲自给你戴红花。”

“今天白天，部分地区晴有时多云，最高气温32℃，夜晚小到中雨……”没等听完天气预报，金海波找到晓阳，喜滋滋地说：“十来天了，终于等来一场雨啊，今晚肯定不用出警了。”

“别想了，有那好事儿能轮到咱们？”晓阳正望着天花板发呆。

寝室里，陈风正在看日本作家森村诚一的侦探小说《人性的证明》。

“陈风，后半夜有小到中雨啊，我看今晚没法蹲守了。”金海波试探着问陈风。

“下午2点到5点增设的蹲守取消了吧。今晚记得穿上雨衣，但不能穿雨鞋。”陈风说完正沉浸在推理世界，头都没抬。

金海波朝梁晓阳做了个鬼脸，晓阳挠挠头，两手一摊，表示无能为力。

傍晚时分，阴云密布，灰色的云积聚在天空。淅淅沥沥的小雨如期而至，给燥热的炎夏带来一丝清凉。可雨越下越大，午夜，风雨交加，催生凉意。

“陈风，今晚真该取消蹲守，这雨下得这么大，谁出来？”金海波有些怨言。

“捡两块砖头，小心就是了。”陈风嘱咐道。

“带那玩意干啥？用砖砸歹徒？你先告诉我歹徒在哪儿吧。”金海波有些不解。

陈风认真地查看着周围情况，这里既能看见厂部，又能看见临近家属区的小街。他发现小街中部有一条窄窄的过道，沿着那条过道，能直接抵达一片高围墙，那一定是歹徒感兴趣的地方。

“我们在这儿等等。”陈风和晓阳耳语了几句，“瞧，那家还有一个角门。”

“海波，晓阳，你们隐蔽在这里，我到前边人家门前的树下看看。”说完，陈风扔给他俩两块砖，“垫在脚下。”两人捡起砖，会意地点点头，进了一丈多高的蒿子地里。泥泞中，深一脚浅一脚，把砖头放在脚下，就不用蹚水了。“他想得可真周到，要不我这脚就泡在水里了。”金海波心生几分敬意。

陈风躲进低矮草丛中仔细倾听。寂静中，雨点砸在叶子上，滴滴答答；远处传来火车的汽笛声，车身与铁轨摩擦，哐当哐当；一只野狗突然狂吠，紧接着，第二只、第三只也跟着大叫起来……他聚精会神地听着，一时一刻也不敢放松警惕。

陈风回想着两年前轰轰隆隆的井下日子。“那次若不是尹师傅叫醒我，掌子面早砸死我了。对，就是这个时间。”他看了一眼手表，时针指向凌晨一点半。

“陈风，我们也到你那边吧！”晓阳压低声音。“好吧。快点，别出声！”晓阳和海波猫着腰，缓慢移动到陈风身边。

突然，远处传来脚步声。半夜2点，也不是工人上下班时间，这人是干什么的？三人紧张地对视了一下，怀疑罪犯出动了。

小街过道围墙根出现一个膀大腰圆的黑影，那人披着一件雨衣。他走到这家的角门口，熟练地把院门打开，进院后将雨衣脱下挂在栅栏上，蹑手蹑脚靠近窗户向里张望。接着走到门口，从兜里掏出一把匕首，那匕首泛着寒光。他把匕首插进门缝，用刀尖顶住门闩，轻轻一晃，门就开了。

海波和晓阳急不可待，想冲上去。“等等，再等一会儿，这样容易让他跑了。等他进屋后再行动。”就在那人进入室内的一瞬间，小伙子们一拥而上。那人见有人冲上来，立刻弯腰往外跑，陈风直接扑了上去，举起枪托，猛地砸向他的头部，将他打翻在地。

雨还在下，借着微弱的路灯光，陈风看到此人脸上有一道深深的疤痕，再看他的工装，少了一枚四孔纽扣——他们逮住了“8·7”案的嫌疑人！

经过审讯，嫌疑人对犯罪事实供认不讳。

金海波紧紧握着陈风的手，心生无限感慨。虽然干警们的脸上布满了疲惫，眼睛里却写满了守护百姓平安的喜悦与自豪。

经过16天艰苦卓绝的奋战，“8·7”案宣布告破，煤城人奔走相告，小城恢复了往日的宁静祥和。

公安厅礼堂里，干警们不时爆发出热烈的掌声，气氛达到了顶峰。

“同志们，历时三天，陈风的分享结束了。从他的经历中，我们能看到一个年轻警察在基层的历练与成长。陈风身上值得我们学习的地方太多了，吃苦耐劳的精神，刻苦钻研的修为，最重要的是他敢于挑战，敢于担当。相信陈风的分享会给在座所有人带来力量！时不我待，年轻人有无限可能！”翁超凡厅长的一席话再度激起场上雷鸣般的掌声。他望着台上的陈风，鼓励道，“陈风同志，在接下来的工作中，希望你再接再厉，不辜负组织对你的期待，为维护社会稳定、保障人民群众安居乐业再立新功！”

第五章　雪路惊魂

帽儿山上，苍松翠柏，白桦林立。立冬时节，大雾弥漫。雾散后便现出一幅油画般的美景，松树的针叶上凝着一层厚厚的白霜，微风拂过，细碎的冰晶簌簌坠落，与风声交织成冬日絮语。

帽儿山的冬天，山冷得在颤抖，河也冻得僵硬，连空气似乎都凝固了，这个冬天比往年都要寒冷很多。

清晨，天尚未完全破晓，寒风凛冽中，镇子上的人结伴上山砍柴。走在最前面的是苏继承和他的儿子小林子。忽然，苏继承隐约听到狼嚎，他赶紧停下脚步，将裹得严严实实的帽子解开，掀开一面帽耳朵，只听“嗷呜嗷呜”的狼嚎悲怆凄惨，既有些威武又显得孤寂。“不好，我们遇上狼了！”

苏继承犹豫片刻，拦住了后面上山的人。“大家伙先散了吧，今天可不是上山的好日子。”他怕引起大家的恐慌，不急不慢地说道。

“咋回事儿，这都走一半了，眼瞅着就到小东山的白桦林子了，咋还要回去？”众人不解地问。

“回吧，前面有狼。”

听到有狼出没，大家伙忙不迭地撒腿就跑。苏继承见众人散去便放心了，一回头，小林子正在不远处捡拾什么东西，乍一看像人的脚！“快扔掉！扔掉！回来！”父亲一声大吼，吓得小林子扔下手里的东西就往回跑。苏继承走过去定睛一看，果然是人脚！

苏继承吓得头皮发麻，双腿发软，好半天才缓过神。他捡起那只冻得杠杠硬的人脚，头都不敢回，便和儿子往山下飞跑。他直奔帽儿山镇派出所报案：帽儿山上小东山白桦林里有尸体。镇派出所不敢有丝毫耽搁，马上上报尚志县公安局。经过逐级上报，滨州省公安厅掌握了初步情况。

刑侦大队队长肖战立即组织会议，讨论后决定，陈风和黄法医立刻前往帽儿山碎尸现场。“无论遇到什么情况，陈风，一定要保护好自己，还要保护好黄法医。”

“请肖队放心，坚决完成任务！”

北风呼啸，大雪纷飞。刮了三天三夜的大烟炮，眼前是白茫茫一片。陈风和黄法医一前一后，艰难地向帽儿山上的白桦林行进。

“死者会是谁呢？怎么会死在山上？”黄法医抛出心底的疑问。

“也许有人上山时遇到了意外？”陈风也在猜测。

“哪个男人上山不带着家伙？不过话说回来，真遇上狼群，带啥都没用。”黄法医眼角结满霜花，都快把眼皮粘住了。

“人是不能离群的，除非你有足够强大的本事。单枪匹马遇上狼群，没准真得被饿狼给吃了。”陈风冻得满脸通红，在冬日的阳光下更显意气风发。

两人顺着白雪皑皑的山道艰难地行进着。走在前面的陈风好几次掉进了雪坳里，积雪齐腰深，十分危险，但他始终坚持让黄法医跟在他身后。

“‘雪落高山，霜打洼地’，帽儿山是雪城周边的最高峰。像这样

有山，有树，有冰瀑，有树挂，偶尔还有野生动物光顾，冰雪景观能够保持数月的地方，实在不多见。”黄法医有些兴奋。

“您知道得真多。”陈风十分佩服有才学的人。

两人在山上走了半天，终于看到一片稍平坦的白桦林子。他们停下脚步，警觉地搜寻起来。一阵风刮过，白桦林中逐渐露出斑斑血迹。

“这应该就是报案人说的小东山白桦林吧？”

“可算到了！”

笼罩在云雾里的白桦林，显得朦胧神秘，仿佛是一个未知的世界。

“黄法医，您就在这儿附近小范围搜寻，千万小心，别走太远，有动静就喊我。”陈风叮嘱道。

“你也一定要小心。”

陈风开始搜索排查，走了一会儿，就看见了一片殷红的血迹。他蹚着雪，深一脚浅一脚地在血迹周围搜寻尸体，没走多远就被脚下一个硬邦邦的东西绊倒了，他心中一动，赶紧用手扒开厚厚的积雪，只是一根树杈而已。雪从袖口灌进来，透心凉，他倒吸了一口凉气，甩了甩胳膊，又朝冻僵的手指吹气，红萝卜似的手指冻得难以弯曲。

陈风提醒自己别心急，沉住气。放眼望去，不远处的树杈旁似有颅骨的轮廓，他揉了揉眼睛，雪堆里真有一块颅骨！他跑过去，东拼西凑找到了被撕碎后散落一地的颅骨，赶紧收入口袋里。继续向前走，又发现了一根手指，他摘下手套，小心翼翼捏住那根冻硬的手指向外一拉，整个手腕露了出来。他赶紧跑回白桦林，黄法医还在低头研究那些碎骨头。“黄法医，看，我找到了啥东西？”他将半截手臂递给黄法医，黄法医接过来看后点了点头，说道：“今天的辛苦没有白费！走，回雪城！”

不知从哪儿飞来了几只乌鸦，哇哇地叫，那叫声分不清是欣喜还是惊恐。

下山的路，两人走得东倒西歪，尽管很小心也会摔倒几次。“欲将轻骑逐，大雪满弓刀。”面对银装素裹的帽儿山，陈风不禁诗兴大发。“这句诗是什么意思？”黄法医问道。

“敌军想要趁着夜色潜逃，我便带领骑兵一路追赶，忽然下了一场纷纷扬扬的大雪，刹那间刀弓上落满了雪花。”陈风充满豪情地解释道。

“你小子行啊，有文采。”黄法医看着这个小伙子，打心眼里喜欢，“行了，慢点走，注意脚下！”

“不好，有情况。”一阵狂风袭来，不远处竟走来一只威猛的东北虎，对闯入它领地的二人怒目而视。

“千万别背对它，它会袭击你。”陈风小声说着。只见黄法医上下牙不停地磕碰，嘴唇也在抖动，他被吓得魂不附体，一动都不敢动。

这只东北虎足有200公斤重，再看那气势汹汹的架势，随时都有把他们吃掉的可能。尽管陈风被这庞然大物吓得心都要从嗓子眼里跳出来，但还是装得若无其事。他用余光搜寻，见旁边有根树枝，心想，若是遇袭决不能手无寸铁。陈风与老虎对视足足一分多钟，老虎丝毫没有退缩之意，竟然中气十足地向天空吼了一声。

“陈风，它是不是惦记上你肩上的口袋了？”黄法医的声音里满是恐惧。

“它也有可能是惦记上我了！”陈风嘴上调侃，但仍死死盯着老虎，气势不减。

双方僵持了一刻钟，老虎慢慢起身，环视四周，又转向陈风二人看了一会儿，它张开大嘴打了个哈欠，发出霸气十足的吼声，然后若无其事地掉头走了。

见老虎走远，劫后余生的黄法医和陈风紧紧拥抱在一起，两人失声痛哭。

月光洒满雪地，吉普车在雪道上跑了半宿，陈风和黄法医赶回省公安厅已是午夜时分。

“这大家伙太瘆人了，谁见了都得蒙啊！没有陈风，我这条命可真交待在帽儿山了。吓得我是啥都不管不顾了，要不是这小子坚持，辛辛苦苦搜寻的尸骸都得喂老虎了。”黄法医向肖战和翁超凡讲述了遇见东北虎的遭遇。

“陈风这小子胆大心细，老虎都惧他三分。哎，老虎还是不舍得吃你们呀，吃了你们，谁来为民除害？黄法医，这个案子破了，您好好歇几天。”肖战望着憔悴的黄法医关切地说道。

“好样的，陈风！你小子天生就是干警察的料！天王老子都不怕，还能怕老虎？警察队伍中就得多一些像陈风这样的人，任何时候都不丢警察的尊严。”翁超凡对陈风的欣赏溢于言表。

黄法医对搜集到的尸体碎块进行了检验。“从脚趾看，死者应该是男性。脚指甲干干净净，脚底没有一点儿死皮和脚垫，白白净净的，能看出这人平时走路不多。”黄法医将脚轻轻放下，拿起那只手，接着说道，“死者中指内侧明显凹下去一个深窝，中指中段外侧呈现青紫色，这是常年用力所致。中指关节处已变形，应该是长期从事特殊职业造成的。”

“刻印章？雕塑？”站在旁边的马诗冰急切地说。

“应该不是。”黄法医抬头看了看技术处新来的年轻人。

“厨师！”黎明上前小声说道。

“也不对劲。”黄法医研究着那只手，连头都没抬。

“木匠！”聂文杰坚信自己的判断。

“木匠的手我研究过，还没有五根手指都变形到这种程度的。”黄法医自信地说。

“修鞋的？”孟恕若有所思地说。

“嗯，应该比修鞋的用力更多。”黄法医边说边抬头看看陈风。

“锁匠？”陈风眼睛一亮，大声说道。

“有道理！每天大量接触铁器械，手上才会留下这种奇特的痕迹。”黄法医肯定地说。

“黄法医，能确定死者的身份就可以锁定目标了。您可以休息了，接下来交给我们吧！”陈风感觉已经找到了突破口。

“陈风，鉴于你之前去过帽儿山现场，这个案子就由你来负责。聂文杰，你手头的案子结了吧？”肖战问道。

“昨天刚结，肖队。”聂文杰说。

“目前，总队人手有限，陈风，只好派你再跑一趟了。小聂，你配合陈风火速前往帽儿山，抓紧时间找线索，争取早日破案！”肖战突然发现陈风眼睛里布满红血丝，有些不忍，但还是说道，“怎么样？有困难吗？”

“请肖队放心，等我们的好消息吧。”陈风胸中燃起斗志，充满信心。

寒冬腊月，刺骨的风雪刮得人睁不开眼睛。

陈风和聂文杰来到帽儿山镇的工商所，询问当地锁匠的注册信息。工商所所长说：“配个钥匙、开个锁的小买卖，还用注册？”

“查锁匠注册信息是因为你们这儿有人失踪了。”聂文杰见其对工作如此不负责任，有些生气。

“啊？我们这片没听说谁家有人失踪，你们去西边看看吧。”工商所所长依旧是事不关己的态度。

“人命关天！你最好能给我们指清楚西边是哪儿？”陈风严肃地说。

“往这边走，这边就是西，在前头小街往右拐就到了。”工商所所长见陈风态度强硬，赶紧起身为二人指明方向。

“感谢你的配合。”

两人出门向西走了一阵子，不远处有一间小偏厦子，门口挂个钥匙形状的招牌。推门进去，师傅正和一个小媳妇嘻嘻哈哈，看见有人进来，两人对视一下，说笑声戛然而止。陈风问道：“师傅，打扰了。这镇子上有几家锁匠铺？有没有听说哪个锁匠失踪了？”

听见问话，这两人投来惊愕的目光。“有人失踪？谁呀？没听说！锁匠铺拢共有四家，前街王老大；西头有两家，一个姓钟，还有一个姓吕；再有就是我家了。”师傅说完又补充一句，“这家家户户挨得这么近，没听说谁家有人失踪啊。”

“你和谁家熟悉？走，和我们一起去转转。”聂文杰见师傅很了解情况，就要求他同去。陈风瞥见角落立着一副拐杖，便说道：“不麻烦了，我们自己去那几家转转。”他边说边给聂文杰使了个眼色。

“怎么不让这个师傅陪咱们去找找？”聂文杰有些不解。

“没见那师傅腿脚不利索吗？”陈风翻看着刚才记录的信息。

“啊？”聂文杰还是有些迷糊。

“那锁匠起身动作不自然，坐姿也刻意偏向一侧，而且屋里角落还立着拐杖。”

“原来如此！陈风，你心真细！”聂文杰由衷佩服陈风的观察力。

吕锁匠失踪了

太阳逐渐西沉，夜幕缓缓降临，不一会儿，天就黑透了。两人找到另外两家锁匠铺，结果门都上了锁。一进腊月，家家户户都忙着为过年做准备，提前关门也正常。

两人在瑟瑟寒风中走了大半天，一无所获。傍晚时分，两人住进了唐家小旅馆。

“走，出去吃碗面，顺便打听打听消息。”说话工夫，陈风已经推门向外走去。走廊隐约传来说话声，聂文杰正要说话，陈风将食指放在嘴唇上，示意别出声。

“听说了没有，吕锁匠失踪三天了！”小旅馆的老板娘对老板说道。

“啊？别瞎说，前几天我还到他那锁匠铺坐了一会儿，这眼看快过年了，我问他有那么多活儿吗，你猜吕锁匠咋说的，‘到铺子里透透气，在家憋得慌’。”

“他说这话啥意思？”老板娘不解地问。

“唉，在家憋屈呗……”

听到这里，陈风和聂文杰往前台走去，老板听见脚步声轻咳一声，老板娘便停止了说话。

“老板，吕锁匠家住在哪儿？”陈风开门见山。

“哪个吕锁匠？镇里配钥匙的就钟师傅和一条腿的老周，还有一个会修锁的王老大，没听说有姓吕的。”老板装起了糊涂。

“等等，干什么去？”聂文杰见老板娘欲往外走，上前厉声呵斥。

“上我外甥家去，不行啊？”老板娘还来了横劲。

“我们是省公安厅的警察，专门查办吕锁匠案子的。”陈风边说边从兜里掏出警官证。老板凑上前盯着警官证上的照片，待他看清楚，大惊失色：“看来这纸里是包不住火了。”

“怎么回事？把你知道的情况赶快讲出来。”陈风目光如炬，语调带着压迫感。

“好，我知道的我全说。吕长江，就是吕锁匠，他媳妇葛小曼是我媳妇的远房表姊妹。当时他家从农村搬到镇上来，还是托我们认识的干部给落的户。哪承想这葛小曼搬来以后就像变了个人似的，先是和镇上的会计搞在了一块，后来又和副镇长不清不楚。因为这事儿，我们两家都不来往了。说实话，我就担心我那连襟吕锁匠有一天会出事儿。这不，我刚听说，吕锁匠失踪了，肯定和那个干部有关。”老板将情况一五一十地告诉了陈风。

“镇上的会计叫啥？”聂文杰问道。

“叫王玉。”老板回道。

“你说的那个副镇长叫啥？”陈风问道。

“叫，叫姜树森。”

“好，你提供的线索很重要！记住了，不能通风报信，也不能透露给别人，知道吗？后果我不说，你应该知道。”聂文杰语气严厉。

“你根据什么说吕锁匠失踪和姜树森有关？”陈风继续问道。

“那个姜树森和葛小曼有多少次在公开场合眉来眼去，又搂又抱的，明眼人谁看不明白。因为这个，我那连襟吕锁匠天天生气，有时候太晚了，他就睡在锁匠铺，连家都懒得回。”

“这可是人命关天的大事，你说和他有关，那得有证据。”

“八九不离十，镇上人都知道。”

“吕锁匠家住址？”

“西边第三间瓦房。”

“姜树森家呢？”

“东头有栋二层小楼，就是他家。”老板赶紧给陈风二人指路。

“行了，千万别走漏消息。”

“放心吧！”

夜晚，寒气骤降，街道冷清，路上积满了厚厚的雪。陈风和聂文杰来到吕长江家门前，见屋里灯光幽暗，窗前有个男人的影子在晃动。“有人？这么晚了会是谁？”两人悄悄躲在暗处观察，冷风刮得人睁不开眼睛。

“哎呀，我的脚都冻木了，今晚应该没啥情况，赶紧吃面去。”聂文杰嘟囔道。

“别急，再坚持一会儿，好戏还在后头。”陈风站在无人的风口处，捂着耳朵和脸，不时地跺跺脚。

晚上9点，一个黑影溜出了吕锁匠家的门。

“这几天风声紧，我先不过来了。记住了，谁问老吕去哪儿了，都说不知道！”

“要是警察来了呢？”

“哎呀，傻妹子，哪有那么快？你好好睡一觉，明天就啥事都没有了！”

“我这右眼皮跳个不停，怕不是好兆头。你摸我这心，扑通扑通跳个没完。”

“你呀，太紧张了，记住，啥事儿都没发生，轻松点，越轻松越没事，听见没？”说完两人又搂抱了一阵，半天才依依不舍地分开。

“跟上去！”陈风小声说。

那黑影出了小街，在道边打开一辆自行车，一抬腿骑车走了。

“追吗？”聂文杰有些犹豫。

“追！看看是不是去东头小二楼了！”陈风边说边跑。

“我还没吃饭呢，我是真跑不动了。你说你不吃不喝，哪来的体力？”聂文杰抱怨道。

“毅力！没有毅力，什么都做不好。快到了，今天看清楚了，明天就有方向。一会儿请你吃大餐。”陈风鼓励道。

那黑影在雪地上东倒西歪骑了一阵子，拐弯时“啪嚓”一声摔出去老远。他勉强站起身，拍拍屁股上的雪，一瘸一拐地进了二道街，推开一扇大门，进了二层小楼的院子。

这小楼很是豪华气派。一楼还亮着灯，听见有人进来，马上有个女人迎上来："回来了，这一天天忙的。"

"嗯。眼看过年了，能不忙吗？"

凛冽的寒风夹着小雪，陈风和聂文杰不顾舟车劳顿，终于找到了线索。回到旅店，两人立刻向肖战汇报。

"二位辛苦了！用最快的时间取证，一旦证据确凿，立即对嫌疑人实施抓捕。"肖战下达指令。

"是！"二人齐声应道。

第二天早上8点刚过，陈风和聂文杰就赶往吕锁匠家。

听见敲门声，葛小曼问道："谁呀？"

"电业局的，查电表。"陈风答道。

"来啦来啦！咋这么早？"

"家里没有电炉子吧？眼看快过年了，可得注意安全。"

"没有。"

"前面好几家都有那玩意。"

"真没有。"

"帮我搬个凳子。"

葛小曼从里屋搬来凳子，用手扶着凳子，聂文杰登上去查看电表。

陈风迅速扫视了一圈屋子。他发现，炕柜靠墙处露出的新糊的报纸有些奇怪，再看对面墙上正好有炕柜大小的报纸印，应该是把炕柜刚刚挪过来不久。他轻轻撕下一块报纸，露出斑斑血迹。再看地上铺的红砖块，明显刚刚擦洗过不久，靠墙根砖缝里残留着疑似血迹的黑色黏稠液体。他快速取到两处血样，旋即装进兜里。

“家里挺干净，虽然有好几条电线，但都是贴在天棚上走的线，没啥问题。”陈风说完从屋里往外走。

“都是我那掌柜的弄的，唉！”

“电闸盒里有好几颗螺丝钉松了，接触不好。”聂文杰见陈风这么快就走出来，向他递了个眼色。

“好了，这回应该没有大问题了。”

“谢谢大兄弟！”

“放心。有什么问题我们再来。”

出了门，陈风和聂文杰又秘密走访了葛小曼的街坊邻居。邻居李玉琴和葛小曼来往密切。“你熟悉的葛小曼是怎样的一个人？”陈风问道。

“葛小曼快人快语，挺豪爽的。”李玉琴答道。

“她有什么特别的朋友吗？”陈风接着问。

“都说葛小曼有相好的，起先我还不相信，直到有一回到镇上看电影，姜树森当着他老婆的面，一会儿给葛小曼送瓜子，一会儿又扒山核桃，扒完还往葛小曼嘴里送，那殷勤劲儿谁看了都明白咋回事。为此，镇上人议论纷纷，说三道四。有好几回，我看见吕长江前脚刚出门，姜树森后脚就到了他家。

“葛小曼的确有几分姿色，声音也特别。每次一说话，那颤音拖出去老远，谁听了都得心痒难忍。听说当年这女人想进城，硬是靠上了当时是知青的吕长江，两人在山上幽会了一个春天。后来葛小曼说自己怀孕了，必须嫁给吕长江。吕长江说带她到城里检查身体，还把她带回了家。她一进家门就告诉吕长江他妈，‘我肚子里的孩子是你们老吕家的，我生是你家的人，死是你家的鬼’。吕长江他妈哪见过这样的人，坚决不认，为此还和吕长江断绝了母子关系。葛小曼见吕长江家人不把自己当回事，十分恼火，她又带娘家妈到青年点去闹了一阵子。无奈之下，吕长江娶了葛小曼。当年大批知青返城时，吕长江就因为葛小曼回不了城，便在农村学了修锁的手艺。他们前年才从村里搬到镇上。之前就听说葛小曼和朝阳大队队长有一腿，因为这事，吕长江没少和葛小曼闹。”

“吕长江夫妇有孩子吗？”陈风问。

“哪有，葛小曼当时要不说自己怀孕了，那吕长江能娶她吗？”李玉琴答道。

“到了镇上以后怎么样？”聂文杰急切地问。

“自打来到这镇上，葛小曼可没少惹是生非。她先是被镇上的会计王玉看上了，后来又让副镇长姜树森盯上了，那两个人因为葛小曼闹得挺不愉快的……”

“你反映的情况很重要。还有什么要补充的吗？”

“吕长江真死了吗？”

“死了！”

“可惜了，吕师傅是个好人啊！”李玉琴惋惜地说。

迷雾散去

陈风把在葛小曼家取到的血样送到尚志县公安局技术科。经检验，从葛小曼家采集到的血液中提取的DNA和帽儿山上白桦林里发现的尸体的DNA一致，确认被害人是吕长江。可以断定，案发现场是死者吕长江家。

“肖队，我们找到了吕长江遇害的关键证据，姜树森和葛小曼有重大嫌疑。”听完陈风的报告，肖战立刻决定：“请尚志县刑侦大队的同志配合你们，共同完成抓捕姜树森和葛小曼的任务，掌握好时机，千万别懈怠。”

“是！”聂文杰和陈风异口同声答道。

又是一个寒冷的早晨，北风呼号，陈风带领尚志县刑侦大队的四名干警早已守候在姜树森家附近。

姜树森的老婆端着杯热茶上了二楼。“咋还不起？怎么了？是不是感冒了？”她上前摸摸姜树森的头。

“没感冒，我再躺会儿，这一宿闭上眼睛全是噩梦，这眼皮还跳个没完。”姜树森翻了个身，朝媳妇摆摆手。

“丁零——”门铃响起。

“谁呀？这么早？”姜树森媳妇嘟囔着朝楼下走去。

姜树森也有些犯嘀咕：谁呢？这么早？兴许是工程队的老魏来送礼了。想到这里，他大声说：“哎呀，是工程队老魏。快去开门，我这就起来！”姜树森流露出喜悦的神色。

“来了来了！”

打开门，身着便衣的陈风站在门外。“老魏怎么没来？”姜树森媳妇有些迟疑地问。

“嗯，他临时有事儿，让我们先过来知会一声。”陈风淡淡地说。

“快进屋吧，大兄弟，你大哥正等着你们哪。”

陈风和聂文杰一前一后走进院，进了客厅，只见姜树森正大摇大摆地从二楼往下走。当他看见陈风时，猛然觉得不对劲，慌忙反身向卧室跑去。眨眼工夫，陈风已经站在他面前，并将他死死按住。

“叫什么名字？”

“姜树森。”

陈风掏出手铐将他铐上。

“姜树森，你犯了故意杀人罪！”

与此同时，警察早已埋伏在葛小曼家四周。擒住姜树森，陈风和聂文杰快速来到葛小曼家。

“里面有啥动静？”陈风问。

“没有！”尚志县公安局刑侦支队队长李鹏说。

陈风上前用力敲门。

“谁呀？”

“找吕长江！”

“有事去锁匠铺找他吧！”

陈风一把将门推开，问道：“吕师傅几天没回来了？”

“天天回来！”葛小曼还在抵赖。她抬头一看，这不是前几天来维修的电业局师傅吗？她慢慢转身进了堂屋，若有所思，倒吸了一口凉气，耳边响起姜树森的声音，“遇到什么事儿都要冷静，一切都有我呢”。想到这里，她浑身似乎又有了底气，便进了里屋。

陈风一个箭步蹿进屋，一把将墙上新糊的报纸揭开，墙面立刻露出一片黑色血污。“葛小曼，你还在抵赖吗？”只见葛小曼吓得直打堆随，瘫坐在地，两手捂住脸，号啕大哭，边哭边蹬腿：“哎呀，我那死鬼呀！这是哪个挨千刀的……”她哭闹不止，见没人搭理她，迅速跑到厨房抄起一把菜刀，作势要抹脖子。

“葛小曼，有话慢慢说，放下菜刀。”

“我知道你们是警察，别逼我！”说完，葛小曼将刀用力向脖子深处划去，瞬间渗出鲜血。

“你把吕长江的事儿说清楚！”

“说不清楚了。长江，我这就来了……”没等葛小曼说完，陈风眼疾手快，上前按住她，夺下菜刀。

包扎完伤口，葛小曼被带到审讯室，她的眼神像被霜雪冻住的深潭，再无半点涟漪。她的嘴唇哆嗦了几下，声音嘶哑，痛苦地回忆道：“我是1975年春天认识吕长江的。那时，他是雪城到我们大队的知青。农忙的时候，我们农村妇女都和知青一起干活，为了缓解大家的劳累，休息时，妇女队长肖淑琴提议，让我给大家唱一段二人转，吕长江给大家唱一段样板戏。他经常唱的是《智取威虎山》里杨子荣的唱段，他的身段、动作都酷似杨子荣，赢得了在场人的阵阵掌声。有一年县里的元旦晚会，我们公社唯一选送的节目就是他唱的样板戏。演完节目，县剧团说看好他了，我真怕他哪天离开……结果嚷嚷了很长时间，没信了。

“我心里喜欢他，但嘴上不敢说。有一回，也是农忙休息时，我们刚唱完，老靳婶子说，‘这两人要是一家人，生出的孩子得老俊了’。她的话引来大伙一阵欢笑声。打那起，我就惦记上吕长江了，连夜里都睡不着觉，我这是得了相思病。我和肖淑琴说了我的苦，她说她帮不了我，人家是知青不是我能高攀的。但她给我出主意，让我有空就找他说说话。从那时起，我家吃点啥特别的，我就叫他来。他虽然也拒绝我，但我总是连拖带拽。我妈也格外喜欢他。那个春天，我们天天往帽儿山上跑，就这么一来二去，我俩到了一块。后来我谎称自己怀孕了，就赖上了吕长江，结果他没能返城，他母亲还和他断绝了关系……我俩刚结婚那阵子，感情挺好，后来他每天忙着修锁，养家糊口，也不唱戏了，加上外边的诱惑，我就觉得这日子没啥意思。我们在农村住了六年，攒了点钱，就在镇上买了房，把家搬到了镇上。

“来到镇上，没多长时间，我就发现会计总是向我示好，吕长江听到风声以后天天敲打我，三句话不离会计的事。我很不耐烦，甚至是破罐子破摔。后来，姜树森也相中我了，肯为我花钱，还买首饰送我，我就铁了心跟着他。吕长江和我大闹过多次，我说离婚吧，他咋说都不肯。结果，他有次回家碰上了姜树森，上来直接打了我一个耳光，又给我和姜树森一顿臭骂，气得摔门走了。姜树森安慰我半天，劝我赶紧离婚，说他也离婚，然后和我过。我听完很感动，信心十足地和吕长江正式谈离婚。但他态度非常坚决，‘记住了，我就是死，你都别想离婚’。我把吕长江说的话告诉了姜树森，他说，‘这事儿我来，你别管了’。

“那天，我和姜树森在家，听见吕长江进院的脚步声，姜树森立刻躲在我家门后。待吕长江进门后，我问他今晚想吃啥，他刚想说话，就被姜树森用一根细电线勒住了脖子。吕长江脸上青紫，使劲扒那根电线，两腿连蹬带踹，没一会儿工夫就瘫软在地上没声了……

“我吓坏了，躲在角落里哭，外面突然传来邻居李玉琴的声音，‘小曼，什么动静？’我赶紧答道：‘没事，大姐！’这时候，吕长江突然睁开眼睛，嘴还动了几下，姜树森见状去厨房拿来菜刀，朝吕长江砍了下去……”葛小曼泣不成声，说不下去了。

“把嫌疑人姜树森带上来！”陈风声音洪亮，不怒自威。

“老实交代！”聂文杰厉声呵斥道。

姜树森在两人的威严下，不得不交代了杀死吕长江的全过程。

“杀了吕长江后，我怕被人发现，先是擦拭溅在墙上和地上的血迹。可墙上那片血迹怎么也擦不掉，我干脆找来旧报纸糊上，又把炕梢的炕柜挪到炕头用以掩盖。地上用钢丝球刷了又刷，可砖缝里的血迹还是很难处理干净。我边刷边想怎么处理尸体，听见西北风刮得窗棂呼呼响，这天冷得寒气透骨，谁还敢轻易出门？干脆把他送上小东山，听说那里有狼。喂了狼，一了百了，不会留下任何痕迹。事不宜迟，我找到李三，说借辆柴油三轮车，倒腾点东西。就这样，后半夜，我怕三轮车声音大，惊动邻里，就先找来独轮车，把尸体用塑料布裹上装进麻袋，趁没人注意用独轮车送到胡同口，又转移到三轮车，上了小东山……回来路上，我还在回想每个细节，感觉这事儿做得天衣无缝。这冰天雪地的，又快过年了，哪有人上山？唉，没想到这么快就被你们查到了。”姜树森像泄了气的皮球，两眼无神，瘫倒在审讯椅上。

帽儿山的迷雾渐渐散去，一起扑朔迷离的谋杀案终于水落石出，两个扭曲的灵魂最终受到了应有的审判。

吕锁匠在风雪中含恨离去，他的悲剧带给人们许多痛苦的回忆，同时也带来了思考。陈风在日记中写道："对吕长江这样一个热爱生活却被生活辜负的人，我们该怎么做？唯有向死者寄托哀思。当明年白桦林里开满鲜花的时候，那将是你的重生。"

肖战在总结会上说："经过八天苦战，黄法医、陈风、聂文杰，以及尚志刑侦支队队长李鹏等刑警，冒风雪，战严寒，确认小东山白桦林是人为的抛尸现场，是案发第二现场。在展开的外围调查中，确认吕锁匠的媳妇葛小曼和当地干部姜树森关系暧昧，抓捕了姜树森，两人对合谋杀人并抛尸的犯罪事实供认不讳。我们的一线刑警值得表扬！同志们，新年的钟声敲响了，新的一年，充满希望和挑战，时代赋予我们重任，人民给予我们厚望。让我们以更加坚定的决心、更加有力的举措，为维护国家安全、社会稳定和人民幸福不懈奋斗！"

第六章　蓝江生死劫

雪城，初夏的雨说来就来，有时缠缠绵绵，有时淅淅沥沥。

陈风在泉城抓捕韩籍毒贩结束，又马不停蹄地赶往通河，破获了船上贩毒枪击案。他刚刚回到办公室，就听见窗外锣鼓喧天。他推窗一看，是东方红村的老王一行人，便急忙下楼。老王见到陈风，高高举起锦旗，眼泪止不住地流了下来。

陈风上前接过写着“扶贫济困伸援手，情系百姓显担当”的锦旗，朗声说道：“乡亲们，陈风受宠若惊，这面锦旗是你们对我的工作认可。这点事别总记挂着，回去好好种地，愿今年有个好收成。”陈风目送老王一行人远去，他心潮起伏，感慨万千。

返回办公室，电话铃声响起。“陈风，马上到我办公室来！”林厅长语气严肃且急切，陈风判断一定有大事。他放下锦旗，转身走进林厅长的办公室。

见到陈风，林厅长急忙迎上来。“这是方浩宇，他哥哥是省著名企业家方浩宏。”林厅长介绍道。方浩宇扑通一声跪在陈风面前，泪如泉涌。“陈总队，快救救我哥吧！他被人绑架了！”陈风上前扶起他，说道：“方先生，快起来，你快说说情况。”

方浩宇还沉浸在亲人生死未卜的痛苦中。三人坐定后，方浩宇说他哥哥方浩宏遭到绑架，绑匪打来电话，要求他准备200万元赎金。林厅长对陈风说:“陈风，我知道你手上有案子，但这起绑架案，我掂量来掂量去，非你不可啊！事不宜迟，马上成立专案组,想尽一切办法营救方浩宏！”听到林厅长的吩咐，再看看方浩宇的热切眼神，陈风脑海中掠过妻子刚做完阑尾炎手术的虚弱身影。想到亲人，再想到正被歹徒控制、随时可能失去生命的方浩宏，他选择了后者。他拿起电话给妻子秀儿拨了过去:“秀儿，你好些了吗？”秀儿听到丈夫的声音，心头涌过一丝暖流。她略带嘶哑的声音通过话筒传来:“我好些了，你什么时候到家啊？”

“秀儿，我刚回来就接到了出差任务……”没等秀儿说话，陈风就听见话筒里传来岳母的埋怨声:“这时候还不回家，孩子孩子你不管，你知道你姑娘说你啥吗？‘我好像没有爸爸！’秀儿做手术你不在就算了，到现在你还要出差？你就出差吧，再也不要回来了！”秀儿听见母亲的责备，生怕伤了陈风的心，赶紧说:“别惦记我，家里有妈照顾，你安心去吧！”秀儿的体贴理解让陈风感动万分。

“这次任务完成后，我就休年假，一定好好陪你和孩子。妈那边你多多安慰她，别让她有误会。”陈风保证道。

“这么些年你啥时候休过年假啊？快去忙吧，别有压力。”秀儿理解陈风，生怕他出差时有压力。听了妻子的话，陈风心存感激，要加倍努力工作报效国家和亲人。他放下电话，转身对林厅长说:“请厅长放心，保证完成任务！”

“好，等你的好消息！”林厅长用期待的目光看着陈风。

陈风立刻成立专案组，精心挑选了五个人：毛大鹏、陶滨涛、祥子、冯冲和刘刚，并连夜召开会议制定侦破方向。

“不知绑匪有多少人，我们六个人有些少吧？”毛大鹏有些担心。

“我们这些人个个都是精兵强将！到了蓝江，请蓝江市公安局协助我们。”陈风很有信心。

“丁零零！”电话铃声骤然响起，“儿子，打你手机怎么不接？爷爷要和你说两句话。”电话是陈风父亲打来的，听筒中传来爷爷剧烈的咳嗽声，陈风顿时感觉爷爷的情况不乐观。

“风儿，爷爷没有影响你工作吧？”爷爷沙哑的声音传了过来。

“爷爷，没有影响，您怎么样？”

“爷爷好着哪！只是你没黑没白地工作，别累坏了身体……”爷爷的咳嗽声加剧，搅得陈风撕心裂肺。

“爷爷，原本手头的案子一结束，我是要去看您的，可孙儿又接到了出差任务，一会儿就出发了……爷爷，您一定要坚持住，等我回来……”陈风哽咽了。

“好好，孙儿，快去吧，别辜负了党和国家的信任，可千万注意安全，出完差快点回来！”爷爷急促的喘息声使陈风泣不成声。

陈风的爷爷是老党员，他性格开朗，为人正直善良，在群众中有威信。陈风想起小时候每到暑假都去海城老家看望爷爷。爷爷最疼他，总是骑辆二八自行车，带他到集市上去买点心、糖块，还亲手为他做小手枪，给他讲很多故事……陈风长大后，爷爷对他寄予厚望：“好好学习，努力做一个对社会有用的人。”

“陈队，要不您先去看看爷爷，明天再走也不迟。”刘刚说道。

“不行，风云紧急，方浩宏随时都有危险。出发！”

午夜，陈风一行人乘飞机前往蓝江，又是一次惊心动魄的旅程。

马尔歇斯西餐厅，阴谋拉开序幕

司常亮拨通了梁杰的电话:“算一算，咱哥俩合伙快五年了啊！今天咱谁也不找，就咱哥俩，好好庆祝庆祝！”

“好！晚上6点，马尔歇斯西餐厅，不见不散！”梁杰欣然答应。

5月的雪城，清爽怡人。中央大街人潮涌动，平整的面包石被宽敞橱窗里流动的灯光映照得熠熠生辉。晚上6点，梁杰准时在马尔歇斯西餐厅二楼拱形窗边的位置上坐下来。他一会儿翻看精美的菜单，一会儿望向窗外。不远处的街角，闪过司常亮大摇大摆的身影。只见司常亮一身得体的西装，打着领带，左臂腋下夹个黑色小包，俨然一副老板的派头。梁杰心里嘀咕，这哪里还是当年那个在正阳河沿儿边上长大的，靠欺骗讹诈、倒腾毒品混日子的粗野小流氓？他用手指敲了敲桌面，为自己苦心塑造了一个人而得意，下意识地抿了一下嘴唇。

司常亮见到梁杰，高声说道:“选这样的地方吃饭，只有你梁行长想得出来！”

梁杰见司常亮咋咋呼呼，连忙把右手食指竖在嘴唇正中，示意他小点声。司常亮边解衣扣边巡视了一圈，他把西服挂在高阔的椅背上，说道:“老兄，你把我改造得差不多了啊！在监狱那五年，啥都没收获，就收获了你这个老板！这出来又五年，你把我弄得是服服帖帖、规规矩矩！”

梁杰不吱声，也不看司常亮，将手臂高高举起示意服务员点菜。一个金头发、蓝眼睛的俄罗斯姑娘飘然而至，她头顶系着一条白色三角巾，身穿红色连衣裙，裙边和领口还嵌着白色蕾丝花边。司常亮出神地看着服务员，服务员十分热情地说道：“先生，您要点菜吗？”这带有外国腔调的中国话还挺好听。服务员眨着蓝色大眼睛，从围裙兜里掏出笔和本。

梁杰平用温柔的眼神看着服务员，从容地说道：“两份红菜汤，两份黑列巴，两份黑胡椒牛排，一份蔬菜沙拉，再加一份酸黄瓜，一瓶红酒。”说完向服务员点头致谢，尽显绅士风度。

“老兄，别小气，今儿我请客！”司常亮摆出大老板的派头来。梁杰用眼神示意他别再多说话。刚走出去没两步的服务员忽然转身，用她那半生不熟的中国话问：“你们两个……”她突如其来的问话使司常亮有点不知所措，慌乱中，衣袖口把高脚杯刮得叮咚作响，险些倒了。梁杰朝服务员耸了耸肩，她见两人没搭话便转身走了。

司常亮看着梁杰，眼神闪烁着不安，嗫嚅道：“我以为……”

“你以为什么？以为她认出你了？你把毒贩到国外去了？你还得好好磨炼！”梁杰淡定自若。司常亮打心底佩服梁杰，这些年，如果没有他，哪有自己的今天。

两人推杯换盏，说着餐桌上的俄餐，说着窗外的百年老街，说着这座充满异国情调的城市，说着各自的日子。司常亮被梁杰云里雾里绕了半天，还是按捺不住了，突然神秘地说：“大哥，我今天找你有大事儿商量。”

“毒品？别沾，再沾——”梁杰把五指并拢在脖子前一横，“没听说省里正禁毒吗？不是闹着玩的！”

“大哥教训的是，上次你差点把我的手剁了，哪还敢碰。”

“那你想弄啥？”梁杰见司常亮神神秘秘的样子，不免有些好奇。

“最近我一直在研究张子强……”司常亮见四周没人，压低声音说道。

梁杰的嘴角露出一丝不易察觉的微笑，说道：“当年的马迭尔宾馆绑架案就是由日本人策划，针对犹太富商约瑟夫·开斯普之子实施的。”

司常亮伸出大拇指，说道：“要不说大哥是智多星，懂的知识就是多。”

梁杰笑了笑，小声问道：“策划好了？”

司常亮拿起黑色小手包，从里面抽出两页稿纸递给梁杰。梁杰将眼镜向上推了推，认真地看了起来。他皱了皱眉，沉吟道：“必须得精心策划，丝毫马虎不得。嗯，选的这几个人都不错。不过依我掌握的资料分析，东钢贷款可不少，估计没什么现金流。高丽那边还得再等等看。这第二个人嘛，应该重点考虑。明天上午吧，你去江畔茶室等我，再进一步研究。”

司常亮说道：“大哥到底是老金融了，什么事儿都得研究、分析、方案，我被你训练得凡事都得先准备好了，还要拿出预案，不然可真受不了你收拾我的劲！”说完看看表，“大哥，时间还早，今晚先去你的工作室预热预热，怎么样？”

“看你急的！也好，兵贵神速，走！”梁杰说完用餐巾优雅地擦了擦嘴角。二人起身，结完账，走出马尔歇斯西餐厅。

花园街上华灯初放，梁杰的工作室是一个环境优雅的小院子。院子里，两棵粗壮的丁香树正在属于它们的季节里不知疲倦地怒放，紫色的花瓣芳香四溢，在路灯的照射下，泛着绸缎般的柔光。一栋二层黄色欧式小楼静静矗立，在鳞次栉比的高层掩映下更显卓尔不群。

梁杰和司常亮在这里密谋了一夜，精心设计了一场骇人听闻的蓝江绑架案。他们编织了一张罪恶的大网，迫不及待要撒向早已盯上的受害人。

苹果小区10号楼，这里是梁杰的另一处老巢，他与几个手下在这里谋划了一起又一起犯罪。

见人到齐了，梁杰平静地说："兄弟们，这几天准备工作都辛苦了。今天来了一位新伙伴，我简单介绍一下各位的情况。司常亮，企业家，我早期的朋友；沈小东，我儿时的邻居，从小一起长大，木材厂技术员；小强，过去在通信公司上班，因窃取电缆被公司除名，技术过硬；猴子，工商局管治安的，和摊贩打仗，犯故意伤害罪，刚刑满释放。我嘛，曾经的银行公职人员，因贷款回佣被人举报……基本情况就是这样。"他抬头看看新来的李玉明，"玉明，赛车手，在国际比赛中拿了大奖，在汽车修配厂工作。大家慢慢相处，必须和睦团结，像一家人一样。"

介绍完，梁杰清了清嗓子："今天时间不早了，明天还要赶路，早点回去休息。按原计划，第一站阳城，第二站蓝江。明天下午3点准时集合。最重要的一点，此次行动绝密，绝不能对外泄露，包括家人。"

众人异口同声："大哥放心！"

阳城，云淡风轻，碧空如洗。

梁杰带着李玉明和沈小东坐火车直达阳城，司常亮领着猴子和小强坐飞机直达蓝江，蓝江是六人的最终会合地。

梁杰三人走出火车站，通过中街，直接向医科大学附属第一医院方向走去。街道拥挤，车水马龙，三人转了一圈又一圈，最后在一个小吃店门前坐了下来，边吃烧饼和豆腐脑，边商量接下来的行动。

梁杰看好了一辆黑色凌志。

“有辆福特黑色面包车像是新车。”沈小东抑制不住兴奋。

“有一台五菱面包车，车况不错又不显眼，车停的位置正好是咱们出城的方向。”李玉明不慌不忙地说。梁杰听了李玉明的分析，觉得很有道理，他点了点头，“具体怎么做，全靠你了。”

医院门前的车流渐渐通畅了，梁杰、沈小东随李玉明来到五菱面包车前，来回走了两圈。李玉明用脚挨个轮胎蹬了蹬，抬头看见一辆轿车正向他们驶来，显然在寻找车位。李玉明迎上前，对司机说道：“等等，我把车挪出去，你停我这里安全。”

“好啊，大哥，出门遇见好人了！”司机正愁找不到车位，连连道谢。

李玉明感到机会来了，他三步并作两步走到五菱面包车门前，用卡片轻轻一别，车窗玻璃就摇了下来。他将手伸进车窗，一拉把手车门就开了。他迅速上车，梁杰也跟着上车坐在副驾驶位置上，沈小东坐在后座。李玉明只试了两把车钥匙，发动机就发出轰鸣。他从容地将车移出，向司机挥手示意，司机不住地作揖。他轻松地拐向车道，渐渐提了车速。沈小东紧张得浑身哆嗦，梁杰强作镇定，但满头汗珠暴露了他的紧张，二人生怕有人追上来，连向后车窗望一眼的勇气都没有。半晌，沈小东用颤抖的语调说道：“玉明，真有你的呀！”

“这心理素质，佩服佩服。”梁杰竖起大拇指。

五菱面包车驶到出城口，李玉明把车开进加油站，加好了油，他将车停靠在马路边，趁沈小东去超市买水的工夫，迅速从兜里掏出准备好的“道具”，一番魔术般的操作，车牌号从原先的辽A08533变成了辽A07593。梁杰看到这一幕，心中暗喜，像李玉明这样的“人才”，可遇不可求啊！

五菱面包车飞驰在高速公路上，快马加鞭，一口气开到邢台附近的清河县。见天色已晚，梁杰让沈小东找家旅馆，三人安顿了下来。

清晨，迎着明媚的阳光，三人驾驶偷来的车一路前行。当他们抵达恒阳县时，梁杰对沈小东说：“停车，找地方买五张手机卡。”

蓝江的夜色真是迷人，但这伙人顾不上欣赏这江、这水、这城。李玉明迅速将在恒阳停靠时窃取的一套车牌给面包车换上，这一手连梁杰都没想到。“兄弟，睿智！”梁杰掩饰不住欣赏的语气。

“小东，联系司常亮，集合！”

六个人在海洋温泉酒店会合后，休整了一天。梁杰给大家下了死命令：“第一，要团结协作，不能分心，不许与外界接触联系，包括家人；第二，一组人员，司常亮、小强、猴子，一切行动听司常亮的；二组人员，我、李玉明、沈小东；第三，每晚8点在荣盛酒店碰头；第四，如果有人违反以上规定，必死无疑。”说完，他掏出一把手枪，将子弹上膛，旋即将保险打开，向不远处的司常亮瞄了瞄。

“老大，快撂下，这玩意可不是闹着玩的，我服了！”司常亮被梁杰吓得汗毛都立起来了，连连求饶。

接着，他们离开了海洋温泉酒店，司常亮一伙人住进荣盛酒店，梁杰一伙人住进风菱酒店。两家酒店隔街相望，这都是司常亮按梁杰要求预先踩好点的。

叙旧？绑架！

午夜时分，李玉明和沈小东两人徘徊在雾茫茫的夜色中。宽阔湿润的大街上，空无一人。半明半暗的巷子里有人影闪动，从着装上看像是两位巡逻警察，走近一看果然是。沈小东加快脚步紧随李玉明，李玉明心中有鬼，不免有些担心：这两个警察不能是朝我们来的吧？管他呢，我们又没干什么，怕啥？他用力拽了一下沈小东，示意他别露出马脚。两人悠闲地并肩走着，李玉明还吹起了口哨，与两位警察擦肩而过。

“小东，咱们再返回方总住的芬芳小区，怎么样？”李玉明见警报解除，松了口气。

“这么晚了，方总不会回来了。”沈小东有些消沉。

“听我的，回去。”李玉明用不容置喙的语气说道。

原本就没什么主见的沈小东只得打着哈欠尾随其后。凌晨1点左右，一辆黑色奔驰轿车缓缓驶入芬芳小区地下停车场，李玉明想看清这辆车的车牌号，可实在是太暗，又离得太远，难以辨认，但直觉告诉他，这车上坐的人就是方浩宏。沈小东嘀咕道："这么晚了，咱们走吧。"李玉明望望空无一人的小街，看了一眼手表，点了点头。

梁杰在酒店等着李玉明和沈小东，室内只开着一盏幽暗的台灯。见两人一前一后走进房间，他起身倒了两杯茶。

"大哥，咋还没睡？"沈小东问梁杰。

"兄弟们在外面奔波，我哪能睡得着？辛苦了，兄弟！"梁杰说道。

"凌晨1点左右，有辆黑色奔驰车进了芬芳小区车库，我断定车上坐的人是方总。"李玉明用笃定的口吻说道。

"你看见方总了？"梁杰瞪起小眼睛。

"没看见！正常人谁会那么晚回来？我等了5分钟，见小区二单元三楼的灯亮了，又等了半个小时，也没见那司机走出来。奇怪，那司机是住在方总家，还是……"李玉明说道。

"也许是在同一小区住？也许是方总明早要出远门用车？"说到这里，梁杰深吸一口气，"好了，你们两个早点休息，做个好梦。"根据这几天的观察，梁杰断定方总就在蓝江，并决定明晚想办法一窥究竟。

早上8点，司常亮给梁杰打去电话，两人约好在风菱酒店大厅碰面。梁杰听着司常亮汇报小强和猴子在东方石油化工公司门前一无所获的消息，皱了皱眉头，接着将最新的计划告知司常亮，又大声说："据气象台预报，台风就要登陆了，咱们得快点收网，早点儿回去。"末了还小声说了一句，"启动第一方案。"

蓝江，连绵细雨，微风也是湿热的，闷得叫人喘不过气来。连日来的奔波，让司常亮有点懈怠。他盼着天黑后去海洋夜总会，再去会会那个妖媚的阿西。

淅淅沥沥的小雨下了一天，司常亮百无聊赖地熬到了夜幕降临。

海洋夜总会灯火通明，旋转灯下，一群人随着节奏疯狂摇摆着身体。阿西穿着一件丝制红袍，领边袖口镶着钻，在旋转灯的辉映下，一闪一闪亮晶晶。眼见阿西被一男子拉拉扯扯、推来搡去，司常亮来到靠近那男子的吧台边上坐下，顺手搂过其肩头。那男子抬头看了一眼，暗想：哪来这么个大块头？像是北方人？他松开了正抓着阿西的手。

“哎，对喽！”司常亮见那男子还想张嘴，顺势捂住他的嘴，眼看他憋得满脸通红，“滚！”司常亮声音不大却带着霸道，那男子赶紧点头哈腰地溜掉了。阿西得意地笑着，还朝司常亮抛去了一个飞吻。

司常亮握住了阿西的手腕，用食指轻轻挠了一下阿西的手心，阿西就乖乖地和司常亮走出了海洋夜总会，两人直奔旁边的洗浴中心。

司常亮和阿西坐在洗浴中心的休息大厅，两人甜言蜜语，你侬我侬。司常亮见阿西右手食指戴着一枚玛瑙戒指，讨好地说：“跟着哥，哥明天给你买个纯金戒指。”

“谁要那玩意，你真土，要买你得给我买一克拉钻戒。”阿西眼神妖媚，将司常亮的魂都勾走了。

“没问题，保证给你买大钻戒！”司常亮为讨阿西欢心，夸下海口。

夜晚，雨终于停了。梁杰和大家碰完面，便和李玉明、沈小东去了江边。江水在路灯照映下泛着粼粼波光，此刻梁杰无心欣赏美景，只盘算着下一步的计划。

梁杰掏出张名片，说道："小东，你的手机拿来。"他拨通了名片上的电话，不一会儿，电话那头传来了方总司机小秦的声音。梁杰三言两语，便套出了"方总在蓝江"的确切信息。

梁杰和司常亮在风菱酒店密谋了一整晚，最后决定在5月26日晚上展开行动。

猴子和小强从早上开始就在东方石油化工公司门口守着，等到中午都没见方总出来，他俩便给司常亮打电话汇报情况。

"你俩呀，运气真不行，人家李玉明和沈小东只在芬芳小区蹲了大半宿就遇到了方总。"司常亮心不在焉，心早已飞到了海洋夜总会。

"我看见小秦的车了，今早9点出的小区，可车里是空的呀，这方总从哪里出来的呢？"猴子有些纳闷。

"行啦。回去休息待命，没有我的命令，别再打电话。挂了！"司常亮不耐烦地挂断电话。

清晨，李玉明和沈小东把面包车停在东方石油化工公司停车场，两人在车上等候方浩宏，准备来个守株待兔。中午12点左右，一辆白色凯迪拉克绕过停车场，一直驶向办公大楼前的缓坡，保安跑到车前将车门拉开，方总下了车。

李玉明远远望去，断定此人是方总。沈小东质疑道："怎么能断定就是方总？兴许是哪里的老板来见方总的。”李玉明没有和沈小东争辩。

方总从车上下来，直接进了东方石油化工公司的大堂，白色轿车缓缓地从另一侧下坡，绕过停车场开走了。

李玉明掏出电话，把看见方总的消息告诉了梁杰。梁杰精神为之一振，夸赞道：“真有你的，玉明！你们在那给我盯紧他，有什么情况立刻告诉我。”

午后的阳光正烈，停车场上很少有车来往，面包车里热得像蒸笼。李玉明和沈小东为避免引起他人注意，只有实在受不了的时候才偷偷开一会儿空调。李玉明手中握着矿泉水瓶，但是他一口也不喝。沈小东躺在后排座上呼呼大睡，嘴角还流出口水。等他从睡梦中醒来，已经是下午四点半，而李玉明一直在盯着方浩宏的行踪，眼睛一眨不眨，生怕错过。

李玉明见沈小东醒了，说道：“你盯一会儿，我眯20分钟。”

“行，明哥，你放心睡吧，有我呢！”沈小东有些内疚。

李玉明虽有些不放心，但实在抵挡不了困倦，便闭上眼睛准备小睡一会儿。过了半个小时，一声呼噜把自己震醒了，李玉明忙看腕上的表：“哎呀，我睡得太沉了！有什么情况？”

“没有任何风吹草动。”沈小东打包票。

“这段时间最关键！”李玉明打起精神继续盯住东方石油化工公司大堂的门。

晚上6点，陆续有人进进出出。沈小东有点怀疑李玉明的判断：“怎么不见司机来接方总？看错了吧？”

李玉明并不认识方总，只靠梁杰的形容就记住了方总的特征。

他是怎么判断出那辆白色凯迪拉克车上下来的人就是方总呢？也许是直觉吧。

一辆黑色丰田大吉普停在了东方石油化工公司门前的台阶下，一个身材魁梧的男子从车上走了下来，边看着院子里走动的人边打电话。

李玉明将车背椅拉直，死死盯住男子。一支烟的工夫，从东方石油公司走出来一个穿白色衬衫、灰色裤子的男人，边和身材魁梧的男子打招呼边下台阶。

“马上给大哥打电话，目标已出现！”李玉明的语气带着一丝焦急。

梁杰接到电话，叮嘱道：“盯死他！他们到了什么地方，立即告诉我。”挂了电话，梁杰又马上给司常亮打去电话，电话里的声音十分嘈杂。“怎么回事？你在哪儿？”梁杰语气十分不快。

“我在宾馆门口。”司常亮边接电话边从夜总会往外跑。

“今晚有行动，你马上到我这边来！”梁杰用命令的口吻说。

“好了，大哥，我十分钟到！”司常亮慌张的语气引起了梁杰怀疑。

“耽误了大事，有你好看的。”梁杰从牙缝里挤出的这句话令司常亮不寒而栗。

李玉明驾驶着五菱面包车，不远不近地跟在黑色丰田大吉普车后面，眼见车拐弯开进了金沙滩银岛私人别墅。天色渐渐昏暗下来，李玉明四处张望，发现不远处有辆客货两用的卡车便悄悄靠过去。树荫下，五菱面包车被卡车挡住了一大半，也不显眼。他掏出手机拨通了梁杰的电话。

“我的位置在金沙滩银岛私人别墅，目标被一个来接他的男子带进了别墅。”李玉明一句话就将信息交代清楚。梁杰的嘴角浮起了一丝冷笑：“好，待在那里别动，我20分钟到。”

方总随老田进了金沙滩银岛别墅，一群明眸皓齿、出水芙蓉般的姑娘站成一道风景。

“阿咪，来来！我给你介绍个大哥，他可是大老板，你可要用心招待哟！”老田向阿咪使了一个眼色。

“老田啊，你的好意我心领了，上回你介绍的那个蔡金花至今还缠着我。”方总说完，见阿咪又是上茶又是递毛巾，不好意思地朝阿咪笑了笑。

“今天不谈其他事儿，只是让你享受。来，把经理给我找来。”老田粗声大嗓地说道。

女经理打扮得花枝招展，真丝裙子随着身姿摆动，空气中荡漾着浓郁的香水味。她胸前的钻石项链闪烁着光芒，指间的几枚戒指更是晃得让人睁不开眼。

“田老板，好想你哟！”这一声撒娇任谁听了骨头都麻酥酥的。

“我打电话订的海鲜套餐，赶快给我上！”老田边说边把手搭在女经理肩上。

“阿嚏！阿嚏！”老田连打两个大喷嚏，“你这香水味直冲我鼻子，想要我命啊！想我没？”说完还上前摸了一把女经理的屁股。

“当着外人面，轻点嘚瑟啊！”女经理娇嗔道。

方总看着这一男一女在他面前丝毫不掩饰，心生不快。但老田是他多年的老客户，他只好应付着：“好啊，好啊，老田的女友个个都是沉鱼落雁、倾国倾城啊！”

说话间，服务员将一道道海鲜摆上桌。“来，把酒打开！”老田把一瓶XO递给服务员。刚拿起筷子，方总的手机就响了起来。

“哪位啊？”方总看到是陌生电话，放下了手中的酒杯。

“大哥，我梁杰啊！”梁杰语气亲热。

“哦，梁行长啊，怎么还换号了？”方总问道。

“我手机没电了，就用小老弟的手机打给您了！”梁杰怕方总生疑，接着说，“方总，我昨天晚上到了蓝江，办完事了第一个想见的人就是您啊！咋样？今晚方便吗？能不能见个面啊？”梁杰诚恳地说。

要是从前，方总就得说明天见吧，可此时此刻老田和一众莺莺燕燕让他心烦意乱，他正想早点脱身，便借机说：“你住哪儿了啊？”

“我住在金海湾海洋别墅呀！您在哪儿？我让司机去接您，一起坐坐，怎么样？”梁杰从容地说了自己的位置。

“巧了，兄弟，我就在金沙滩银岛私人别墅，离海洋别墅不远。”方总十分高兴。

“哦，咱兄弟有缘啊！那您是在银岛别墅那边了？好，十分钟后我到银岛别墅接您。”梁杰的语气十分自然。

“好好，一言为定。”方总说道。

“啥朋友啊？我们刚坐下就来打扰。不去不去。”老田满脸不悦。

“家乡老朋友，今天你就在这里踏实玩，明天给你介绍，咋样？”

“不咋样。”老田兴致刚上来就被方总浇灭了，好在有女经理缠着他，他摆摆手，“得嘞，去吧去吧！”

黑色蓝鸟轿车停在银岛私人别墅门前。

方总见到梁杰，喜出望外。“梁行长，别来无恙啊！想当年，我的第一桶金还有您的功劳啊！”他激动地握住了梁杰的手。

“哪里哪里，都是过去的事啦！”

“这是我的大客户，田老板。”方总把身边的田老板介绍给梁杰。

“哦，田老板气质不凡啊！走，一起吧！”梁杰恭敬地和田老板打招呼。

“哎呀，改日吧，贵客到了蓝江都是我请！你们今晚消费记我账上。”老田说完朝梁杰和方总挥挥手。

“也好，也好，恭敬不如从命，方总的朋友就是我的朋友，后会有期！”梁杰连连作揖，说完转身殷勤地用右手遮挡住车门顶部，请方总上车。走时，梁杰还用蓝江方言对女经理说了句：“哪天我来‘咬’你……”逗得女经理前仰后合。

夜色降临，万家灯火映在蓝江江面上，随波荡漾。

海洋别墅的茶吧里，司常亮让服务员把茶点摆好。

梁杰满面春风地把方总请到上座，两人一边喝茶一边叙旧，气氛融洽。方总怎么也想不到，多年的朋友已为他设下圈套，而自己正一步步走向深渊。

清晨，方总精神抖擞地和司常亮走出海洋别墅。“方总，梁行长请您去他的收藏馆，见识见识他的宝贝。”司常亮笑眯眯地对方浩宏说道。方浩宏看了一眼手表，见时间还早，边说道：“也好，梁行长做起珠宝生意了？那我是要见识见识。怎么回事？这么个大老板弄辆五菱面包车？”方浩宏有些纳闷。

“不好意思，方总，委屈您坐我的车。梁行长开自己的奔驰去接蓝江银行行长了，一会儿和咱们共进早餐。”司常亮鬼话连篇。

“哦，也好，都是老朋友嘛！”方浩宏不假思索地上了车。车开出去不远，司常亮突然将一顶黑色帽子扣在方总头上，还没等方总反应过来，双手就被捆个结实。

“怎么回事？我找梁杰！”方总发出哀求的喊叫，他的腰部猛然被一个硬邦邦的东西顶住了。“别出声！”司常亮凶相毕露。方总一激灵，心想：莫非他们要绑架我？不能啊，梁杰曾帮我贷款1000万，当时他直接就扣了300万。这么多年，只要他有需要，我从来没亏待过他啊？方总怎么也想不出自己被绑架的理由。

在一座烂尾楼里，猴子和小强早已等候多时。司常亮让沈小东把方总带进烂尾楼朝海边一侧的房间里，恶狠狠地说道：“让他面对大海好好冷静冷静，想通了告诉我一声！”

猴子对方总说：“看你个熊样，也不打你，也不骂你，就是给你改善改善生活，咋样？”

“把帽子给我摘了吧，我也跑不了，有话好好说嘛！”方总哀求道。

“行，我先给你摘了，让你也认识认识我是谁！”猴子一把将方总头上的黑帽子薅下来。

李玉明见状急忙躲开，退出房间。

方总眨巴半天眼睛，企图用捆着的手揉揉眼睛看个究竟。可他的双手被捆绑得结结实实，只见两个人影在眼前晃动，却认不出是谁。

“看清楚了！给我老实点，敢乱喊乱叫……”猴子边说边把手上的铁棍子往地上使劲地戳了一下，楼板顿时发出“嗡嗡”的回响。

猴子示意小强解开绳子。“你看，对你宽容吧！吃完早饭，赶紧往家里打电话拿钱来，钱来了就放你走。”方总判断得没错，他确实是被梁杰绑架了。想到这里，他立刻想起弟弟方浩宇，于是去掏兜里的手机。

猴子眼疾手快，一把夺过手机，说道：“想好和家里人咋说了？想好了先说给我听听！”

“先给我喝口水。”方总可怜巴巴地恳求着。

“喝完水告诉我们！”小强递给方总一瓶矿泉水，加重了语气，“痛快点，别耍花样！”

方总接过小强递过来的矿泉水，咕咚咕咚喝了一大口，心想：好汉不吃眼前亏。他们要多少钱，让弟弟快点凑上给他们就是了。

猎豹行动

陈风一行六人从滨城乘最晚一班飞机直奔蓝江。清晨5点，他们住进了乐山西路的一处民宿。

望着蓝江地标性雕塑三帆，陈风心潮起伏。天空露出了鱼肚白，他仍没有困意，反复思考如何迅速找到线索，排查嫌疑人。首先要联系当地警方和通信公司，只要绑匪有动静就会露出蛛丝马迹，然后锁定他们的位置。总之，一定要快！望着奔波一夜刚刚睡去的小伙子们，陈风也勉强打了个盹。

早上8点，陈风组织专案组的小伙子们开会。

“第一组，毛大鹏和祥子到方浩宏的单位布控，对方浩宏公司的司机、财务人员等进行重点排查；第二组，陶滨涛和刘刚对方浩宏居住的芬芳小区进行走访，调查外来人员详细情况，同时去通信公司取证，尽快找到线索；我和冯冲到港口、夜总会和酒吧暗访。”布置完，陈风见大家没说话，突然想到，茫茫人海又远在他乡，大家对蓝江可以说一无所知，难免有为难情绪。他拿出事先准备好的地图，耐心地讲解起来，并简要地介绍了蓝江的民俗、历史、文化。

“陈总队就是让人佩服，到啥地方都能把当地的风土人情了解透彻，听他讲完，我信心百倍！这也是他吸引我的地方。”祥子发自内心地夸道。

“你幸运啊，早早就跟着陈总队走南闯北，讲讲呗！”

“对，抓紧时间讲讲！”

众人催促下，祥子看了眼陈风，见陈风并未阻挠，便说道：“也好，简单说说吧！早在改革开放初期，滨州省的许多企业家都下海经商，很多企业和个人把钱都扔在了蓝江，但都是石沉大海。其中，省国资委经贸中心就有8000万在蓝江被卷走了。当时的省长下令成立专案组，并组建南方工作站奔赴蓝江。最后由陈总队挂帅，专案组前往蓝江追缴被骗钱款。”

“然后哪？”

“陈总队带领经侦和刑侦的年轻警察一路南下，历尽坎坷，半个多月后，分文不差地为经贸中心追回了8000万！为警察队伍立了威，为滨州省添了彩。”祥子站起身，越说越激动。

“那时候真难！大夏天的，那天热的，蚊子都懒得咬你。刚到蓝江，出行都是挤公交车，满车人挤人，坐一次车汗流浃背。在蓝江市公安局，坐在空调屋子里的局长见我们大汗淋漓，浑身还散发着臭味，便说‘请到我的浴室先洗个澡，再急的事儿也得缓一缓’。真狼狈啊……陈总队用北方人的豪爽大气打动了当地警察，培养了信任和感情，当地警方协助我们，硬是把被骗的钱款追讨回来了……这么多年，我们并肩作战，虽然辛苦，但很充实。我媳妇就认他，‘只要陈风去的地方，你可一定要争取啊！’”祥子回忆过去，无限感慨。

陈风见大家被祥子讲述的往事打动了，便趁热打铁，下达命令：“晚上7点回民宿集合，我想听到每个人的调查结果。时间紧，任务重！我们要拿出猎豹的迅速、敏捷、精准！这次的行动代号‘猎豹’，出发！”随着一声号令，各小组投入了战斗。

东方石油化工公司宽敞的办公室里围着许多人，大家议论纷纷：“老板三四天没来了，咋回事？”

“老板忙呗。”

“他来不来也得发奖金啊！”

“对，以前老板也常外出，从没误了给咱们发奖金！”员工们七嘴八舌。

“唐主任，我这房租可是一月一结啊，再不交费，房东老太太可真要把我扫地出门了！”销售部经理董娜对方总的秘书兼办公室主任小唐说道。

“老板临走时签了大单，你是知道的啊。”小唐解释道。

“签是签了，可是奖金还没发到我手里啊！”董娜沙哑的声音里带点幽怨，还带有一种隐隐的豪横。刚才那几个说话的员工听后都凑过来，“董姐，大单是多大啊？你真有本事！咱这后半年的生活有保证了！”

小唐趁众人调侃董娜，快速走进办公室后将门反锁，用座机给方总打去电话，“嘟！嘟！”响了两声就被挂断了。小唐心急火燎，方总这是怎么了？这两天每次打过去都是响两声就挂断。莫非方总在外面有情况了？依小唐这么多年对方总的了解，他不是那种不按常理出牌的人。小唐思来想去，怎么也理不清头绪。突然，一种不祥的预感袭上心头：天哪！方总是遭人暗算了吗？她心跳加快，越是胡乱猜疑，越是烦躁不安，她的额头沁出一层细碎的汗珠。她猛然想起了方浩宏的弟弟方浩宇——对，给方总弟弟打电话！

“宇哥，您说话方便吗？”

方浩宇见来电是哥哥的秘书小唐，喜出望外，脸上露出笑意。他一边走出办公室一边说：“方便方便，小唐，你怎么有空打电话来？”

“宇哥，我们方总两天没消息了，我一直打他手机，可他就是不接啊！我害怕出什么意外，就马上和您联系了。”小唐的语气透着焦急。方浩宇听小唐这么一说，脑袋里立刻搜寻着上次和哥哥通电话的时间。“噢，差不多有四五天没通话了！”方浩宇顿感不妙，莫非哥哥真出了意外？能是什么意外？他挂断了小唐的电话，马上给哥哥方浩宏打去电话。

与此同时，蓝江烂尾楼里，方浩宏的手机响了，来电显示“弟”的字样。

“知道该怎么和你弟弟说吧？”猴子手拿电话，凶狠地说。

“知道！知道！”方总连声答道。

“弟弟！”

方浩宇听见“弟弟”两字便焦灼地询问：“哥，你在哪儿呢？快说！”方浩宏听到弟弟的声音，颤抖着说道：“弟呀，哥挺好的！麻烦你给哥准备200万啊，哥可就指望你了哈……”不等方浩宏说完，猴子一把抢过电话，直接挂断了。方浩宇听明白了，哥哥真是被绑架了！怎么办？方浩宇顿感五雷轰顶，两腿一软，一屁股瘫坐在地。

毛大鹏和祥子来到亮子河路60号，“东方石油化工公司”的牌匾很是醒目。高大的椰子树在门前站成一排，绿草茵茵泛着丝丝清香，像是在欢迎北国来的宾客。

两人正往楼内走，和急匆匆向外走的司机小秦撞了个满怀。毛大鹏上前拉住小秦，问道：“急什么？”

“急啥？你急啥？”小秦反问。

毛大鹏见这人还来了劲，便拦下他，“走，进去说！”

“我没工夫和你说！让开！”小秦还挺横。祥子见两人僵持不下，上前劝道：“都是北方人，也是缘分。上这儿来的人，都是方老板的朋友嘛！”祥子这话还真奏效。小秦看了他们一眼，问道：“你们找方总？”

“当然！”祥子见状认定这人认识方总，试探着问，“你是方总的司机吧？”

小秦脖子一挺，“对！”毛大鹏见这人是方总司机，和祥子交换了一下眼神，“找的就是你！”祥子说完亮出警官证。小秦的脑袋瞬间耷拉下来，音调也降下来了，示意有事进车里说。三人走出公司，坐进停车场的奔驰轿车里。不等两人问话，小秦便焦急地说："方总五天没来上班了，是出国了，还是去哪儿了，我一丁点信儿都没有啊！"

毛大鹏见小秦有点紧张，就故作轻松地问："老家是松江的吗？"

"对，我当了五年兵，退伍后就到方总这里开车了。"小秦忙问，"方总是不是出事儿了？"

"你怎么知道方总出事儿了？"小秦被毛大鹏一问，霎时就红了脸，呼吸也变得急促。

祥子见状单刀直入："方总被绑架了！"

"啊？绑架？怎么会？是谁干的？"小秦的嘴唇开始哆嗦起来。

"我们想了解一下方总平时和谁来往密切，每天几点上下班。"

"方总每天上下班哪有规律啊！有时候下班后还要谈生意，会朋友。交朋友嘛，也是为了生意，这吃喝完了又去K歌，有时候去洗浴，不过去了洗浴一般就不回家了。"小秦边想边说。

"方总和什么样的人来往较多？"毛大鹏一边观察小秦一边问道。

"那可多了，每天接待的朋友，南方的、北方的都有。不过你这么一说，我倒是想起来个女的，名叫蔡金花，她经常来找方总。"小秦思索片刻，"对，还有一个是什么画家，又懂古玩，叫王文明。"

祥子在一旁速记着，抬眼看向小秦，问："还有吗？"

"我一时还真说不好，反正来来往往的人太多。"小秦眨着眼睛。

"你对方总夫人怎么看？"毛大鹏突然提到了方总的夫人。

“方总夫人在老家没来呀，平时方总的日常生活全是秘书小唐打理。”小秦说到小唐，忽然脸红了起来。

“你再仔细想想什么人和方总来往密切，想起来随时打电话给我。”祥子总感觉小秦还有什么事情没有交代，便将写有手机号的字条递给小秦。

“好，有什么消息，我马上告诉你们。”小秦如释重负，眼神闪过一丝奇异的光，这稍纵即逝的怪异被毛大鹏捕捉到了。

询问完小秦，毛大鹏和祥子进了石油公司的大门，直奔二楼小唐办公室。

小唐在办公室六神无主，魂不守舍，以至于连毛大鹏和祥子推门进来都没有察觉。

毛大鹏轻咳了一声，小唐才发觉有人进来。祥子掏出警官证说明来意，小唐吓得眼睛红了。“难道方总真出事啦？”她这么想着，嘴上喃喃地说了出来。毛大鹏对小唐说：“对，他被人绑架了！带我们去方总办公室看看。”

进入办公室，正面墙中央挂着一幅书法作品，“厚德载物”四个大字映入眼帘。绿意浓浓的发财树正茁壮成长，宽敞的办公桌后面是一排书柜，书柜里摆着“先进企业家”等各色奖杯。毛大鹏问小唐：“依你对方总的了解，什么样的人更有可能接近他？”

“方总来蓝江六年多了，人很爽朗，有担当，和他交往的人不少，谁能这么算计他，还真不好说。”小唐的语调恢复了平日的温柔。

祥子又问道：“你们相处六年了？”

“是啊！我当时在厚泽石化公司工作，得知方总公司招人，一见面就觉得方总人可靠正直，便应聘来了，这六年里方总待我如亲人！”说到这里，小唐的眼睛里闪着泪光。

“六年里来往的一定有很多人。是北方人多，还是南方人多？有谁和你有联系？”

小唐想了想，说道：“嫂子总是来电话嘱咐我多照顾方总，因为嫂子陪女儿在美国读书……嫂子在国外的消息，方总不让外人知道。有些北方的老朋友都是到南方看看玩玩，一走一过，这几年方总还是南方朋友多些。”小唐请毛大鹏和祥子坐下，并为二人倒了茶。

毛大鹏见小唐从容的样子，说道：“你想想，近来有谁通过你联系过方总？想好了，打这个电话告诉我们！”说完把写着电话号的字条递给小唐，两人便起身要走。

“另外，你对司机小秦怎么看？”毛大鹏忽然问道。

“非常好啊！他整天为方总鞍前马后，不辞辛苦！”小唐不假思索地说。

“我是问你对他的印象。”毛大鹏回头看了小唐一眼，这一眼看得小唐心神不定。她闪烁其词：“印象还好，印象还好。”刚说完，她的电话就响了起来。毛大鹏和祥子对视了一眼，“也好，我们还有事，再见！”

“再见！”

走出东方石油化工公司，毛大鹏和祥子走进一条长长的民俗美食街，两人快速买了几样特色美食，回想着上午与小秦和小唐的谈话，低声研究着下一步行动方案。

午后，芬芳小区进出的车不太多。

陶滨涛和刘刚直接来到小区门口，门卫见是两个陌生人就直接拦住了。当听说是找方总的，门卫脸上顿时露出笑容。“差不多一周时间没见到方总啦！你们是北方人？”

刘刚给门卫递过去一支烟，问道：“方总的北方朋友多吗？最近有北方朋友来找过他吗？”门卫是蓝江本地人，通过平日里和方总打交道知道了什么样的人是北方人。“噢，经常有朋友来找方总。”他又想了想，“也不算经常，就是常有人说是方总的朋友。”

刘刚和陶滨涛交换眼神，陶滨涛直接问：“最近有什么人来找过方总？”

“嗯，前几天有两个人说是方总朋友，来过两次。你们问这些干什么？”门卫有些警觉。刘刚忙把警官证亮给了门卫，门卫问道：“啊？方总出事了吗？”

“你把最近半个月小区的监控录像调出来给我们看看，然后仔细想想近来有谁找过方总。”刘刚说道。

“我给物业打电话，监控录像在他们那里。”

“你不用打了，我们自己去看。”

“门卫有几个人？这里有几个出入口？”刘刚接着问。

“这个口就是我和阿利，每班两个人。一个地下车库口，是智能栏杆。”门卫边说边喊门岗里正在吃饭的阿利。

“请回忆一下，把你见到的那两个人的长相、声音描述一下。还有，凡是来找过方总的人，只要有印象的都告诉我们。”刘刚说。

这下门卫听明白了，“好！阿利，咱们一起想想常来找方总的人！”刘刚见门卫咋咋呼呼的样子便说：“你们两个先想着，我们进小区去看看。”

芬芳小区不算太大，共有四排洋房。方总住在中区二单元，一楼二楼是一户，三楼四楼就是方总家。

两人进了楼道，没有着急上楼，而是先站定了解一下环境。突然传来“咣当”一声，像是从楼上发出来的关门声。方总家怎么有人？两人屏住呼吸，轻声迅速上到二楼。只见一男子正从四楼飞快地往下走，那男子见有人吓了一跳，一时间有些手足无措。

“站住！你是三楼的吗？”刘刚抢先发问。那男子嘴唇张了几下，从喉咙里挤出声音，小到只有他自己能听见。

“问你呢？干什么的？”刘刚瞪大眼睛，声音顿显威严。

“我，我是老板司机！”那男子紧张得哆嗦起来。

“方总司机？你紧张什么？”刘刚上前拍了一下男子，感觉他浑身僵硬，十分不自然。

“你叫什么名字？走，上楼，带我们去方总家看看。”陶滨涛说。

男子听出来这两人是北方人，反问道：“你们想干什么？”

“别磨叽，快带我们上去！”陶滨涛语气强硬。

那男子在陶滨涛和刘刚的威逼下，慢慢转身，心中盘算着应对办法。他突然一脚踩空，身体向后仰去，刘刚上前一把将其托住，那男子从兜里掏出一个小巧的喷雾瓶，只听“滋滋”两声，雾气飞溅，他抬脚将刘刚踢倒在地，转身抬腿一跃，沿楼梯扶手向下滑去。陶滨涛见那男子伺机逃跑，一个箭步飞下去，死死抓住那男子后脖领子不放，用膝盖顶住其后腿窝。刘刚不顾眼冒金星，把手铐掏出来，将那男子和自己铐在一起。

来到小区门口，刘刚故意贴紧那男子，还微笑着向门卫打招呼。

门卫见三人大摇大摆往外走，赶紧从门岗里闪出来，嘴里还不住地说:“有空再来！”

陶滨涛和刘刚把自称是方总司机的男子带出芬芳小区，寻得一处僻静之地。“你说你是方总司机，叫啥名？”刘刚问道。

“秦鹏海，大家都叫我小秦。”

“跑啥？”

“我以为你们是要抓我！”小秦有些心虚。

陶滨涛见状问道:“你紧张什么？有啥事瞒着我们？”

“你们到底是干什么的？是警察吗？”小秦眼前一亮。

“你说对了，我们是滨州省公安厅的。”陶滨涛和他交了底。

“啊？我以为……”

“你以为什么？”

“我以为你们是绑匪！吓死我了！不是就好，不是就好。我说，我全说。”小秦如释重负。

“绑你干啥？你有钱啊？”

“我不是那个意思。”

“那你是啥意思？”

“只是随口一说。”

“早说清楚不就完事了，能铐你吗？”刘刚打开手铐。

小秦东张西望，陶滨涛让小秦去开方总的车，三人朝茉莉茶楼驶去。

茉莉茶楼是一家百姓茶馆，三个人坐在茶楼里面比较肃静的地方。

“服务员，你给我们上一壶茉莉花茶就行。”刘刚有些着急。

“晓得，晓得，天这么热，我给你们上一壶上好的茉莉。需要什么叫我就是了！”服务员说完便退下了。

“说吧，把你知道的有关方总的情况一五一十讲清楚。”

一时间，小秦不知从何处说起。他抿了一口茶水，说道：“快六年了，这六年多方总没白没黑地忙，当然都是为了生意的事交朋友，和朋友见面的时候多。”小秦回忆着，生怕漏掉哪个细节。

“这些我们都清楚，接着说！”刘刚催促道。

“随着方总生意越做越大，每天来来往往的人很多，这南来北往找他的人跟走马灯似的。我几乎每天都要跟他到后半夜，基本上是方总去了夜总会、洗浴中心，或去宾馆开了房，他才让我回家。”小秦坦率地说。

“你家住哪儿？刚才怎么在方总家单元？”刘刚语气严厉。

只见小秦吓得浑身哆嗦，无奈地说出了实情：“我在方总家的四楼厨房安装了伸缩梯。”说完，他已经堆随成一团。

“什么时候的事儿？”

“两年前，方总家重新装修，我就看准了这个机会。因为蓝江租房太贵，我就想出了这个主意。趁方总让我监工之机，从四楼天花板安装了伸缩梯。起先我还有些担心，没想到方总很少到四楼来，就这样伸缩梯帮我省了两年房租。”小秦抬头看了看陶滨涛和刘刚。

“接着说！”刘刚瞪着他。

“就这些……”小秦欲言又止。

“有谁知道这件事儿？”刘刚紧追不舍。

“还有，还有……”小秦吞吞吐吐地说。

“痛快说，别磨叽！”刘刚催促道。

“还有，还有我们办公室主任小唐知道。”小秦说完长吁一口气。

陶滨涛见小秦像挤牙膏似的，直接问道：“你和小唐什么关系？”

“唉！”朋友？恋人？小秦也说不清楚，便交代了他和小唐同居两年多的事情。

陈风和冯冲两人先到了蓝江港。蓝江港素以天然深水良港著称，是我国通往世界各地航程最短的港口之一。陈风望着蓝江心潮涌动，碧海蓝天，银沙细浪，微风拂过，波光粼粼，真是好看极了！但江水下，暗流汹涌，潜藏危机。

陈风和冯冲来到蓝江水上公安局，找到老朋友齐胜波。陈风和齐胜波一见面就相拥在一起，那种激动只有过命交情的人才能理解。

早在1995年，两人曾合作破获一起枪杀案，案子仅用三天时间就水落石出，人称“陈齐双杰”，一时传为佳话。从此齐胜波认定了陈风这个北方大哥，两人多年来一直保持着纯粹的友谊。齐胜波也因那次破案立功走上了领导岗位，成为蓝江水上公安局局长。

三人走进一家特色鱼馆。齐胜波叫老板上菜：“生腌青鳞鱼，金鲳鱼汤，豆酱焖龙舌鱼。”

齐胜波坚持要点四道菜，以尽地主之谊。陈风喊来服务员：“把你们的小黄瓜咸菜上一碟，这不就是四道菜了嘛！”齐胜波只好依了他。

菜还没上来，齐胜波小声问陈风：“这次过来啥事儿？”

“大事儿！有人在蓝江被绑架了。”陈风面色如常，“你快帮我找找线人，探探风声。”

齐胜波听完惊得眼睛瞪得老大：“什么情况？”

“青鳞鱼来喽！”服务员把菜端上桌，笑眯眯地说了句“请慢用”。冯冲见陈风和齐胜波二人亲如兄弟，心中暗自佩服：怪不得领导一有大案就交给陈总队，他可真是神通广大啊！今后就跟着他好好干，准没错！

陈风满脑子都是方浩宏被绑架的事儿，胡乱地吃了几口就坐立不安起来。齐胜波见陈风没怎么吃菜，知道他内心焦虑，说道：“一会儿我带你去家夜总会，见见我的线人。”

悠然夜总会，灯火辉煌，一派热闹景象。

线人阿滨是夜总会的前台经理，他见齐胜波带朋友来便迎进了套间。齐胜波给阿滨介绍：“这是我大哥！”阿滨恭恭敬敬地给陈风倒了一杯西湖龙井茶，说道：“大哥气度不凡啊，波哥可从来没称呼过谁是他大哥呀！”

“这几天，你这边有啥动静没有？”齐胜波直截了当地问。

阿滨不假思索地答道：“波哥，老样子！不过那边——”他说着指向一名女子，“据阿西说，她这几天让一个北方男子给包了，这人来蓝江是做海产品生意的，这个信息会不会对你们有帮助？”

“哦？来了几个人？”

“说是五六个人。”

“一定给我盯死了！”齐胜波目光如炬。

“得嘞，波哥。你知道，只要打我这路过，肯定跑不了！放心吧，波哥交代的事儿，老弟我没二话！”阿滨信心十足。

“你小子别光耍嘴皮子，和那个阿西交代好，多留点神。”齐胜波又对阿滨说了几句，“忙去吧，这边你不用管了。”说完一扬手。

这时间，齐胜波的电话响了，他看了一眼来电显示，接通后说道：“我在201。”

不一会儿，线人阿农和阿昊进了包房，规规矩矩地站在门旁，齐胜波上前与他们耳语了几句，两人齐刷刷地点了点头。齐胜波朝二人一挥手，阿农和阿昊就退出去了。陈风见齐胜波在这么短的时间里有这么高的效率，打心里高兴。他拍了拍齐胜波的肩膀，笑着说道：“知我者，老弟也，兵贵神速。”说完看了眼手表，“时间不早了，同志们还等我回去开碰头会呢！”说完起身告辞。

齐胜波也站起来，说道：“大哥，一有消息我马上告诉你！”

绑匪藏在哪儿?

华灯初上，夜幕低垂，此时的蓝江却像是刚刚醒来，大街上人流如织，走向江边，走进茶楼，走进酒楼，走进丰富多彩的夜生活中。

陈风和冯冲告别了齐胜波，急切地返回住所。

专案组的其余四人已经回到了民宿，见二人进屋，祥子赶快将泡好的茶水端给陈风。陈风见大家情绪高涨，投了投毛巾擦擦脸，说：“看来今天都有收获啊！好！一组先说说。”陈风刚刚坐定，手机骤然响起。

“陈总队，你那边怎么样？有消息吗？我又给我哥打了两次电话，都是关机状态！我正四处借钱，不行的话，我凑到钱就给他们送去吧！”方浩宇有些绝望。

“我们正马不解鞍地搜集情报，一定会找到绑匪，请你相信这一点。”陈风坚定地说。

“陈总队，要快啊！拜托了。”方浩宇显然已在崩溃的边缘。

“同志们，现在是风云紧急！快说说今天都搜集到什么信息。”陈风用热切的眼神望着大家。

毛大鹏看着满脸胡茬的陈风，又看看在座的每一位，清了清嗓子，简单明了地把在东方石油化工公司的所见所闻做了介绍。

祥子听毛大鹏说得简单扼要，怕漏掉重要线索，急忙站起身说出了自己的看法：“办公室小唐值得调查，还有司机小秦，看着人本分，但他的工作是最有可能知道方总下落的，我看他的嫌疑最大！”

“我介绍一下去方总住的芬芳小区调查的情况。”陶滨涛开口说道，“第一，在方总家楼内发现一男子，询问得知该男子是方总司机小秦。小秦趁两年前方总装修房子时，在四楼安装了伸缩梯，偷偷住在方总家，直至今日。第二，从小区监控录像得知，有辆黑色轿车在小区外徘徊了两个晚上，像是在等人，由于夜间灯光不亮，加上车离得远，未看清车牌号。第三，据小秦交代，他和办公室主任小唐有染。第四，建议明天继续跟踪小秦。”

陶滨涛的汇报条理清晰，重点突出，陈风禁不住竖起了大拇指。陶滨涛有些不好意思地挠了挠头，看了一眼刘刚，希望他能再补充。

“询问小秦时，他接到母亲从松江打来的电话，说他媳妇病得严重，让他回老家一趟。依我看，此时要盯紧小秦，不能让他跑了。”刘刚提供了重要情报。

陈风听完两组的汇报，对小伙子们在最短时间内获得了这些重要信息十分满意。他看向冯冲，说道：“冯冲，你说说今天得到的信息。”

“和老大在一起真是开眼，他想啥事总是比别人快一步！”冯冲见大家投来羡慕的眼神，有些兴奋。

“称陈队就好。”陈风向冯冲做了一个止住的手势。

“是！我和陈总队先去了码头，在水上公安局见到了齐局，齐局把他的特情和线人都找来交代了任务……”冯冲一口气将今天的情况做了汇报。

陈风抬头看了一眼墙上的挂钟，时间已经是深夜12点，说道：“干得不错，小伙子们。接下来，陶滨涛和刘刚盯住司机小秦，他给方总当司机，迎来送往，最容易接触到和方总有联系的人。查一下近来有谁向他了解过方总的信息，一定要让他配合调查，不能离开蓝江。再调查一下蔡金花和王文明。明天跑一下通信公司，查出最后和方总通话的人到底是谁。切记，这一点很重要！大鹏和祥子继续做小唐工作，进一步了解东方石油化工公司的财务情况。”说到这里，他加重了语气，“同志们，破案刻不容缓！劫匪变本加厉，气焰嚣张，拖得越久，方总越危险。刚才都听到方浩宇说的了吧，如果凑钱给劫匪送去，还要我们警察干什么？绝不能向黑暗势力低头，向犯罪分子让步！”

微雨蒙蒙，天空泛着灰色。陈风独自一人顺着空无人迹、半明半暗的街道边走边想：这群绑匪会藏在什么地方？黑夜的来临，给绑匪制造了条件，没有夜晚多好！警察的职责就是守护百姓的宁静生活。陈风望着夜空，夜色将他坚毅的面庞勾勒得更加冷峻，他有信心查获此案，守护万家灯火的安宁，思及此，步履更加坚定有力。

陶滨涛一早便给小秦打去电话，不料小秦手机已关机。陶滨涛见刘刚捶胸顿足的样子，安慰道："跑不了他，走，去通信公司。"

两人在通信公司查到了方总近期的通话记录、短信记录，着重调取了蔡金花和王文明的记录。

蔡金花在5月14日给方总连续发了两条短信。短信内容有些暧昧："亲爱的，你总是不能及时回信。自从银岛私人别墅一别，23天都没见到你了呀，很想念！"

王文明打了两通电话，短信也有两条："您要的画已经画好，择日奉上！""方总，看来您对牡丹花喜爱有加！好，下次把《花开富贵》也带上送给您！"

陶滨涛又让通信公司的工作人员调取了司机小秦的通话、短信记录，并没有什么特别的。他便继续回看方总的通话记录，5月26日有一个恒阳的手机号在通话记录中连续出现了两次，拨打时间分别是晚上7点50分和8点5分。陶滨涛和刘刚异口同声："打这个号！"电话打过去，传来的是"您拨打的号码是空号"，这引起了二人的警觉。

刘刚看着屏幕上一行行来自各地的电话号码，陷入沉思，最终，他的目光还是锁定在了5月26日晚8点5分这通电话。"18627691234，通话时长1分钟，锁定这个号，查这个号的机主。"刘刚觉得这个号码有问题。

"这个号码是恒阳号段。当地私人手机卡泛滥，为获利倒腾卡的人多的是，得去当地查。”通信公司的工作人员说。

走出通信公司已是午后时分，刚刚下过雨的小街有些湿润，两人在街边小摊要了两碗面，狼吞虎咽了起来。吃面的工夫，两人研究如何把小秦带回来，如何找到18627691234的机主。

“不如干脆跑一趟恒阳。”刘刚提议道。

“对，事不宜迟，马上走！”陶滨涛边喝面汤边说。

毛大鹏和祥子来到东方石油化工公司办公室，小唐接待了他俩。只隔了一个晚上，小唐脸色憔悴，神情忧郁，不复昨日的光彩。

背井离乡来蓝江发展，却与他人同居，关系不清不楚，小唐内心纠结惭愧。离开家时，信誓旦旦地和丈夫说，为了孩子，为了这个家，自己会努力工作。可现在方总遭人暗算，这个幕后黑手到底是谁？

“司机小秦近来有什么不一样？”毛大鹏开门见山。

“小秦人很厚道，话不多。”小唐面色羞红，眼神闪过一丝尴尬，她定定神，“要说他最近有什么不一样嘛……话更少了！”

“你和他在一起时就没听到有什么人和他联系过？比如近来有谁给他打过电话？”毛大鹏穷追不舍。

小唐被毛大鹏问得无地自容，有个地缝都想钻进去。她心想，“要想人不知，除非己莫为”，还是坦白吧！她正了正身子，决定把自己知道的细节全都交代清楚。

“5月25日那天晚上，小秦接到了一通电话。那人操着北方口音，‘小秦吗？我是方总的老朋友啊！上次去蓝江还是你送我去的机场，记得吧？’

“小秦就问对方什么事，那人问方总在不在蓝江。小秦也没想太多，照实回答‘在呀’，那人很高兴，说哪天要来拜访方总，我当时有点纳闷，想找方总，为什么不直接打电话给方总？但我当时正在听收音机，就没插嘴。”

“接着说。”

“我清楚记得那天是5月25日，单位发工资那天，时间嘛，晚上七点半以后，我每天这时间都要听英语讲座，错不了。”

“还有吗？”

“第二天下班时，有个南方石油公司的客户，开辆大吉普车来接方总。方总临走前到我办公室，和我说：‘老田来接我，你和我一起去玩玩吧。’从他语气里能听出来，我是可以选择不去的。我朝窗外看了一眼，见一辆大吉普车就停在我们楼门前。我不想去，便说：‘方总，您去玩吧，千万别玩得太晚。需要我去接您的话，发短信或打电话。’方总也没再坚持，我就起身送方总离开了办公室。我抬眼看了一下挂表，时间是6点10分。那天以后，方总就再也没信了。”小唐说完如释重负。

“小唐，你再想想，那个老田，你以前认识吗？有没有他的联络方式？”毛大鹏认为老田嫌疑很大。

“见过几次，没有联系方式。不过可以问下楼下保安。”说完，小唐拿起内线电话，“阿庆，你带着登记簿到我这儿来一趟。”

小唐接过阿庆手中的登记簿，直接翻到5月26日，一排排地查看登记信息。她清楚记得当时是6点10分，就仔细寻找这个时段，却没有任何记录。她问阿庆：“5月26日晚上6点10分的记录怎么没有？”

“怎么会没有？”阿庆凑上前看了半天，突然拍了一下脑门，回忆起来：“那个人以前来过公司，进门就大声嚷嚷，‘你给方总打电话，就说我请他！’我用内线给方总打电话。那人上前抢过电话，‘啰唆什么啰唆？方总啊，我老田，这么晚还没下班？是不是等我来接你啊？’方总对这人还蛮客气，让他上楼喝杯茶。这个老田说：‘喝什么茶喝茶，快下来，带你去那个老地方玩玩！’方总听完就说马上下楼。”

小唐听阿庆说得清清楚楚，满意地点了一下头，说：“去忙吧！”

“老田叫什么名字，哪里人？”祥子问道。

“因为方总叫他老田，我们也就叫他老田，叫什么名字？没听方总说过。只知道他在南方倒腾办公家具发了财。哪儿的人？北方人呗，一听那大嗓门加上口音就知道他是北方人。”小唐答道。

“方总走后，有没有与你联系？”毛大鹏追问。

“没有，你们来之后，我才知道他出事了。”

“你去没去过老田和方总的饭局？”

“从没去过。一是怕影响他们谈生意，二是我也不喜欢那种场合。”

“这几天办公室其他人有什么反应？”毛大鹏继续问。

“没有，大家按部就班地上班，偶尔谈谈奖金的事儿，其他没什么。”小唐像下了很大决心似的，又对毛大鹏说道，“毛警官，能不能把我们公司的钱拿出来救方总？他现在一定很危险。”说完用祈求的眼神看着毛大鹏。

“请相信我们，一定能破案！”毛大鹏说道。

“方总在绑匪手里的日子不好过呀！”

“我们一定会把方总救回来的，如果给了绑匪钱，还要我们警察干什么？”祥子语气坚定。

午后，天气闷热，路上行人稀少。陶滨涛向陈风汇报完要去恒阳查手机卡，便和刘刚登上了去恒阳的火车。

下了火车，二人直奔恒阳通信公司，经查询，九角巷有个叫丁一凡的人持有他们要查的手机号。两人片刻不敢耽搁，马上按地址来到了九角巷。在一个修手机的柜台后面坐着一个胖墩墩的男子，手里摇着大蒲扇，正懒洋洋地喝着茶。

“有手机卡吗？”刘刚上前询问。

“听口音是北方人吧？来旅游吗？”丁一凡答非所问。

“问你有没有卡？”刘刚有些不耐烦。

“今天没有！”丁一凡冷漠地回答。

“有钱不愿赚？”陶滨涛说道。

“说了没有就是没有。”丁一凡也不示弱。

刘刚态度稍稍缓和，说道：“啥时有？我来取就是了。”

丁一凡眨巴着眼睛，打量着眼前的两个年轻人，看他们气质超群，像是有钱的主，便想敲二人一笔。他嬉皮笑脸地倒了两杯茶，说：“有啊，有啊，急啥子吗？”

陶滨涛已经确定他就是倒腾手机卡的丁一凡，便严厉地说道：“丁一凡，你听着，前几天有人在你这儿买了几张卡，你只要把这个人买卡的来龙去脉讲清楚，什么事情都不会有。”

丁一凡听了陶滨涛的话，吓得把茶杯险些碰到地上。他这时才反应过来，来者有可能是警察。他脑门上的汗珠瞬间滚落下来，拿起脖子上黑乎乎的毛巾一个劲儿地抹脸上的汗。

刘刚见长桌上有个烟盒，便将其拆开写上了18627691234这个号码，递给丁一凡。丁一凡看后猛拍脑门:“后面有1234的这个号我记得，那人拢共买了五张卡。我要他身份证，他给了我200块钱。”

“你介绍一下那人情况，越详细越好！”陶滨涛看到了希望。

“那人中等个头，像门口那棵树那么高，说话一听就是东北人。长得挺白净，走路有点罗圈腿。”丁一凡连说带比画。

“他买的另外四张卡是多少号？”刘刚追问。

“他自己选的，具体是什么号，我还真不记得了。这个带1234的号我是想给我媳妇留着的，所以我记得。”丁一凡交代。

“你再想想，还有什么细节？”刘刚不想错过任何线索。

“那人买完卡，问当地有什么特色小吃，还说要那种带包装的。我还寻思，出来混还怪讲究的。见他急三火四的样子像是要赶车。”丁一凡不敢有任何隐瞒。

“丁一凡，你听着，我们是警察，如果发现你给其他几个号打电话或走漏风声，你知道后果！”陶滨涛冷峻的目光让丁一凡胆战心惊，哆嗦了半天说不出话。

午夜时分，陶滨涛和刘刚拖着疲惫的身躯从恒阳回到蓝江。陈风没睡，他在等二人归来。听了二人的汇报，陈风问:“那个买卡人到底有多高？”刘刚说:“应该是1.8米左右，因为丁一凡说买卡人和他店门口的树差不多高，临走时我去比量了一下。”

早上8点，陈风召集大家开临时会。

“同志们，我们来蓝江已经五天了，大家夜以继日，获得了大量信息，今天我们开个案情分析会。”

毛大鹏清了一下嗓子：“昨天，我们获得新线索。据小唐回忆，5月26日晚上6点10分，方总被一个叫老田的人接走了，这一走就再也没回来。有关老田，只知道他是北方人，接到方总后，两人到底去了哪儿，无人知晓。我们顺着东方石油化工公司附近的监控录像排查，没有获取到有价值的资料，并发现几条街上的监控形同虚设。目前，我认为这个老田嫌疑最大，应该重点寻找此人。”

陶滨涛接过毛大鹏的话：“我和刘刚昨天也找到了新线索。我们在恒阳找到了5月26日晚上8点5分给方总打电话的手机卡。据贩卖手机卡的丁一凡交代，嫌疑人共买了五张卡，只要嫌疑人再次使用恒阳号段的号码，就可以采用卫星定位锁定嫌疑人的位置。”

忽然，电话铃声响起，陈风拿起手机，是方浩宇。“陈总队，今天早上6点多，我给我哥打去电话，有个男子接了电话，说‘钱凑好了吧，再不拿钱就撕票’。我说凑够了100万，那男子说‘100万糊弄鬼呢，快点啊，限你两天，就两天’。说完电话就撂了！陈总队，现在咋办啊？”电话那头的方浩宇声音颤抖，带着哭腔。

“浩宇，此刻正是和犯罪分子比拼耐力的时候。这几天，我们专案组已经掌握了不少有用线索，请你相信我们一定能救出方总！”陈风极力克制自己的情绪，安抚着方浩宇，内心早已怒火万丈。挂断电话，他对大家说道：“我们不能再等了！陶滨涛，你马上给电信公司经理打电话，请求批准对方浩宏和恒阳号码进行卫星定位！”

“同志们，危急关头，十万火急。这伙绑匪狡猾得很，一张卡只用了一次，顶多两次，就毁掉了。另外，根据夜总会的阿西交代，那个做海鲜生意的北方男子极有可能和本案有关。五天内，该男子带阿西分别去了三个地方，说明他怕暴露同伙目标。现在抓捕这个男子很容易，但方总极有可能被撕票。接下来我们的任务是死死盯住该男子，等他和同伙联系；马上找到小唐说的那个老田。距方总被绑架已经过去十天了，丧心病狂的绑匪再拿不到钱有可能撕票，这两天正是生死关头！一组，毛大鹏、祥子和冯冲，密切关注东方石油化工公司，同时保护好阿西，盯紧与阿西联系的男子；二组，陶滨涛、刘刚，寻求通信公司的配合，找到老田，启动卫星定位后时刻关注方总手机和其他卡的动静。同志们，分析会就开到这里，各自准备吧，散会！”

上午10点刚过，陈风的电话铃声再次响起。

“陈总队，据阿西讲，那个自称做海鲜生意的人叫姜海，昨晚又带她去了荣盛宾馆。半夜，阿西听到那人接了一个电话，对方说‘抓紧啊，台风要来了！’你看怎么办？”齐胜波急切地说道。

“齐局，你在单位等着我啊，有事和你商量！”陈风匆匆撂下电话。

两人见了面，也不寒暄，直奔主题。

“我想派冯冲靠近那个做海鲜生意的人，怎么样？”陈风用征求的目光看着齐局。

“我也这么想，必要时增加警力！”齐胜波太知道陈风的心思了。

“太感谢了！”

“是让阿西引蛇出洞呢，还是等嫌犯束手就擒？”齐胜波看着陈风熬得通红的双眼，有些心疼。

"不行，这伙犯罪分子非常狡猾，只要让阿西每天按时上下班就行，派两名侦查员保护阿西的安全。另外，台风'海兔'到底什么时间登陆？"

"据说是明天下午登陆蓝江。"

"方总已经被绑走十天了，这也是嫌疑人最暴躁疯狂的时候。"望着波涛汹涌的蓝江水，陈风怒目切齿。

这时，陈风的手机铃声急促地响起。

"陈总队，刚才通信公司截获了恒阳电话卡打给方浩宇的电话，这个号码还打给小唐一次。打给方浩宇时说，'今天等你到晚上，钱再不到，就等着给你哥收尸吧！'打给小唐时说，'方总在我们手上，把你单位的钱款准备好，送到海边烂尾楼里来。记住，别耍花招！报警的话，我现在就弄死他'。从声音能听出来是东北口音。"陶滨涛一口气汇报完重要信息。

"海边烂尾楼？"陈风捕捉到了关键信息。

"是蓝江的一处地标性建筑，但目前已烂尾，鲜有人去，确实是藏身的绝佳地点。"齐胜波介绍道。

紧接着是方浩宇打来的电话，他十分焦急，哭着说道："陈总队，再不拿钱，我哥可真没命了！"

"我们已经锁定嫌疑人的位置，你放心，等我消息。"陈风赶紧安抚方浩宇，又对齐胜波说，"包围海边烂尾楼。"

司常亮用街边公用电话打给梁杰："我给方浩宇和小唐分别打电话了，让他们送钱来。"不料，梁杰怒吼道："你指望我说你做得对，是吧？赶快，两分钟之内转移地方。"

“老大，紧张啥？”司常亮还在狡辩。

“动作快点，晚了我可救不了你。”梁杰的声音阴沉恐怖。

“快！快！转移！”司常亮冲猴子吼道。

“哎呀，转移两三次了吧？紧张什么呀？”猴子不以为意。

“叫你转移，废什么话？走慢了，我可救不了你！”司常亮威胁道。

猴子和小强只顾收拾自己的东西，忽略了方总。方总此时完全可以隐藏起来，或者跑掉，或者拖延时间等待救援。可是他缺乏对梁杰团伙的了解，他天真地以为弟弟把钱送来就没事了。他从这伙人紧张的状态和议论中感觉到是梁杰让换个地方。

外面的五菱面包车已响了两次喇叭声。这一短两长的喇叭声是情况危急的信号。司常亮边朝面包车跑来边高声喊叫：“先让方总上车！”

猴子和小强拖拖拉拉，一手拎个包袱，一手提个箱子，小强一下就蹿进车里，猴子刚踩上面包车，人还没坐下，车就启动了。猴子一个趔趄，差点摔倒，他努努嘴，瞄了一眼李玉明，嘀咕道：“我就看不惯他这副德行！”李玉明猛踩油门，瞬间尘土飞扬……

风在吼

五菱面包车上了高速路没走多远，李玉明就看到对面驶来一连串闪着红蓝灯的警车。李玉明全身直冒冷汗，旁边的司常亮浑身像筛糠一样，他回头望着那一队警车，上牙打着下牙：“老大真是神机妙算啊！”

车驶入环岛，李玉明看见路边的洗车摊，见此时没人洗车，便从容地停下车。下车后，他对老板说：“天太热，把车身和轮胎给我洗干净，降降温！”

“嗯哪！”一女子提着一桶水，用抹布擦起了前风挡；一男子拎起胶皮管子，打开水枪开始洗车。

“大哥，听口音是东北老乡吧？”那男子和李玉明搭话。

“是啊！你们来这边多久了？”李玉明问。

“快三年了。”男子边洗车边往车里看，“这么多人，不下车凉快凉快？”

“不用，快点吧！”李玉明一边催促一边从兜里掏出20元钱。

“去岛上玩吧？”那男子又问。

“对，去海洋私人别墅玩。”李玉明不慌不忙地说。

“这就好啦，大哥，你看行不行？”

“好了，兄弟，下次路过还来找你！”说完，李玉明便上了车。

五菱面包车行驶了20多分钟后，突然拐向一个码头。码头上车来车往，虽已是中午时分，但人也不少。李玉明一眼就看见不远处的树下站着的沈小东，他吹了一声口哨，沈小东循着哨音，发现了不远处的五菱面包车，便将一辆黑色摩托车开了过来。

司常亮早已威胁了方总，方总很配合地上了沈小东的摩托车。一伙人向码头上一个港池驶去，到达之后，钻进了一个停泊船舱里便不见踪迹。

有钱能使鬼推磨啊！梁杰给他早期在银行的同事打了个电话。这同事之前给北斗村渔业公司贷过款，便帮梁杰租下了这间水下客舱。虽说不如宾馆讲究，但一应设施也应有尽有。

蓝江港，无风时浪高一般不超过一米。硇洲岛港口外航道附近海面涌浪很大，逢大风天气，浪高三四米，最高可达五六米。台风侵袭时，港口外东海岛沙滩可翻起巨浪，浪高十米左右。梁杰精心选择的这个地方，就是想让大家与外界隔绝，在拿到赎金前，不出任何意外。他看了一眼方总，又看了一下表，时针指向晚上8点。他起身示意李玉明和他一起走。不远处的司常亮看到梁杰的举动，也想一起走。梁杰狠狠地瞪了他一眼，司常亮乖乖地坐了回去。

梁杰走后不久，司常亮谎称拉肚子，得出去找点药，便离开了船舱。司常亮惦记着阿西，鬼使神差地打了辆摩的，径直去了悠然夜总会。

陈风在蓝江市公安局的配合下，带领公安特警们在海边烂尾楼里搜寻了半天，除了一地矿泉水瓶子和方便面空盒子，再没有任何收获。怪了，这伙人蒸发了吗？陶滨涛在一个墙角发现了四个圆印，有点像折叠床的痕迹，又发现地上有一堆细碎零乱的脚印，断定这里有人住过并慌不择路地出逃了。祥子提议："再找找看，我不相信方总没留点什么记号。"

陈风站在空荡荡的烂尾楼里，望着不远处的大型商业广场和东边的游艇码头，陷入沉思。所有人都在望着他，那种期待的目光让他感到压力重重。

"收队！"

陈风在车上召开了紧急会议。“这伙暴徒太狡猾，反侦查能力极强。此时此刻，我们一点儿都不能马虎。犯罪嫌疑人暂时不会有消息，也不会用恒阳卡了，但是，我建议，从东三省打到蓝江的电话都要实施监控，尤其是雪城的！”

“为啥专门监控雪城的电话？”陶滨涛有些疑惑。

“别忘了，方总是雪城人，可以断定那伙歹徒也是雪城人！”陈风说完看向毛大鹏和祥子，“二组，到悠然夜总会，冯冲也一定要保护好阿西，密切监视和阿西来往的那个男子！”

悠然夜总会，地上的圆球灯在滚动，舞池中央，男男女女随着节奏摇摆，正沉沦在酒精带来的放肆与迷醉中。

司常亮坐在吧台边，一边喝酒一边挑逗阿西：“想我没有？”阿西嬉皮笑脸，时不时地给司常亮抛去媚眼，撒娇道：“想你想得快想不起来喽。”司常亮一把搂过阿西，双手不安分地游走。“哥这两天在忙大事，用不了几天，哥的海鲜款就到手了，到时候一定给你买条钻石项链！”说完他向阿西的脖子摸去，阿西躲闪不及，与她身后站着的前台经理阿滨撞在一起。阿滨朝司常亮点了一下头，嬉皮笑脸地说道：“老板，好几天不见了，再不下手，阿西可就被别人领走了！”司常亮怒道：“谁敢！阿西是我的，我迟早要把她带走！”

阿西娇嗔道：“谁稀罕你那钻石项链！想带我走，门都没有！”她这么一说，司常亮还来了劲：“我今天就带你走，你信不信？”边说边把阿西往外拽。

“谁也别拦着我啊，今天我跟你走，看你到底有多大本事！”阿西转身向阿滨递了个眼色。

“阿西啊，你跟谁走不好，大老板有的是，你非要跟个现挣现花的人一起混。”阿滨会意地用胳膊碰了一下阿西，阿西顺势把司常亮手中的酒杯送到他嘴边，将剩下的酒倒进司常亮的嘴里。

“说谁呢？哥们有的是钱，信不信？拿出来吓死你！走！”司常亮搂着阿西的肩，二人往夜总会门外走去。

门口的出租车司机见司常亮和阿西晃晃荡荡走出来，便殷勤地打开后车门，两人嘻嘻哈哈上了车。

“去哪儿？”司机问。

“走，又不是不给你钱！”司常亮舌头有些不利索，脑袋里还在盘算着去哪儿：回荣盛酒店？万一让梁杰知道了，非宰了我不可。转念一想，上回带阿西去过一次，也没啥事儿。“对！去荣盛酒店！”司常亮脱口而出。

司常亮将阿西紧紧搂在怀中，生怕她跑了似的。阿西一会儿温顺，一会儿乖张，高一声低一声地训斥司常亮：“你行不行啊？不行就说不行，上什么酒店？咱去茶楼醒醒酒吧？”司常亮就喜欢阿西这种爱胡闹的女人，有时乖巧，有时顽皮。他一把抓住阿西的手，“我的小兔子，你想跑啊？”说完，那酒气熏天的臭嘴贴上了阿西的面颊……

出租车在荣盛酒店门前停下，酒店门童上前把后车门拉开。司常亮还在与阿西亲热，竟不觉有人已把车门拉开。当阿西推开司常亮，他才如梦初醒。

司常亮把阿西带回房间时已醉得不省人事，整个人倒在床上就像一摊烂泥，预先想好的美事也成了泡影。

早上7点一过，司常亮的手机就响了起来。“昨晚怎么样？换了新地方睡得还好吧？”梁杰关切地问道。

“还好！还好！”司常亮瞬间清醒，极力调整自己的声音。

梁杰静静听着司常亮那边的动静，感觉有些不对劲。他一面应付着司常亮，一面悄悄地走到座机旁，拨通了荣盛酒店的分机号。房间内顿时响起铃声，司常亮惊慌失措，忙把手机挂断，吓得脸色惨白，一骨碌从床上爬起。他看了一眼身旁还在熟睡中的阿西，又起了邪念，可刚刚那该死的电话铃声已让他魂不附体。司常亮想起梁杰的规定，还有他扣动扳机的样子，便马上叫醒阿西："宝贝，快点起来，该走啦！"

阿西揉揉眼睛，嘟囔道："咋回事啊？人家还没睡醒哪！"司常亮一把将她拉起来，催促道："走，快点！"他顾不得洗漱，穿好衣服迫不及待地逃出酒店。阿西披头散发，睡眼惺忪，二人简直是落荒而逃。出了酒店，司常亮给阿西塞了一沓钱，独自坐上一辆出租车，吩咐司机向北斗码头驶去。

海上狂风骤起，岸边的树被大风卷得摇摇晃晃，树叶漫天飞舞。

“这该死的天！这台风还真他妈厉害。”司常亮嘴上嘟囔着，心中暗想：梁杰，你还能有我快？你就是飞也飞不过我呀！

化装成出租车司机的刘刚与司常亮见面那一刻，胸中燃烧着烈火，他恨不得当场撕开司常亮的面具，将其绳之以法。他佯装镇定，默念着陈风对自己的交代，“相信你能稳住歹徒！”他不慌不忙地说："该死的台风真来了！"

“老哥，快点！”司常亮边说边向后车窗望了望。

“往哪儿快呀？要不然你换辆车吧？”

“行行，你能走就行！”司常亮往日的嚣张跋扈荡然无存。

进了客舱，司常亮连忙掏出手机打给梁杰：“老大，台风‘海兔’是真来了呀，这船舱已经成了呕吐的垃圾场了！”梁杰听了司常亮的形容，想象得出海上风力及船舱里的情况。

“方浩宏怎么样？”梁杰像是什么事都没发生一样。

“顶数他吐得厉害。”司常亮讨好地说。

“你马上回宾馆来，商量下一步计划。”

司常亮顿时慌了。“我这刚到……”说完狠抽自己的嘴巴子，感到自己说错了话，“老大，你在电话中说吧，我全听你的。”

梁杰在看电视新闻，“台风海兔在广东沿海地区登陆，风力最大可达12级，预计未来4小时内将进入东海海面……”梁杰烦躁地关闭了电视，决定亲自给方浩宇打一次电话。他想好了该怎么说，又想到曾有大师和他说，“你的幸运数字是9”，便看了一眼腕上的手表，距9点还有10分钟。无论如何这是最后一通电话，不能再等了。

上午9点整，梁杰给方浩宇打去了电话。

“方老弟，你好啊！”梁杰热情地打起了招呼。

“你好！哪位？”方浩宇警惕地瞪大双眼，听着对方的声音。

“你哥方浩宏在我手上，钱准备好了吗？”梁杰声音不大却令人恐惧。

“把电话给我哥，我要和他讲话，然后给你汇钱。”方浩宇急切的声音伴着怒气。

“告诉你，两小时之内钱再不送来，今生就不要见你哥了！”说完梁杰还恶狠狠地补充了一句，“最后期限！不会再和你说第二遍！”

“我这就去给你送钱，马上送，送到哪儿？”方浩宇撕心裂肺地呼喊。

“送到海边烂尾楼，到时候有人和你联系。记住了，别耍花招，就两个小时。”梁杰一字一板说完后，粗暴地将手机卡拆掉扔进马桶里，按下水箱冲走。他走出房间，门口站着一个服务员，吓得他后退一步，怒斥：“有事儿啊？”

服务员面无表情地说道：“查房。”

“急什么？”

梁杰走出电梯，直奔酒店门口。刚走出大堂门口，瞬间被风吹得一个趔趄，险些摔倒，头发也被大风吹得乱作一团。他揉了揉眼睛，镇静地四处望了望，便钻进了早已等候在外面的五菱面包车。

路上没有行人，来往车辆也很少。李玉明望着正在整理发型的梁杰，说道：“前头有家日式私人会馆，我已经去过两次，昨晚在那里开了房，屋虽小，但很干净。”

梁杰说道：“你还记得我说过的，今天上午离开这里。”

“是啊！”

“你咋决定让我今天退房？”

“昨晚太闷热，加上风大，我就去广场上走走。半夜11点多，我看见司常亮和一个女人下了出租车，进了他住的荣盛宾馆。担心有事儿，我就去附近找了家会馆，在那里住了半宿。”李玉明冷静地说道。

“这个司常亮，早晚得败在女人手上。”梁杰欣赏地拍了拍李玉明的肩，想起司常亮，他恨得牙根都痒。

梁杰进了房间，看了一眼表，10点整。“你去借那个收垃圾老头的电话，给司常亮打个电话，让猴子和沈小东去烂尾楼取钱，11点钱不到，将方浩宏扔进大海……”梁杰吩咐道。

李玉明立刻照办，还塞给老头100块钱以示谢意。

时针好像停止了摆动，只有外面的风在吼。海上公安局会议室里，所有人都屏住呼吸，等待出发的最后命令。

“从通信公司监控雪城的电话中得知，犯罪嫌疑人要到海边烂尾楼取钱。毛大鹏、刘刚、冯冲，迅速赶到海边烂尾楼等候嫌疑人，一定抓活口。蓝江市武警部队的战士们已到达，会全力配合你们。我和陶滨涛带领蓝江市公安局民警去码头营救方总，一定会把方总救回来！”陈风的声音沉稳有力。

“保证完成任务！”大家异口同声。

沈小东和猴子隐蔽在烂尾楼的悬梯底部。见一辆面包车驶进工地，他们以为是方总弟弟派人来送钱了。狂风呼啸，塑料袋、纸片等在空中疯狂地旋转翻飞。

冯冲提着一个拉杆箱下了车，一步步向悬梯处走去。

忽然，从风中传来一个声音：“停下，把箱子放下！”

冯冲顺着声音找人，又有一个声音响起：“把箱子打开，让我们看看真家伙！”这是猴子的声音。

“风这么大，箱子打开，钱不飞跑了？”冯冲被风吹得弓着背，眯着眼，大声说。

“把你们的车开走，快开走！你也走！赶快离开！”猴子学着电影里绑匪的腔调对冯冲下了命令。

冯冲把拉杆箱放在一块铁板下，向后退到了面包车上，面包车风驰电掣地驶出了工地。猴子向站在高处的沈小东喊道：“下来吧，东哥，他们真走了！”

“再等一会儿，看看动静再说！”沈小东警觉地四下张望。

“怕啥？东哥，我手上有这家伙！”猴子说着把枪举起来，还朝空中开了一梭子。听见枪声，埋伏在暗处的武警战士，趁风声大作开枪打中了猴子的右臂，他的胳膊立刻就耷拉下来，手中的枪掉落在地。他立刻用左手把枪捡起，向打枪方向扫射还击。武警战士趁势端枪向猴子所在的简易楼梯逼近。这家伙边向武警战士扫射边飞快地往高处跑。毛大鹏半蹲在地，将枪口瞄准猴子，可子弹被风吹偏了，没有打中猴子，毛大鹏却中了沈小东飞过来的一刀！刘刚见状，以迅雷不及掩耳之势一枪打中沈小东腿部，并上前将沈小东擒住。

武警战士见猴子飞来荡去，便集中火力将他控制在包围圈内。一阵枪声后，猴子见枪内没子弹了，捏了捏右手腕，疼得他龇牙咧嘴，觉得自己至少还活着，便乖乖地举起双手。毛大鹏示意刘刚给陈风打电话报告情况。

11点40分，陈风接到刘刚的电话：“陈总队，抓到两个犯罪嫌疑人，叫猴子和沈小东的。据他们交代，方总现在在一个叫司常亮的人的手里。”

“好！让沈小东给司常亮打电话，说钱已拿到，让司常亮带方总转移。”陈风安排道。

狡猾的司常亮听完沈小东的话后，说道：“人和钱都回到船舱来再说。”

中午时分，梁杰用备用卡给司常亮打去电话：“钱到了吗？”司常亮听到梁杰阴森的声音，心中一阵发毛，浑身起了一层鸡皮疙瘩。他暗想：钱真到手了，我立马走人。他佯装关心梁杰：“老大，你那边没事吧？别急，小东和猴子还没信，再等等。”他谎称没有收到信息。

“只能再等半个小时，半小时内没信儿，将方浩宏处理掉，叫大伙先散了！”梁杰从牙缝里恶狠狠地挤出一句话。

陈风深知犯罪分子的穷凶极恶，他分析道：“劫匪一定会对方总下毒手！”

“齐局，请你让海上渔民在船周围撒开大网，以防万一；请武警战士见到司常亮立刻将他缉拿归案，如若反抗，请尽量避开关键部位射击。”陈风部署着最后的作战计划。

齐胜波用对讲机命令码头负责人把大网沿船舱周边撒开，绝不能有漏网之鱼；武警总队队长武鸣向武警战士下达战斗指令；医护人员到岗，随时待命；隐匿在周边的武警战士们密切监视五菱面包车的动向。

陈风和齐胜波就埋伏在船舱隔墙的货舱内，监听着劫匪的动静。陈风说道：“我们应该先制伏这个司常亮。”齐胜波有些犹疑：“司常亮有枪，我们一上去是否会刺激歹徒铤而走险，对方总不利？”

“不能再等了！”陈风坚决地说。

12点30分，司常亮让小强把方总的眼睛蒙上，拿出事先准备好的200斤大铁锤，把方总从船舱里推搡出来。

“方总，你弟弟来接你回家了。”司常亮恶毒地说。方总听后顿感喜从天降，他在狂风怒吼中跌跌撞撞地向前摸索。

一个大浪翻到甲板上，司常亮给小强比手势，示意他将拴有大铁锤的尼龙绳系在方总脚上，然后将其推到海里。小强不敢迟疑，马上行动。陈风瞅准时机，扑向司常亮，拉住了险些被推下海的方总。司常亮被这突如其来的变故吓到了，他举枪朝陈风和方总射击，被赶来的武警战士死死按住，小强见状转身跳入咆哮的大海里。又一个大浪掀到甲板上，陈风一手紧紧拉着方总，一手握住了船锚，二人在风中飘摇。陶滨涛和武鸣上前拉住陈风。“快救方总！”陈风在呼喊。

随着齐胜波的一声号令“收网”，大网被提到半空中，方总的脚上赫然拴着硕大的铁锤！一起被捞上来的，还有挣扎的小强。被解救的方总悲喜交集，体力和精力已经到了极限，他还来不及说出一个“谢”字便昏了过去，早已等候在旁的两名医护人员上前施救……

见沈小东和猴子两人向船舱跑来，司常亮心中暗喜，当见到他们身后的两名荷枪实弹的武警战士时，他心底最后一丝希望破灭了。

“给梁杰打电话，说钱已拿到，马上给他送去。”陈风对瑟瑟发抖的司常亮说道。司常亮哆哆嗦嗦地掏出手机，刘刚喝道：“你知道该怎么说吧，还用我教你吗？”司常亮点头如捣蒜，刘刚又补充道，“注意你的语气，轻松点，欢快点。”

司常亮拨通了梁杰的手机:“老大,钱已到手了!”

“啊?你在哪儿?”阴险的梁杰反问道。

“我在船上,钱给你送过去吧!”司常亮看了一眼陈风,继续说道。

“让沈小东接电话!”梁杰诡计多端,显然他并不信任司常亮。刘刚向沈小东递了个眼神,示意他接电话。

“小东,老大叫你听电话。”说完这句话,司常亮的脑袋立刻耷拉下来。

“喂,大哥!”沈小东试图保持镇定。

“怎么回事儿,小东,钱真到手了吗?”梁杰恶狠狠地质问沈小东。

“到手了,大哥,你在哪儿?”沈小东忙说。

“猴子和你一起去的呀?”梁杰试图能听出点什么动静。

“是,猴子,老大问你哪。”沈小东向猴子努努嘴,示意他吱个声。猴子见身边全是全副武装的武警战士便乖乖地说:“老大,什么时候来接我们啊?这环境真受够了!”

“好,等着别动!”梁杰说完挂了电话。

台风还在呼啸,梁杰喜忧参半,心中犯嘀咕:难道他们真拿到钱了?窗外怒吼的狂风令他愈加纠结。看着默不作声的李玉明,他又稍稍安下心来:“一会儿去接司常亮他们四个人。”

“行!不过这风力太大,不宜出门。”李玉明说完看向梁杰,见梁杰阴鸷的眼神,无奈地说道,“老大,我自己去就行了。”

梁杰见李玉明起身要走,脑海里闪过一个念头:司常亮这小子啥事儿都能干出来,况且他们手里还有把冲锋枪,伺机反了的话,这到手的鸭子岂不是飞了？不行，我得和他一起去！于是，他叫住李玉明，二人一起走出会馆。

海浪撕心裂肺地吼叫，伴着狂风肆虐，似要把一切吞噬般令人心惊肉跳。行驶在风中的车子，方向盘和刹车都失灵了，你不顺风走，风就要把你掀翻拖走；你顺着风走，风就能把你卷进海里。伴随着疾风的是滂沱的大雨，风雨交加，眼前一会儿是阴云密布，一会儿是豺狼虎豹迎面袭来，天边猛一张臂，漫天涌来奔腾万马，咆哮嘶鸣如雷。李玉明被吓得惊恐万分，身体不由得向后躲，可他无处可退。路面上，有的车横在路边，有的车被刮倒的树砸中，海边多处房屋坍塌……梁杰见状有些发怵，想回去却已无路可寻，不回去又是荆天棘地。

“玉明，这天气，司常亮他们几个在船上应该安全些吧。”梁杰说。

“说没风险，也可能是最大的风险！公安可不管啥天，他们时刻都在盯着我们。”李玉明的声音透着一股寒意。

梁杰像不认识李玉明一样，他细细地端详着眼前奋力与风雨抗衡的男人，呼出一口闷气：“现在怎么办？”面对台风，梁杰也束手无策！

“咱就这么慢行，踩刹车顺风去，别让人看出咱们是有意走就行。”李玉明不知道自己已走向深渊，走上了一条死亡之路，而这条路又这么难走。原本20分钟的车程，他们开了50分钟。

到了港口码头边上，李玉明掏出手机正想打给司常亮，一道闪电划破天空，将昏暗的天际照得通亮，梁杰借着闪电看到树下停着一排警车。

“完了，这帮小子被警察包围了！快走！”梁杰疯狂地吼道。李玉明一脚油门，谁知用力过猛，一阵飓风将五菱面包车掀翻在地……

武警官兵上前，把梁杰、司常亮犯罪团伙一齐押上警车。

阴云密布，狂风怒吼，划破天际的红蓝警灯亮起，如同永不熄灭的正义之光，终将驱散世间所有的黑暗。

蓝江惊天绑架案终于告破，“猎豹行动”顺利收网，犯罪分子将受到正义的审判和法律的制裁。

平安机场外，滨州省公安厅厅长林立言正在等待胜利归来的陈风和他的战友们。看到陈风的那一刻，林厅长激动地上前紧握他的手，说道：“好样的，陈风！好样的，小伙子们！”

“同志们，社会方方面面都在关注这起绑架案，大家的压力可想而知。专案组成员以高昂的士气和顽强的意志力，与歹徒搏击到最后一刻，彰显了滨州人民警察的拼搏精神和不懈努力。异地他乡，披星戴月，靠一股硬气，凭一腔正气，决战到最后。梁杰一伙歹徒的落网，不是偶然的，是必然的。人民感谢你们！”林厅长的一席话令众人激动万分，深受鼓舞。

天地间，光影里，始终能看到一个人，他使命在肩，浩然正气，坚韧生长。那又不仅仅是一个人，而是前赴后继的一群人。

第七章　跨越千里的追款

办公室里，刺耳的电话铃声骤然响起。

“陈风，到我办公室来，快！有急事！”滨州省公安厅副厅长邢玉斌急切地说。

“是！”陈风的回答一如既往干脆利落。

邢玉斌见到陈风，立刻迎上前，紧紧握住陈风的双手：“陈风，你在刑侦大队时解救企业家方浩宏的那个案子，干得漂亮。这回，经侦大队遇上了前所未有的大麻烦。”说完，邢玉斌看了一眼经侦大队的队长陆伟民。

“陈总队，这回经侦大队遇上了大案子。一伙香港歹徒又诈骗又绑架又杀人，我实在是难以驾驭这种大案子啊！这次的涉案金额高达3500万哪！真心需要您的支援。只是……”陆伟民欲言又止。

“只是什么？”陈风追问道。

“眼看就要过年了，要不要过完年再去？或者你在家坐镇指挥？”

“干我们这行的，哪有什么年节的，谁会把节日放在首位？隔空打拳，容易贻误战机。”陈风摆摆手，一脸认真地说。

“陈风，我知道你手里还有大案，可眼下这不是选不出人来了吗。这次任务紧，如果等到过完年再去，千金散尽，去哪里寻呀？”

邢玉斌用热切的眼神盯着陈风。

“有领导的助力，再加上同志们团结协作，相信我们能破案。但是，要快！”陈风语气坚定。

“听你这么说，我心里就有底气了。”邢玉斌长吁了一口气。陆伟民紧缩的眉头终于舒展开来。

白英星，山城巫溪人。改革开放初期，他在山城靠拆迁起家，赚到人生第一桶金。仗着兜里有钱，他在山城打家劫舍，谋财害命，无恶不作，自封“九天侠客”。1986年，他看准香港房地产生意，靠他在大陆赚到的钱，贿赂银行有关人员获得低息贷款，转而在香港注册公司，还在中英街沙头角买了别墅，并在深圳做起了房地产生意，一时间风生水起。可好景不长，1990年受世界经济危机影响，他的地产生意一夜之间成了泡沫，还欠下银行巨资，为躲避债务，他潜逃回老家巫溪。

“根据掌握的资料分析，嫌疑人白英星犯罪团伙从改革开放前沿深圳到全国各地，共诈骗了人民币8000多万元。其中黑龙江、内蒙古、广东、江西四省就有多家企业被骗，一夜之间，白英星把钱款转到200多个账户上又转走了。陈风，请你立即组成专案组，奔赴深圳。如果这笔钱要不回来，将会有多少企业因此倒闭，有多少工人因此流离失所甚至家破人亡！”邢玉斌向陈风简单介绍了白英星的犯罪情况。

“我会努力完成任务！”陈风做出表态。

“不是努力，是一定完成任务！距春节只有15天了，任务紧，压力大，但我相信你能克服困难，再难还有和毒贩子周旋难吗？需要经侦大队的配合吗？”邢玉斌进一步鼓舞士气。

“就用经侦大队的人，他们在业务方面更知道如何入手。”

“陆伟民，你和你的队伍必须完全服从陈风，一切行动听指挥。”邢玉斌对陆伟民和经侦大队下达命令。

“是，一切行动听指挥！”陆伟民向邢玉斌保证道。

事不宜迟，经商量，陈风成立了六人专案组。

“陈总队，这么庞大的犯罪组织，我们六个人是不是少了些？”陆伟民有些忧虑。

“我们过去是抓紧时间找线索，线索确定后，请当地公安机关和武警总队配合我们。”陈风解释道。

承载着期待，陈风、陆伟民带领专案组在北方严寒的早晨出发了。中午时分，一行人抵达深圳。

“同志们，风云紧急，我们没有时间休息。眼看过年了，犯罪嫌疑人还在逍遥法外，此刻，他们也许正花天酒地，也许正继续行骗。而被骗的企业正是最危难的时候。所以，我们一刻也不能等。现在分成三个组：一组，陆伟民带领薛杨，去深圳中国人民银行查找信息，跟着转账信息走，钱到哪儿，人就跟到哪儿，有了线索立刻冻结非法账户；二组，裴大勇带领王威，通过深圳通信公司查找白英星及和他有联系的人，启动卫星定位，锁定嫌疑人位置；三组，我带领朱骁，到深圳市公安局同香港警务处取得联系。晚上9点，我希望能听到同志们的好消息，行动吧！”

深圳，飞机刚一落地，陈风一行就被不同于北国风光的南国街景环绕，繁花似锦，争奇斗艳，高楼大厦，鳞次栉比。绕过大剧院，就看见矗立在蔡屋围二街上的中国人民银行深圳分行。

敞开式办公室的过道上，有人在窃窃私语，陆伟民和薛杨放慢了脚步。

“收盘形势不妙啊！”

“这地产板块暴跌完了，科技板块也一跌再跌啊！”

“是啊，这么玩，咱的钱可全打水漂了。”

“啥时候能有人救市啊？”

听见银行工作人员的议论，陆伟民和薛杨对视了一眼。

发现有陌生人经过，两人停止了交谈，并吐了一下舌头。

听见“当当当”的敲门声，等候多时的副行长杨乃波火速起身迎客：“欢迎两位！请坐！”

“杨行长，您好！”陆伟民边打招呼边将警官证掏出来亮给杨乃波看，“我们来自滨州，调查白英星在深圳各大银行的开户信息，请您配合。”

“好！我马上派人与您联络。之后请你们填写一份申请调查报告。”杨乃波看着风尘仆仆的二人，态度十分恭敬。他拨通了内线电话，“阿南，到我办公室来一趟。”

“杨行长，您有什么吩咐？”阿南看到屋内有两个陌生人，上前问道。

“你配合两位警官查清楚白英星在深圳各大银行的开户信息，并冻结其非法账户，但愿不会对深圳有什么大影响。立刻去办！”

“好！请跟我来。”阿南说道。

“谢谢杨行长，感谢您的配合！”薛杨上前握住了杨乃波的手。

“祝你们顺利！”杨乃波说道。

“深圳速度！”两人高兴地随阿南到了信息库。

阿南快速启动电脑，查询到白英星分别在深圳工商银行、广发银行、交通银行、汇丰银行、渣打银行等若干家银行都开了户。其中在工商银行存款300万，只停留半小时就转走了；在交通银行存款2000万，停留一天就转走了。这让陆伟民十分恼火。“薛杨，怎么办？陈总队说跟着每笔转账走，那还要增派警力。”

“给陈总队打个电话问问，我是想不出办法了。”陆伟民无奈地说道。

“陈总队，我这边遇到困难了。白英星开了200多个账户，继续查的话，还得增派人手啊！”陆伟民说出了面临的难题。

“伟民，咱们无人可派。记住，只要深圳银行账户上有钱，不管哪家银行，立刻冻结。好运的话，够3500万带回来就行了；不够，就顺着转账账户走。”陈风在电话中说明了方向。

“是！陈总队，真有你的，三言两语就说明白了！谢谢！”陆伟民很服气。

深圳市公安局，局长柳敏杰正在办公室里打电话：“请你代表我去参加ETR公司在深圳的投资发布会吧……”话音没落就听见敲门声，“请进！”

“啊，陈风大哥，说到就到，神速。说实话，一遇上难的案子，我第一时间就会想起你啊！”柳敏杰一见到陈风就迎上去，拉起他的手，像见到亲兄弟一样。

“柳局长，别来无恙啊！这是我的伙伴，朱骁。”朱骁听见陈风用“伙伴”一词介绍自己，心头一热，急忙上前敬礼。

“快坐下，这回来深圳能多待几日吧？”柳敏杰乐呵呵地说。

“实不相瞒，我手上接了个大案。滨州省被一个叫白英星的香港人在深圳骗了3500万，你得帮我想办法找找线索。”

“当当当！”随着敲门声，副局长刘思推门进来，他大大咧咧地径直进了屋。“局长，那个企业家朋友来电话说，务必请您亲自参加今天下午4点的投资发布会。您要不去，他会让市长亲自打电话请您，看来我是没资格代表喽。”大嗓门刘思直嚷嚷。

“眼下国内外一拨拨友人都来深圳投资，我们还能都去参加？把治安搞好是关键，为投资人建立一个优良的营商环境最重要。”柳敏杰严肃地说道。

“我们还要负责举办会议的皇家酒店的安保工作。听说这个投资人在深圳有重大项目投资，银行和证券机构都盯上了这笔款子，弄不好能救股市哪，港(厉害)得很！”刘思有些得意，转身看见了坐在沙发上的陈风和朱骁，见局长有客人，他低头说，“不好意思，这不是着急，怕局长不去参会嘛。”

“投资人叫啥名？具体什么项目？”柳敏杰问道。

“据说是投资有科技含量的项目，好像叫什么‘硒’之类的，我还给忘了。”刘思摸了摸脑袋，“公司总经理是深圳人，叫刘金标，董事长姓白。”听到这里，朱骁忙看向陈风，并欲起身，被陈风一把拉住。

“那个姓刘的经理是你的关系吧？”柳敏杰语气严厉。

“哪能呢？只是同姓，他和我一哥们认识，就这么和我论上了兄弟。”刘思战战兢兢地说。

“深圳是改革开放的前沿阵地，给我时刻牢记规定，如有违规，我是不会客气的。另外，这位白先生有什么背景值得政府这么信赖？”

“房地产起家，听说公司很有实力，看那派头就知道公司规模不小。”

“是这样啊！”柳敏杰站起身，“给你介绍一下，陈总队，我东北的大哥，我们都得向他好好学习，做事稳扎稳打，实事求是，思想敏锐，有大智慧。”

刘思立即上前，说道：“陈总队，今天是我莽撞了，打扰您和柳局的谈话。要的要的，以后多学习。”

“他啊，典型的山城人，性格火辣，做事果敢，很能干事，可就是缺少点智谋，但人很讲究可交。”柳敏杰说完拍拍刘思的肩膀。

“和柳局长搭班子一定很巴适，我是领教过的。柳局为人率真、通透，做事不含糊，曾经共事的那段日子很难忘！这回认识了刘局长，以后还请多多关照啊！”陈风上前和刘思握了握手。

“要的要的！”刘思说道。

“好了，下午4点我会到场。安保的事情你负责到底。准备去吧。”柳敏杰看了一下表，就向刘思摆摆手。

见刘思转身出去了，陈风凑上前，小声说道：“不瞒你说，这回涉及四省九市被骗的8000万，嫌犯就是一个叫白英星的人。他老家是山城巫溪的，会不会和今晚投资发布会上的白董事长有关？”

“哦，这下子可好了，眼瞅着要过年了，接下来还会有很多‘讨债公司’到来啊！哎，大哥，你这速度也太快了点吧？又弄个第一！”柳敏杰诙谐地说道，“抓紧时间在我办公室冲冲凉，换好衣服和我一起去参加这场投资发布会。我带上特勤大队，真是他的话跑不了，放心。”柳敏杰见陈风的衣服因舟车劳顿皱巴巴的，笑吟吟地递给他一件自己的衬衫。

“兄弟，真周到！有你在，啥事情都变得简单了！”陈风不客气地接过来一件品质不错的白衬衫。

柳敏杰又拿出一个微型耳麦递给陈风，陈风高兴地说道：“真有你的！”

雷霆出击挽回损失

皇家酒店宴会厅，灯火辉煌，巨大的屏幕中央，“ETR公司投资发布会”几个大字格外醒目。深圳市的金融界精英和政府官员到场不少人，纷纷和柳敏杰打了招呼。陈风和朱骁站在二楼回廊一个不起眼的角落，向会场望去，一目了然。

“朱骁，到前台看看白英星有没有在酒店登记。”

“是！”

下午4点整，舞台炫目的灯光亮起。深圳电视台著名主持人茵茵走上舞台。“各位贵宾，各位领导，新春的脚步悄然走近，同时向我们走来的还有ETR公司，它的到来一定会给我们的城市带来惊喜！现在，让我们隆重地欢迎ETR公司！”台下掌声响起。

“请ETR公司总经理刘金标上台讲话。”

刘金标大摇大摆地站在演讲台前，清了清嗓子，说道：“各位嘉宾，下午好！很高兴我们齐聚在充满生机和财富的深圳……今天，我们董事长白英星本来是要到场的，由于另有项目洽谈，特派他的助理，也是他的夫人伊娜前来！大家欢迎！”

众人的目光都投向了伊娜，白皙的脸庞，精致的五官，眼神里透着聪颖——这个女人不一般。伊娜落落大方地站在麦克风前，向四下望望以示友好。

“尊贵的各位来宾，1999年春天，我迈出校门，进入当时的金诺为房地产公司，至今已过去1500多个日日夜夜。其间，我有幸见证了金诺为一路的发展。不久前，金诺为向医药、能源、金融等行业进军，谋求多元化战略转型，在一群有志之士的共同努力下，以及具有战略眼光的领导的支持下，我们成立了ETR公司……”

“陈总队，白英星没有登记。”朱骁匆匆跑回来向陈风报告。

“知道了。”

“陈风，这个伊娜有没有可能是你们要找的人？”柳敏杰低头对着耳麦小声说道。

“完全有可能！再等等看！”陈风决定按兵不动。

“等啥？她是白英星的女人，抓了她，白英星还能坐住？”柳敏杰急切地催促。

“散会后跟踪她，看能不能顺藤摸瓜找到白英星。”

“嗯，有道理！”

酒会结束后，伊娜在安保人员的围绕下朝酒店客房走去。就在他们进入电梯之际，陈风向朱骁递了个眼色，两人随之也快速进了电梯。见刘金标按下18楼电梯键，朱骁按了21楼并走到电梯间最里侧。

“这场发布会开得漂亮，惊动了深圳各界人士，还引起了金融界的一场飓风！”刘金标扬扬得意地说道。

伊娜皱皱眉头，瞪了一眼刘金标，她把食指放在嘴唇中间，刘金标立刻噤若寒蝉。电梯来到18层，伊娜缓缓走出电梯门，吩咐道：“叫你的人都撤了吧。”

“听见了吧，都撤了吧。”刘金标大声地对安保人员说道。

朱骁在暗处观察，伊娜掏出门卡进了1815房间，并向跟在后面的保安挥了挥手。

“陈总队，眼下怎么办？”朱骁挠了挠头。

“今晚得蹲守，我和柳局长联系请求派人增援，你负责和他们轮岗，有什么情况马上告诉我。”

“是！”

夜幕降临，白英星在香港香格里拉饭店的豪华套房里来回踱着步，正百无聊赖时手机响起。“你那里怎么样？安全吗？”伊娜轻声地问。

“巴适得很！亲爱的，请放心！投资发布会效果怎么样？”白英星听到伊娜的声音有些兴奋。

“很理想，和你预期的一样，这颗烟幕弹放得好。酒会结束时，深圳工商银行、交通银行、广发银行都纷纷表示愿意给我们贷款，投资高科技项目。”伊娜因为高兴声音也变了调。

“亲爱的，你干得漂亮！说实话，我累了，从今往后，我希望别再逃了。另外，还有一件重要的事儿……”

“你说。”

“明天你一个人到各银行取款机上取款，记住要快！这件事我只相信你一个人。”白英星低声说。

“取多少？怎么那么急？”伊娜有些不解。

“能取多少就取多少！账上的大额款项现在还动不了，你知道我现在是两手空空，这眼瞅着要过年了，用钱的地方太多。听我的，取完钱，神不知鬼不觉地买张回香港的机票，我去机场接你。”一口气交代完，白英星开始咳嗽起来。

“你少抽些烟吧，行吗？”

“好的，亲爱的。”

“余下的事就交给我吧！”伊娜听完白英星说的话，开始盘算起来。

“宝贝，我等你！到任何时候都记得注意安全！千万注意安全！”白英星有些担心伊娜的安全问题。

“放心吧！等我的消息。”伊娜放下电话，拧开了酒店里的台灯，坐在写字台前，开始规划明天的行程。她先给酒店的票务中心打去电话，订了一张明晚4点30分去香港的机票；然后规划去20家银行的取款机取款，如果顺利的话，她应该能完成10万元的取款计划。从时间上看，还有一个小时富余。她看着便笺上的时间安排，很得意地抿嘴笑了笑，便起身将房间所有的灯关掉，准备休息。

“当当当——”

“谁？”伊娜警惕地问。

“是我，金标！”

“有事吗？”

“请你去吃个夜宵，我还请了市局副局长刘思。”

“金标，我累了，今晚想早点休息。明晚吧，明天白董回来，和他一起陪你们去消夜。”

“哦，老大明天回来呀？什么时候到？”

“刚刚通了电话，还表扬了你在发布会上的从容淡定。他明晚7点到深圳。好了，有事明天说。”伊娜眯起眼睛，眼神中透着狡诈。

“好吧，有事给我打电话。”刘金标听完乐呵呵地走了。

华灯初上，一条条街道变成了璀璨闪耀的银河。陈风和柳敏杰分开后匆匆回到住处。

“陈总队回来了！”陆伟民端着温茶迎上前。

陈风一仰脖将茶干了，急切地问道：“怎么样，同志们，有什么新发现，快说说。”

“我们今天到了中国人民银行深圳分行，没想到副行长杨乃波那么配合，真是深圳精神！”薛杨抑制不住兴奋，夸赞道。

“查到什么线索了吗？”

“陈总队，工作人员查到白英星在深圳开的200多个大大小小的账户，我们当时都崩溃了，要不是及时和您通话，真不知该怎么办。按您说的，我们找出来3500万账户立即冻结。可就在办理冻结手续时，还是让2000万转到了香港交通银行的账户上，其他钱款也遍布在190多个账户上。”

“哦！我们必须死死盯住这几笔款，再转到国外去就更麻烦了！我们一定要抢在嫌犯前头。”陈风声音洪亮，充满斗志，“还有什么？大勇，你那边怎么样？”

裴大勇有些低落：“也不全都是深圳精神，我和王威就没那么幸运。”

“快说说。”

“我们在深圳通信公司找到业务部经理费玉洁，和她说明来意后，她离我们很远，还捂着口鼻。她说，‘想启动卫星定位，等着吧，我还得逐级上报申请哪！’她让我们留下电话，说申请成功了会打电话通知我们。哎呀，看把她牛的，说个话还捂着鼻子和嘴。”裴大勇有些气愤。

“大勇，这里不比东北，天气温热，人容易出汗，再加上咱们一路奔波，这身上能没有点异味吗？抓紧时间去夜市给兄弟们买两件普通的T恤衫换洗。大勇，你明天再去问问，如果还是不行，找总经理直接谈。”陈风心思细腻，安排周到。

这时，陈风的电话响了。

“陈总队，刚才我看见刘思刘局了，他说‘收队’，不是指我们吧？”朱骁急切地问。

“他看见你了吗？”

“好像……应该没看见！”

“好！你是和特勤大队在执行任务。听我命令，你们不能撤，今晚到明早最关键，凌晨1点我去换你。”

“是！”

“同志们，我们的小伙子们在一线蹲守，嫌疑人还在逍遥法外，远在家乡的被骗企业也在热切期盼我们凯旋。怎么办？以一当十，抓紧一切时间与嫌犯赛跑。大勇，明天一定想方设法启动卫星定位系统，锁定白英星的位置。伟民，薛杨，继续盯死在深圳冻结的银行款项。同志们，散会。”

午夜时分，刘思快步上了自己的警车。他关闭了闪烁的红蓝警灯，拿出手机打给刘金标：“你那边怎么样？我刚才看见一个外省的警察和特勤大队的人在一起，今晚有行动！”

“啊？怎么回事？和我们有关？谢谢老弟，及时雨啊！我马上告诉伊娜转移。”刘金标慌了神。

“转什么移转移？不要乱走动就是了。稳住！”刘思因不悦声音微微变调。

“好好，服从领导安排。”撂下电话，刘金标就给伊娜打去电话。“您所拨打的电话已关机。”他马上又拨通伊娜房间的座机，“嘟嘟”两声就挂掉了。刘金标心中一直嘀咕：奇了怪了，这人怎么回事？唉，至少到明天早上，她应该是安全的！大半夜的，不管她了，睡觉。

清晨5点，伊娜洗漱完毕，换了一套运动装就向东湖公园跑去。天微微放了亮，路上不见行人。她跑了一会儿，看见道边的工商银行自动取款机便靠了过去。见四周没人，迅速将早已准备好的银行卡插进取款机，可一次最多只能取5000元。没办法，她将取出的纸币放在手提拎兜里，又开始向前跑。跑了一段，看见不远处的交通银行取款机，她赶紧跑了过去，找出交通银行卡插进取款机，只听取款机里发出“唰唰”的点钞声音，她沉浸在等待的焦急和兴奋之中……待取款机盒盖掀开，她的手也随之抬起，正要拿钱，身边突然出现了一群警察。惊恐中，伊娜顾不上将提款机里的钱和银行卡片取出来，拔腿就跑。

“站住，警察！”陈风和朱骁上前一把将伊娜摁住，给她戴上了手铐，押上了警车。

“白董，夫人今早在自动提款机取款时，被警方抓住了……”刘思知道消息后立刻给白英星通风报信。

“什么？你是干什么吃的？啊？”白英星听到这个消息几乎癫狂了，他从床上一跃而起，大声地吼叫，不听刘思解释就开始痛骂，“刘思，我可没少给你钱吧？让你看住你嫂子，怎么这点事你都办不好？还什么公安局副局长？养你们这些人有什么用？如果找不到伊娜，我直接要了你的哈老壳（脑袋）。”白英星凶相毕露，怒吼道，“一刻也不能等，千方百计也要把伊娜给我抢回来！刘思，警方抓伊娜，一定是为了引我现身，应该不会把她带到局里，你说他们能把人关在什么地方？”

“据我观察，长亭湖那一带民宿多，是个闹中取静的地方，以往也在那里暂时关押过犯人。”刘思分析道。

“你小子再跟我扯把子（指说话不靠谱），小心你的哈老壳。”白英星怒火中烧。

“大哥，莫恁个，我的哈老壳脆脆的，给我个机会嘛，指定给你弄把握了。”刘思低三下四地说道。

挂断电话，白英星心急如焚，左思右想，还是不放心，便给香港当地黑帮老大叶子豪打去电话。

“哦，九天侠客啊，怎么有空打电话？”

“不跟你绕弯子了，你嫂子在深圳让公安给抓了！我出重金，请你速派人去深圳给我抢回来……”

“啊，你九天侠客也能遇险？行，兄弟一场，我派四个人去，个个身怀绝技，怎么样？你先给他们每人发10万块，即刻出发。”叶子豪一点儿不含糊。

“好，我高息在你那贷款50万，你直接发给他们，另外10万做费用。”白英星为救自己心爱的女人不惜重金。

“兄弟一场，你的信用就是一句话的事，君子一言，驷马难追。”叶子豪边说边向弟弟叶子军和手下挥挥手，“把白董夫人给我抢回来，必有重赏！即刻出发！”

裴大勇再次走访通信公司，终于得到了费玉洁的支持。

“小伙子，脸洗干净了，漂亮得很嘛，瞧你之前蓬头垢面的，浑身还散发着一股怪味。有对象了吗？”她边调侃边把申请启动卫星定位的批复递给裴大勇。

“谢谢领导的支持和鼓励，我有对象了。”裴大勇着急把好消息告诉陈风，便信口胡诌自己有对象。

“东北小伙子，模样真不错！”费玉洁上前拍拍裴大勇的肩膀。

裴大勇挥挥手，诚恳地说道：“谢谢费总！”说完急忙转身下楼去了。

“陈总队，深信通信公司领导支持启动卫星定位，并且确定了白英星在香港香格里拉饭店。”裴大勇把这个消息报告给陈风。

“好！”

“这也太快了吧？”陆伟民惊喜中有些疑惑。

“伟民，你再确定一下深圳冻结资金的情况。”陈风安排道。

“陈总队，白英星在深圳冻结资金1500万。”

“同志们，伊娜被我们控制了，白英星决不会善罢甘休，接下来有一场恶战要打！我们既要利用伊娜引蛇出洞，又要追到香港冻结的部分巨款。”陈风语气激昂，提振了士气。

“伊娜关在什么地方？可靠吗？”陆伟民有些担心。

“放心，已关押在绝密地点，只等白英星到来。”陈风胸有成竹地说。

说话间，陈风的电话响起。“陈总队，我刘思啊，需要我配合吗？我随叫随到。另外，我有地方把伊娜藏好，怎么样？”刘思提到了伊娜。

“谢谢老弟！需要时我会联系你。”陈风朝陆伟民努努嘴，示意他有人在关注伊娜。

“好，有事尽管吩咐。”刘思听到陈风不紧不慢的回复，也不好再多问，便挂断电话。

深夜，阵阵警笛长鸣，撕开了夜空的寂静。一伙黑衣人隐蔽在深圳长亭湖附近，摆明了是来抢人的。当他们深夜造访落空时，领头的叶子军发出气愤的吼叫，引起了警方的注意。凌晨，这伙白英星请来的亡命之徒龟缩在一间民宿里，等待他们的线人下达最后指令。

陈风一夜没睡，他和特警们尾随在四个黑衣人身后，企图将他们一网打尽，可是一旦行动，只会刺激白英星加速转款，岂不是加重损失？他拿起电话打给柳敏杰：“关于伊娜，决不能走漏半点风声，我只信任你。”

柳敏杰看了一眼床头柜上的表，叹息道：“老兄，才凌晨3点哪！你这又是一夜没睡？好，你尽管放心，有人已经打听多次了，这个我有数。看来有人要吃苦头喽。”

陈风明白这句“有人要吃苦头喽”的意思。“有兄弟帮助真好！”陈风由衷地说道，然后转身对陆伟民说，“你和薛杨在这里盯死这1500万。其他人和我一起去香港速速追回2000万，我们必须得到香港警方的理解与支持，锁定嫌疑人白英星，这将是一场决战！”

到了香港，经过一番沟通，陈风终于取得香港警方的理解。在香港警方的努力配合下，交通银行冻结了白英星账户里的人民币1900万元。

在公安部和香港警方的举荐下，国际刑警组织指派陈风为代表，率队追捕白英星。白英星在香港听说大陆警方要抓他，闻风丧胆，如惊弓之鸟，马上雇了20个保镖，还买了一辆豪华面包车。当他得知国际刑警也在追查他的消息后，火速从香港跑到泰国，在清迈与国际刑警组织擦肩而过。接着，白英星潜逃到美国，从此警方失去了白英星的踪迹。

通过香港高级督察党平安的帮助，陈风找到了白英星窝藏在香港的100万元赃款。党平安在维多利亚港口将这百万钱款送过岸，紧接着，香港警方把所有款项汇回大陆。在众多遭遇诈骗的单位企业中，只有滨州警察陈风和他的专案组在香港追回了赃款。

在香港警务大会上，党平安对这一季度的案子做出总结。当他提到近期和大陆警察联合办案时，说道：“你们没见过大陆警察陈风吧，为讨回赃款，那真是玩命。他不吃不喝不睡，想尽一切办法也要追回钱款，我们这些人是扛不住的。他的品行和精神，我这辈子都忘不了。”

2003年1月31日，中国人的大年。

滨州省公安厅副厅长邢玉斌站在雪城平安国际机场出口，像等待亲人一样等待他的战友们归来。

远处，传来爆竹声声，那是迎接将士凯旋的礼炮。

中午时分，陈风带领专案组全体成员走出机场，邢玉斌迎上去，他深情地和陈风拥抱。

“专案组向您报告，3500万全部追缴回来！伊娜已被香港警署批捕，遗憾的是让白英星那小子跑了！这次千里追捕，再一次证明我们队伍中的每个人都是好样的。”陈风既惋惜又兴奋地说。

“我已听说了你们一路的艰苦追凶，能追回钱来已经非常不容易了！”邢玉斌望着陆伟民和他身后的年轻警察们，眼神中满是赞许。

邢玉斌亲切地上前和众人握手，说道：“走，回家过年去！”

第八章　“东方号”降落15分钟前

一辆警车在路上风驰电掣，朝平安机场驶去。

陈风坐在警车上，向雪城禁毒支队队长范玉东和民航公安局禁毒支队队长夏宇分别喊话：“从公安部获悉，目前，有三伙毒贩子从缅甸入境，有两伙分别前往广州、重庆，还有一伙先到西双版纳，又从西双版纳到昆明，然后从昆明乘飞机到雪城。此刻，国航‘东方号’已飞至滨州省领空，飞机将在15分钟后降落在平安机场，请范队立即赶往机场待命。夏队，请你马上将我的电话接通‘东方号’机长和乘务组组长，然后待命。”

“陈总队，我是‘东方号’乘务组组长薄红梅，请讲！”

“薄组长，我是陈风。有两名毒贩从西双版纳上飞机，到现在已经八个半小时了。请你观察一下，飞机上是否有行李简便，不吃不喝，萎靡不振，鬼鬼祟祟，四处打探的人。”陈风的声音平静却有力量。

“男性吗？”薄红梅急切地问。

“按照我说的四点一一对照，仔细查。你能行！”陈风鼓励道。

薄红梅边听边点头：“好的，我确认以后告诉您。”

“薄组长，我相信你能不露声色地把这件事做好。”陈风坚定地说。

机舱的灯光亮起。空姐夏梦在过道中穿梭，“请将小桌板收起！”“请将座椅靠背调直！”薄红梅在夏梦身后不远处跟着，她记住了陈风说的毒贩子的特征。她美丽的杏仁眼由于高度紧张，瞪得大大的，此时她像一个侦探，唯恐遗漏一个可疑之人。当有人投来目光时，她下意识地觉得自己的眼神不够温和，容易引起怀疑。再往前走就是机舱安全口了，抬眼望去，薄红梅的心提到了嗓子眼，20排A座靠窗口的那个男人自上了飞机后一直不吃不喝，眼睛始终半闭着，浑身充满疲倦，应该就是他！见薄红梅走近，那人突然睁开了眼睛，还鬼鬼祟祟地左右看看，见没什么异常又半闭上眼睛。薄红梅暗想：这人肯定是陈总队要找的人，陈总队真有智慧啊，他怎么归纳得那么准？让我一眼就能识别出。薄红梅看这人右侧是一男一女，女人靠在男人的肩膀上，明显是一对恋人，应该不是她要找的人。

薄红梅继续往前走，左前方24排C座的一个男子，头发干枯蓬乱，穿着一身新西装，耷拉个脑袋，没精打采的，自登机后也是不吃不喝，一动不动。这人也全符合！薄红梅一边往回走，一边不忘检查上方的行李架。到了机舱前排，她迅速拉上门帘，躲进小舱室给陈风打去了电话。

“按您说的对号入座，真找到了两个可疑人。一个叫阿敏，一个叫赵亮。还需要我做什么？”薄红梅面色通红，急切地说。

“红梅，你做得很好！接下来，你只要不动声色，一切正常就好。”陈风肯定了薄红梅，并给她送去信心。

飞机在雪城上空盘旋了几圈，慢慢滑行降落。

“女士们，先生们，本次航班将在北京时间下午4点45分钟降落在雪城平安国际机场……”

乘客陆续走出机舱，通过狭长的廊桥，雪城禁毒支队队长范玉东站在转角处，他看着过往的行人，心中嘀咕：只说两名毒贩子，既不知道性别，也不知道年龄，连穿着打扮也一无所知，这茫茫人海上哪儿去找？关键是时间又这么紧，短短十来分钟如何锁定毒贩子？不远处，民航公安局禁毒支队队长夏宇正向范玉东走来，范玉东说道：“这么短时间上哪儿找毒贩子？陈总队这次恐怕也无能为力啊！”

“一个字，难！两个字，太难！”夏宇话音未落就听见对讲机传来消息。

“各小组注意，各小组注意，已锁定两名毒贩，大家立即就位。”陈风正在实施布控。范玉东和夏宇听到陈风的声音，既惊又喜。“真有你的呀，陈总队！”“行动吧！”两人对视了一眼，给彼此鼓劲儿。

民航公安局禁毒警蔡晓新和巴毅根据陈风提供的信息，一前一后尾随着毒贩阿敏。另一个毒贩子赵亮脸色青紫，他看了一眼雪城的蓝天白云，长出一口气：“总算到了！”他穿着一套不大合体的新西装，腋下还夹个黑色小包，拖着疲惫的步伐，向机场出口走去，浑然不知自己已被范玉东和禁毒警鲍军盯上了。快到机场出口时，赵亮回头望了一眼，他见阿敏不远不近地跟着自己，就大步流星地走出机场。

站在机场出口不远处的夏宇，眼见毒贩赵亮向自己走来，他马上用对讲机低声问陈风：“嫌疑人已露面，抓吗？”

“等一等!”陈风坐在一辆出租车里观察着周围动静。他看见不远处有一辆车牌号为黑B00788的黑色奔驰车在出口处等人，那司机一只脚点地，另一只脚在车上，下去上来，不时地向出口张望。听见机场交警提示“即刻就走”，他无奈只得将车驶下环道，转了两圈，这一行为引起了陈风的警觉。这时，有一辆黑B00988的黑色奔驰车在缓缓地前行，到了环路口突然加速跑了。一会儿工夫，这辆车又上了接送机道，因车行缓慢，几乎没有人注意到。陈风凭借车牌号认定他们是同伙。

“全体注意了，跟踪毒贩子！同时跟踪黑B00788和黑B00988两辆黑色奔驰车。”陈风对自己的判断十分有把握。

“陈总队，把他俩抓了，大功告成。”范玉东在对讲机中说。

“陈总队，非整大了不可呀？赶紧抓完算了，咱可担不起这么大责任。”夏宇也有些担心。

“按我说的行动！”陈风的语气不容反驳。

赵亮着急忙慌地走出机场，站在道边张望。他从左衣兜中取出一副黑色墨镜戴上了，黑B00788迅速启动向他驶来。赵亮快速摘下眼镜，一屁股钻进奔驰车里迅速关上车门。阿敏见赵亮上了车，忙不迭地跑过来，也钻进了奔驰车里。车门刚关上，司机就启动了车。

“范玉东，跟上黑B00788黑色奔驰，给我盯紧！”陈风眼见两个毒贩子上了车，发出指令。

“陈总队，我们集合的地点？”范玉东有些没底。

“毒贩子在哪儿，我们就在哪儿集合！”陈风斩钉截铁地说。

黑B00988很狡猾，司机在车里观望了一阵后，突然启动，快速驶出机场，咆哮着向机场收费站驶去，与等候在那里的黑B00788

会合。

鲍军开着车不远不近地跟着黑B00788，见黑B00788驶入黎明大道，忙说："范队，这小子要上松花江公路大桥啊！"这时，对讲机里传来陈风沉稳的声音："范队，在松花江大桥桥头有人接应你俩，千万不能麻痹大意，继续盯死黑B00788。"

"是，陈总队！"

早已等候在桥头的吴红旗见到黑B00788，马上启动丰田吉普车跟了上去。

陈风通过交警大队迅速查到黑B00788和黑B00988两台车是齐齐哈尔人时光信名下的。他看着这两台车，想到这伙罪恶滔天的毒贩子，手里的拳头握得更紧了。

司机小原示意陈风："陈总队，上桥路段拥挤，要换车现在是最佳时机。"陈风迅速上了现代吉普车，和杨继隆、李玉军、孙晨三名警察会合后一路向前。在车上，他迅速部署接下来的行动和抓捕方案。

黑B00988跟着黑B00788开到光明屯二胖渔村门前停下，从车上走下来两个无精打采又满脸惊恐的男子。早已等候在此的齐刚和小力迎上来，说道："兄弟，一路辛苦了！"

"那可不是辛苦了，简直是在刀尖上走了一遭。"阿敏不耐烦地小声嘀咕着。

"好了好了，这不是到了嘛！"小力说完拉开门，"请！"

陈风让杨继隆把车停在50米开外处待命，他准备一个人进入二胖渔村。"陈总队，当心啊！"杨继隆关切地说。

陈风环顾四周后下达了命令:“一组，范队，派四名警察进二胖渔村佯装吃饭，观察那两名毒贩子的动向，重点是看看有什么人接应他们。其他人做好战斗准备，随时可能有动静。二组，杨继隆，将车开到二胖渔村后院。小原，把车停靠在二胖渔村房头道边。”部署完一切，陈风径直穿过二胖渔村，迅速查看地形。

时间回到今天上午。滨州省公安厅副厅长李玉凡在接到公安部的命令后，迅速组织禁毒总队开会。“同志们，我们遇到了一场前所未有的硬仗。这伙毒贩子没有任何信息，难度确实太大了。”当得知20分钟后有一架“东方号”从昆明飞往雪城时，李玉凡马上做出部署:“立刻锁定这架飞机！陈风，这伙歹徒从西双版纳到昆明，又登上了来雪城的飞机，一路上的安检都能通过，一定有非常手段。”

“长途跋涉，携带毒品，能过这么多重安检，肯定是把毒品藏在肚子里了，只有腹中携带才最安全。”陈风果断地说。

“肚子里藏毒品？能走这么长时间？不可能吧？”封大江有些疑惑。

“陈风，时间紧急，你一定要把两名毒贩子带回来。”李玉凡一抬手，“没时间了，马上行动！注意安全！”

从二胖渔村后院走出来一个矮胖男子，他的眼神透露出狡猾和老练，眼球转动间闪过几缕诡异的光，此人正是时光信。他手中拎着一个方形塑料桶，桶里装着透明液体。他经过渔村大厅，走进了里边的单间。他身后跟着小力和齐刚，两人左顾右盼，眼神透着紧张。见时光信进了单间，小力便到渔村的鱼池旁佯装看鱼，不时地将装鱼的水桶拎起又放下。见周围没人注意他，便拎起水桶向单间走去。齐刚站在道边东张西望，似乎在望风。

天色渐渐暗下来，二胖渔村门前灯火通明，车水马龙，能看出这家店生意红火。

“去老鱼头家吃铁锅炖鱼！”一个农民工模样的人高声喊道。

“还是去二胖渔村吧，他家那穿丁子小鱼炸得贼香，再来碗鲫鱼汤，别提多得了！”另一个人接茬说。

“嗯哪，听你的，就去二胖家吧。”四个人朝二胖渔村走来。

站在道边的齐刚听见了他们的对话，心想，这农民工伙食不赖啊！时老板，亏你想得出来，找个农民工都来吃饭的地方，指定安全！他转身走进渔村，进了单间。

单间里，火炕中间的一口大锅里正炖着一条大鱼，从锅盖边缘冒出的热气香飘四溢，让人垂涎三尺。

时光信从塑料桶中倒出两杯生理盐水，分别递给脸色青紫、大口喘着粗气的阿敏和赵亮，说：“快喝了吧，喝完排出来就没事了！”

阿敏和赵亮接过盐水，一饮而尽。

“哎呀，憋死我了！老板，赶快把余款50万打到我账上，这一路差点要命啊！”阿敏上气不接下气地说道。

“是啊，老板，把我的钱也打给我，这出生入死的，容易吗？”赵亮声音嘶哑。

“兄弟们，九九八十一难都走过来了，不容易啊！钱，我已经让他们分别给你们每人先打过去了30万，等你们安全离开这里就结账。”时光信说完露出凶狠的眼神。

“不对呀，老板，上飞机前你就说打30万，等见面时余款就结清啊！”阿敏急了。

赵亮心里清楚，飞机起飞前，他的电话响了，因为是陌生号，他立即挂断了。他马上给弟弟打电话问：“钱到账了吗？”弟弟说：“我让小虎拿枪顶着那个阿金，她才肯在漯河工商银行转了30万，我直接分给小虎10万，让他走人！”

飞机即将起飞，赵亮的电话铃声惊动了空姐，空姐闻声向赵亮走来，他急忙挂断电话。紧接着电话又响起，他无奈地接起电话。“兄弟啊，款已转完，30万。老板信任你，多给你10万，你可要替老板盯住阿敏，事成后老板再奖赏你10万。记住了，条件是不出意外。”对方不等赵亮说话就挂断了电话，在空姐的催促下，赵亮关了手机。

阿敏是赵亮在道上多年的朋友，两人没事从不见面。这回是赵亮找到了阿敏。“兄弟，有桩大买卖你做不做？”

“啥买卖？”

“我有个道上的大哥，在一个大公司老板手下干。近期有桩买卖，就是送货，货送到后，80万到手走人，怎么样？”赵亮说道。

“送啥货这么挣钱？该不会是毒品吧？掉脑袋的事儿，再挣钱也不干！”阿敏表明了态度。

“你小子不识抬举，两天赚80万，你不赚？好，我找别人，你可别后悔。”赵亮气呼呼地转身就要走。

“等等，咋还长脾气了呢？咋给预付款？”阿敏连忙问。

“先说干还是不干，问那么多有啥用？”赵亮不耐烦地说。

“预付款打过来我就干！”阿敏坚决地说。

“好，一言为定！”赵亮给一个叫杨典的人打去电话，“杨典，你要找的人我可安排好了，啥时候走？”

“把人给我带来，我得先看看再说。”杨典没好气地说道，此时他正和阿金缠绵呢。

“你在哪儿？我马上到！”赵亮好不容易说动了阿敏，怕阿敏一会儿又变卦了。

“昆仑酒店504房间。”杨典说完便挂了电话。

“咋样，我办事，你放心，我哥们在等咱俩。”赵亮说完拽着阿敏就往外走。

“要不是我爸得了癌症，我从广西这么远来一趟不容易，真不想和你去。”阿敏不情愿地说。

“白肉了（别磨叽了）！”赵亮一着急，河南话脱口而出。

“得了，快走吧！”阿敏又反过来催赵亮。

“当当当！”昆仑酒店504房间传来了急促的敲门声。

“早不来晚不来，偏偏这时候来？耽误爷的好事！”杨典放开怀里的阿金，“看我一会儿怎么收拾你！”

赵亮走进客房，见杨典摆出大老板的派头，心生厌恶。

“你们俩决定了？决定了我就把订金打过去。”杨典上下打量着阿敏，心想，就他了，赶紧交差，先拿他俩每人10万块再说。他把阿金叫了出来，安排道，“订两张明天去西双版纳的机票，再给他俩打订金。你俩回去准备吧。”说完就下了逐客令。

“打多少订金呀？”阿敏担心地问了一句。

“让赵亮和你说，他能代表我。”杨典已经十分不耐烦。

“好说。订票吧！”赵亮对阿金说道。

“必须说好总共多少钱，订金多少钱，几次付完！否则订票没用。”阿敏语气坚定，毫不退让。

“总共80万。你说怎么付款？”杨典无可奈何地瞪着阿敏。

“第一次打50万，货送到后，余款30万一次性付清。”阿敏斩钉截铁地说。

“现在就打，行了吧？把卡号告诉阿金。”杨典也没办法。

阿敏马上说了个建设银行卡卡号。

“你最好换个银行，建行打款和提款都麻烦。”杨典提醒道。

“也是。”阿敏赶紧给弟弟打电话要来其他银行的卡号。

杨典一扬手，催道：“好了好了，我得休息了。”阿敏见状无奈地跟赵亮退出了房间。

“赶快打订金，不打钱，我不可能跟你走。”阿敏再一次表明了态度。

“你是非把这桩买卖弄黄了不可呀？别说我还跟你去，就是不去，你也犯不着这么不信任人哪？”赵亮也急了。

“打住，你去不去，我都是这个条件。”阿敏说完挥手打车，见一辆出租车停下，拉开车门就要上车，被赵亮拦下了。

“师傅，抱歉，你先走吧。”赵亮朝出租车师傅作揖。

“有病。”司机见两人拉拉扯扯骂道。

“阿敏，这就去打款，行了吧？”赵亮千方百计要留下阿敏。

赵亮拿起电话给杨典拨了过去，讲了一大堆利害关系，最后说道：“大家都有利的事，别瞎折腾误了大事！”

杨典想想确实是这么一回事，终于吐口：“告诉我卡号，这就打！”他又对阿金说道，“往这个招商卡汇30万。赵亮嘛，汇20万。”

阿金斜眼看着杨典，问道："想好了？"她下了楼，走出昆仑酒店，上了道边等她的车，车向招商银行驶去。

阿敏弟弟给他打来电话："哥，招商卡上进来30万！"

"咋回事？说好50万啊？"阿敏瞪向赵亮。

"来，你直接和阿金说。"赵亮说完拨通了阿金的电话。

"款已打过去了，查收吧！"阿金不慌不忙地说。

"不对呀，只转了30万？"阿敏追问道。

"老弟啊，银行不是咱家开的，做了半天工作才转过去这些啊！我这半个月都没有现金额度了呀！要不你别去了，换别人吧！"说完阿金就把电话挂断了。

阿敏觉得阿金说的话似乎有道理，他犹豫再三，说道："赵亮，跟你说实话，不是为了给我爸挣救命钱，我是不会卷进你这桩生意的。这回好了，我的身家性命都押给你了！不过，你记住了，到了以后拿不到钱，我弟弟饶不了你，小心你的狗命！"阿敏声音不大却威慑力十足。

"一言为定！到了以后拿不到全款，你就找我说话。"赵亮信誓旦旦地说道。

天色已晚，范玉东和鲍军经过再三核实，向陈风汇报了确切信息："二胖渔村里间，共六人。其中有下飞机的两名毒贩子，老板一人，医务人员一人，两个保镖，他们一定携带了枪支。另外，黑B00788和黑B00988两个司机还在车上，总共八人。"

"继续监视！"陈风听着范玉东介绍的情况，走进了二胖渔村隔壁的莲花渔村。老板徐山子见是陈风来了，忙起身招呼："陈总队，需要我帮忙吗？”

“借里面单间用用。”陈风向正对着二胖渔村的单间瞄了一眼。

“用纱帘吗？”

“不用，不开灯就行。”陈风示意徐山子不用跟进来。徐山子知道陈风公务在身，便不再多言。

“杨继隆，孙晨，李玉军，将车慢慢开到黑B00988车后20米处待命。”陈风说道。

杨继隆从陈风低沉的声音中预感到战斗即将打响，他下意识地环视四周，把枪从腰间拔出，李玉军和孙晨见状也做好了准备。

“一会儿行动，李玉军，你先制伏黑B00988司机；孙晨进入黑B00788车内将司机按住。”杨继隆小声说。

车内安静得只能听到他们轻微的呼吸声。

“服务员，再来个拍黄瓜吧！”范玉东喊来服务员。

“来了——哎，你们几个啊，满桌菜都抵不上人家一条大江鱼呀！还喝这二两半的‘小鳖犊子’。”服务员调侃道。

“咋的呀，妹子，嫌弃咱农民工钱少呀？等哥挣了大钱，咱来它两条大江鱼，你信不信？吃一条扔一条！”鲍军笑嘻嘻地说道。

“你就吹吧，这牛让你吹的呀。小妹妹，你可别当真，这家伙见了骆驼不说牛。”吴红旗活跃着气氛。

几个人说说笑笑，直逗得服务员前仰后合。忽听里间门“吱嘎”一声，小原忙站起身向在座的人使了一个眼色。一个保镖走了出来，小原佯装上厕所，马上跟了上去。

“农民大哥们，咱老板也是农村出来的，他特意给你们炒了盘花生米，还送了四瓶啤酒，慢慢喝啊。”服务员说完微笑着走了。

一杯生理盐水下肚，赵亮的肚子咕咕直叫，他抓耳挠腮，不知所措。阿敏还在坚持和时光信讨价还价。时光信心想：不能小看这个广西人，这关键时候一点儿岔子都不能出。他的脸色阴森森的，说道：“你们俩都在屋里干啥？”说完瞪向保镖齐刚。齐刚灰溜溜地边拉窗帘边往外走，时光信猛地把窗帘又拉开，“有鬼啊！拉什么窗帘？”

“对不起，老板！对不起！”齐刚战战兢兢，推门向外走去。

齐刚出去后，时光信突然像变了个人，他态度温和，笑容可掬地说道：“阿敏，你要的不多，大哥我能没数吗？我总共是要给你们每人100万的！那我还剩200万呢，是不是？不亏。好，我让财务分别给你们打款，能打多少就打多少，行吧？”

“这么说还差不多。赶快打！”阿敏嘴上不依不饶，但心里暗喜。

时光信装模作样地打通了公司副总小姚的电话：“小姚，你亲自和财务上银行去打一笔款子，每个账户打70万。尽量打，实在不行，我直接找银行行长说。”

“老板，杨典那面已经打过了呀！”

“你不要指望他，你去银行打过来就是了。”

听了时光信的安排，阿敏和赵亮似乎平静了许多，两人只管大口喝着生理盐水。

扫黑行动

时光信，河南漯河人，22岁时曾夺得全运会男子举重75公斤级比赛的冠军。

改革开放初期，时光信在火车上认识了一个叫曲自利的东北人。曲自利见旁边的时光信一脸愁容，说："愁啥？咱北京有关系！我表哥魏起星，你知道是干什么的吗？大官！有多少人想找他，要能弄个批文啥的，咱就发大财了。"

"哦，好啊，那咱们去北京吧，有这样的表哥做后盾，咱还不赚个盆满钵满！我说，大哥，来回路费和住宿费我全出，咋样？"时光信讨好地说道。

"行啊，你小子，有眼光，有格局。"曲自利见时光信上钩了，高兴地说。

"啥格不格局，俺不懂！俺就知道挣钱要紧！"时光信以为自己遇上了大官，心里高兴得乐开了花。两人直接买了进京的火车票，下了火车直接住进了京西宾馆。其实，曲自利连去北京的车票钱都没有，哪承想时光信一忽悠就中计了。"天无绝人之路啊！我曲自利在北京说不定也能混出个名堂，看谁还敢小瞧我。"

京西宾馆前台，服务员见曲自利和时光信两人并肩向外走去，忙喊道："两位出去呀？你们该交费了！"

"这才几天啊，又该交费了？"曲自利嘟囔着，偷瞄时光信的反应。

“你以为几天？咱们来了快一周了。”时光信小声说。

“放心，再宽限我两天，我全结！以后押给你们一张支票，行吧？”曲自利摆出一副无所谓的样子。

“老板住了5天，总共1580元。”服务员拿出收据，殷勤地说。

看着一脸尴尬的曲自利，时光信上前打圆场：“欠谁也不能欠宾馆费用！来，把欠的费用先结了，再押1000元！”

“两位老板，收好收据！”服务员笑吟吟地递上收据。

两人走出京西宾馆，不远处就是钓鱼台国宾馆。

“哎呀，我表哥的车！”曲自利见四周没人，大声说道。时光信被曲自利这突如其来的叫声惊呆了。他循声望去，只见钓鱼台国宾馆门前站着一个迎宾员，一手拉着车门，一手挡着车顶，一个身穿西装的男子下了黑色奔驰车，大步流星地朝钓鱼台国宾馆内走去。身边一个秘书模样的人拎着个黑色皮包，紧跟其后。

曲自利兴奋地说：“走，今天咱们改善改善伙食，我请！”

“依我看，咱们就应该在这儿等，表哥总得出来吧？”时光信希望能早点见到表哥。

“老弟，就这两天吧，表哥他得来接我。你想，他给我批文，我给他钱，他没我咋挣钱？”曲自利信心十足地说。

时光信听他这么一说，似乎有道理。“好吧，依你，就再等两天！”时光信既无奈又充满希望。两人进了王府酒家，曲自利拿过菜单，不由分说点了清蒸鳜鱼，葱油鲍鱼，清炒虾仁，卤水拼盘，外加一瓶日本清酒。两人吃饱喝足，曲自利起身说道：“我去一趟洗手间。”

这时，服务员来到桌前，客气地说道：“先生，请这边结账。”

时光信望着服务员，问道：“多少钱啊？”

“到前台才能知道。”

时光信想，曲自利不是说他很有钱吗？让他结。可等了半天就是不见他出来。服务员也不离开，仍十分客气地催促道：“先生，请您到前台结账吧！”

时光信心里骂道：“曲自利，你他妈什么玩意，口口声声说自己有钱，可吃饭钱一个子都不掏。”时光信在服务员的注视下无奈来到前台结账。

“先生，您一共消费1386元。”

“多少？怎么会这么多？”

“这是您的账单！”

时光信将账单翻来覆去看了几遍，嘴里喃喃道：“这个该死的曲自利，你等着。”结完账，他摸摸兜里兜外，所剩无几。一抬头，只见曲自利正嬉皮笑脸向他走来。“结完账了？我说我结账，又让你抢先结了！走，咱俩上山顶夜总会玩玩去。”曲自利说着伸手就要打车。

“啥时候见你表哥？”已经到北京6天了，每人每天床位费158元，这钱是真不扛花。

“扫兴！不是和你说了吗，这几天表哥在开会，等开完会，我一准领你见他。再说了，事成之后涉及的好处费都是我拿，你愁啥？”曲自利巧舌如簧，又是一番哄骗。

“表哥开啥会呀？来之前就说开会，这一晃都来一个礼拜了，白天开会，晚上还能开吗？他住哪儿呀？咱们去他家等吧。”时光信急了。

曲自利哑口无言，搪塞道：“别急嘛，再等等。”他已经在盘算着如何甩掉这个难缠的小子。

两人在长安街转悠了半天，见天色已晚就往回走。刚进宾馆就听走廊里有人说话："赶快买火车票，咱们明天就去涞源，这么大的钼矿还得找很多人哪，抓紧。"

"老那，明天就去矿上呀？"曲自利边和说话的人搭讪边进了隔壁房间。

"兄弟呀，你先回屋，我碰见东北老乡了，他们要去矿上了，我得和他们唠唠。"曲自利说完冲时光信摆了摆手。

回到房间，时光信思绪万千。曲自利来之前说到了北京就能见到他发改委的表哥，还说以前弄成过石油批文，大赚了一笔。这曲自利的派头真不小，吃穿用度都十分讲究。按理说不应该怀疑他，等批文一到手，给对方的好处费都得他拿。可这曲自利推三阻四，到现在都没见到他表哥，到底行不行啊？时光信纠结了半天，迷迷糊糊进入了梦乡。他梦见自己心仪的女孩向他跑来，到了眼前，突然把他推下悬崖……

时光信从梦中醒来，惊得一身大汗，他转身看看另一张床，竟是空的。他翻身下床打开门，轻轻敲响隔壁房门，却没人应答。怪了？他预感自己被骗了，火速跑到服务台，问道："有没有看见和我一个房间的曲自利？还有隔壁的两个东北人？"

"那两个东北人结账走了，你同伴说去送送他们。"时光信气得双眼冒火，牙根咬得咯吱响！"该死的曲自利，别让我再碰见你。"

时光信天天到钓鱼台国宾馆附近去打探。他躲在角落里，发现这里每天都有很多人进进出出，他也壮着胆子试着往里走，见没人拦他，喜出望外。时光信去河南驻京办借了3000元，在钓鱼台租了一间房，他学着大人物的派头，和那里的工作人员混得烂熟。通过工作人员，他盯上了一个现任大领导的秘书老丁。老丁见时光信眼勤手勤，又会来事儿，就让他和一些大领导接触。给这个送个信，给那个送个礼。一晃一年过去了，时光信真弄成了批文，啥抢手弄啥。他深谙生意之道，十分舍得把大块利润分给相关人士。这一年下来，钱没少赚，还结识了不少大领导。

漯河当地人都知道，时光信背后既有人又有钱！钱咋来的，谁也不知道。在漯河，没有他办不成的事，因为有钱，时光信在当地欺男霸女，无恶不作，他看好的女人，哪怕已经结婚了，也逃不出他的魔爪。

有一次，时光信在漯河喜来路酒店宴请北京来的某领导，他刚进大堂就听见两个女人的爽朗笑声从二楼旋转楼梯处飘过来。他停下来往上瞅，其中一个女人叫宋采儿，说话间撩拨着满头卷发，别有一番妩媚风情；另一个女人外号"贾辣椒"，嗓门大，眼睛大，性格泼辣脾气大。两人下了旋转楼梯，朝大厅门口走来。

"站住！等你俩半天了。走，跟我吃饭去！"时光信叫住这两名女子。

"你谁呀？别挡道啊，没看我正忙着吗？"贾辣椒一点就着，扯着嗓门喊道。

"哎，你还挺辣！我就稀罕你这种有性格的。来，你和我说说，你忙啥？"时光信挑逗地看着贾辣椒。

"忙着去演出，大哥，你可别惹她，她刚跟乐团团长吵完架。"宋采儿连忙打起了圆场。

“因为啥事儿吵架？”时光信一脸玩味。

“乐团团长让市委书记介绍来的一个中央交响乐团的小提琴手坐首席，这不，她就急眼了！她这个首席在我们团已经十来年了。得了，你也管不了！算了算了！”宋采儿说完摆手要走。

“啥是首席？哎，别急嘛，咋脾气那么不好呢？等着啊！”时光信说完掏出手机拨了一个电话号，“李书记啊！”

“光信啊，有啥事还特意来电话？”李书记边接电话边摆手对周围人说，“你们先讨论。”

“你这一天真操心啊，正事一大堆，咋还管起来乐团小提琴首席的事儿呢？告诉你，你忙我也忙，原来的首席不要动了！”说到这里，他盯住贾辣椒，小声问，“你叫啥名？”

“贾燕。”

“对，就是贾燕！”时光信说完就想撂电话。

“这事儿弄的，好了好了，我知道了！”李书记满心不愿意，却也连声应允。

时光信听出了李书记的不愿意，“别价呀，你那个中央交响乐团来的小提琴手交给我吧，我给她安排！你把我电话给她，让她来找我。好了，快忙去吧！”时光信得意地眯起眼睛，看着宋采儿和贾燕。

“真是大水冲了龙王庙！大哥，书记是你亲哥呀，这么好使？”贾燕重新打量起了时光信。

“比我亲哥还得亲呀！好不好使，看看你们团长对你咋样再说。”时光信油腔滑调地说。

贾燕看向宋采儿，宋采儿心领神会，连忙说：“大哥，请你吃个饭呗？”

“我请！到啥时候都是我请！”时光信殷勤地做了个“请”的动作。

漯河市公安局局长谢晓赞听说小姨子宋采儿和时光信混到了一块，严肃地警告她：“你给我老实点，放着正经业务不好好干，整天和一些不三不四的人来往。告诉你，离时光信远点，小心我收拾你！”

“姐，你看姐夫，动不动就说收拾我，我犯了什么王法？”宋采儿满腹委屈。

“你们俩一见面就吵，能不能让人省点心？”宋采儿的姐姐劝解道。

“你给我记住了，那个时光信绝不是个好东西。他大把挥霍钱财，钱是怎么来的？该不是贩卖毒品吧？总有一天我会逮住他。”

眼见宋采儿面如土色，谢晓赞进一步相信了自己的判断。他多次接到群众举报：“时光信流氓成性，欺男霸女，无恶不作，在漯河贩卖毒品……”

这天，谢晓赞在公安局主持工作会议。“同志们，近日，不断有群众举报，我市夜总会和酒吧里有人吸食并贩卖毒品。我们一定要彻查幕后交易黑手，将毒品源头一网打尽。”

“谢局，市里领导再三强调引进外资搞活经济，这漯河经济刚有了点新面貌，你这一场扫黑行动不得坏了大好经济环境啊？”岳向坤质疑道。

“再说了，活跃文化生活嘛，各家夜总会和娱乐场所，无论如何都给漯河填补了文化娱乐生活的空白。像光信夜总会，有舞厅等各类娱乐场所，年轻人都有了好去处，既稳定了社会秩序，还大大降低了社会犯罪率！”周跃也附和道。

“岳向坤，周跃，你们两个人的思想严重有问题。搞活经济是为了社会繁荣发展，是为了百姓安居乐业。夜总会竟然成了年轻人的文化娱乐场所，还填补了什么空白？难道没有夜总会，年轻人就没有其他娱乐方式吗？还降低了犯罪率？都是什么狗屁逻辑！你们俩得深刻检讨自己，好好理清思路，警察的职责到底是什么！”谢晓赞严厉地批评道。

“谢局，听说市里的重要领导都是时光信的铁哥们，咱可惹不起！”

“漯河没人了吗？我们可是警察啊！”刑侦中队队长叶飞怒不可遏地指责道。

“这不都是为局长好吗？咱这小地方，低头不见抬头见的，遇事可得多思量。”

“同志们，我们是警察！从我们站在警徽下宣誓的那天起，就注定了我们要和人民永远站在一边。只要是对人民有利的事，我们就关注就支持；只要是与人民为敌的事，我们就治理就反对！不为百姓除害，不为人民安宁奋斗，还当警察干啥？”谢晓赞一席话刺痛了在场每一个人的神经。

“谢局，你有什么打算尽管说，听你的就是了！”

“听局长安排！”

“全体集合！目标——光信夜总会，出发！”

漯河市公安局的干警刚出发，谢晓赞的手机就响个没完。

“晓赞同志，听说你们要对光信夜总会采取行动？赶快打住！任何行动都要以大局为重，任何事都要三思而行啊。”纪委副书记的语气温和，却有着一股压迫感。

“光信夜总会摆明了就是时光信贩卖毒品的窝点，不查它如何对得起百姓？”谢晓赞情绪失控，提高了嗓音。

“你吼什么吼？难道你看不清形势吗？”副书记恼羞成怒。

“岂有此理！收队！”电话还没完全挂断，谢晓赞的怒骂就脱口而出，没想到被副书记听见了：“你这是要造反吗？不识好歹的东西。”

谢晓赞和叶飞商量如何把时光信扳倒，还漯河一片晴空。

“局长，经过这件事，咱们还是要冷静，三思而后行。”

“怎么？你怕了？”

“我怕什么？我就奇怪，连纪委都吓成这样？还有王法了吗？”叶飞愤愤地说。

“叶飞，接下来你的工作重点还是治安秩序工作……”

“局长，到任何时候我都会站在你这一边！正义的一边！”

“谢谢你，叶飞！”

谢晓赞下定决心扫黑除恶。他打扮成送货员的样子，来到光信集团。门卫说：“你把东西放在这儿吧。”

“不行，老板让我亲自听听消费者的反馈意见。”谢晓赞找借口潜入办公大楼，边上楼梯边四下观察，快接近三楼董事长办公室时，总经理办公室的门忽然开了。

“你找谁？”屋内传来时光信阴沉的声音。

“找你！”谢晓赞话音未落，时光信举枪打中谢晓赞的膝盖。谢晓赞急忙抽枪，还没举起就被时光信再次打中。谢晓赞疼得龇牙咧嘴，动弹不得。

嚣张的时光信吹着枪口冒出的青烟，问道：“想不想留着那条腿？”他见谢晓赞怒视着自己，一声冷笑，“别让我再看见你，下次再见，有我没你！来人，把这个‘送货的’拉出去！”

因为枪伤严重，救治不及时，谢晓赞的膝盖骨碎没有办法接好，自此一病不起。加上血压不断攀升，造成脑主干左侧出血，谢晓赞甚至丧失了语言功能。叶飞为他的局长四处奔走，最后在河南省公安厅厅长的帮助下，谢晓赞才得以接受康复治疗。当谢晓赞能说话的时候，他第一句话就是：“叶飞，还漯河百姓蓝天，只能靠你了！”叶飞眼含热泪，说道：“局长，您安心养病，早点康复。我会尽全力维护百姓安宁，决不容许犯罪分子逍遥法外，一定给百姓一个交代，给您一个交代。”

经过这一次和谢晓赞的短兵相接，时光信想了很多。这次的动静闹得太大了，应该换一种思维，换一个阵地了。于是，他便开始筹谋到齐齐哈尔开个分公司，来个战略大转移。

时光信的弟弟见哥哥这么多年既辉煌又豪横，早就有给哥哥当助理的想法。

“弟呀，你在电力系统好好干，哥这活儿，你不能沾，也不能干，保不齐哪天就得掉脑袋，咱老时家得留条根。”

二胖渔村的里间，阿敏和赵亮两人开始肚子疼。阿敏想大便，可蹲了几次都不行。手拿药箱的霍长富上前，对其他人说道："你们先出去吧，他俩明显是人多不好意思。我得先给他俩处置一下，没事儿，跑不了。"

"也好，我就在隔壁，可给我整明白了啊！"时光信嘱咐完霍长富，便和保镖小力一起去了隔壁。他在盘算，这一单生意要找谁做，一定得保证现金交易。这玩意弄一趟太难，可越难才越刺激，想到这里，时光信竟有些得意。

范玉东将室内情况汇报给陈风，陈风认为时机已到。"一组、二组，立即行动！"

范玉东和鲍军突然冲进隔壁单间，两人将时光信按倒在地。时光信挣扎半天险些逃脱，待他将手欲伸向上衣兜里时，鲍军用枪托砸向他的下巴，他才老实了许多，范玉东随即缴了他的枪。

"你们是谁？要钱可以分你们一半！"时光信还在垂死挣扎。

"警察！老实点！"

吴红旗和小原紧跟其后，不料，吴红旗还是中了保镖小力一枪，好在是轻伤。

陈风下达完行动指令，便从莲花渔村的窗户跳出，破窗而入。霍长富手拿刚刚取出来的开塞露，见窗户跳进来人，立刻拔出手枪射向陈风。陈风一脚踢飞霍长富手里的枪，霍长富又迅速从兜里掏出手术刀，将刀架在躺在炕上的赵亮的脖子上。

"把枪放炕沿边上，往后退！"霍长富瞪大眼睛大声吼道。

陈风见赵亮脖子上已渗出了血，不得已把枪放在了炕沿边上。

"向后退，再退！"见陈风渐渐退远，狡猾的霍长富用脚勾向枪，眼看枪离霍长富越来越近，陈风一个鱼跃扑向霍长富，霍长富挥舞手中的手术刀，向陈风扎去，陈风的后背瞬间流出殷红的鲜血。他忍住剧痛，挥舞拳头砸向霍长富，刚才还气焰嚣张的霍长富终于束手就擒。

赵亮和阿敏两人受到惊吓，将毒品排了出来……

李玉军和孙晨已将那两个司机制伏。杨继隆对东张西望的保镖齐刚喊道："嘿！等谁呢？"没等齐刚反应过来，已被杨继隆摔了个前趴子，戴上了手铐。

"陈总队，你怎么判断得那么准确？仅凭公安部的一句话，你就抽丝剥茧，找到了突破口！我真佩服你！"范玉东用钦佩的眼光看着陈风。

"大家齐心合力才获得了成功！记住，我们取得的每次胜利，都是集体智慧的结晶！"

当叶飞得知时光信在滨州落网的消息后，马上给谢晓赞打去电话："好消息，谢局长，时光信确实在贩毒，这次被咱滨州的大哥陈风在雪城逮住了，这次他定然逃脱不了法律的制裁，人民的审判！"

表彰大会上，陈风将"东方号"机组人员请来，尤其对薄红梅给予特别表扬。

"陈总队，我们终于见面了！"薄红梅握着陈风宽大柔软的手，流下了激动的眼泪，"如果没你当初那四条，我上哪儿去找那两个嫌犯？通过这次行动，我明白了一个道理，我们不仅是空中的服务员，还要成为空中的战斗员。"薄红梅一脸激动地望着陈风。

"谢谢你，红梅！人民感谢你！"陈风说完向薄红梅敬了一个礼。

滨州省公安厅厅长司徒宏伟握着陈风的手，充满深情地说道：“人在生命的每个阶段都是新手！凭借对党的忠诚，对人民的热爱，陈风在人生的每个阶段都能创造出一个又一个辉煌。”

红蓝警灯亮起，远处的天际泛起微光，警徽在晨雾中闪着亮光，那是比朝阳更让人民群众安心的存在。

后记

被时间抹掉的一切，都能在文学中被收藏。因此，写作既是对记忆的复活，也是对过往的见证，对历史的追忆。

《风云紧急》源自我曾采访的人物和他们的故事。采访过后，这些故事成了我人生阅历中一些挥之不去的情感触动和心灵纠结。创作中思想碰撞之烈，感情搅动之深，常常犹如历经炼狱。写作要从你心中来，到我心中去，要经过内心发酵，反复酝酿，用文字替自己搭建一条精神回归之路。这本书的字里行间都是我的爱与痛，并留下了这座城市的斑斑痕迹。

写作《风云紧急》是许多年的事了。一切还得从知名女作家梅臻说起。那年夏天，身着迷彩服的她兴高采烈地告诉我，她跟随省公安厅禁毒总队乘直升机刚刚从大小兴安岭、张广才岭回来。见她高兴，我断定她一定收获了很多素材。她说："不光是素材，从未有过的高空见闻，精彩无限。这回我们得把你来我往的散文交流取消了，我要集中精力写一部报告文学，就从这些年轻的警察说起吧。"

在我的期待中，却传来了梅臻身患顽疾的消息，我不免忧虑。她坦言："看来是要留下些遗憾了！你是否能帮我完成这个愿望？"见她满眼期待，我只好答应她："我争取完成！"就这样，我走进了禁毒所、北安监狱，走进了一线禁毒警和书中英雄群像的生活中。

深刻的叙事总是与疼痛和伤痕有关，总是含着哀伤的意味和苦难的意绪。水静流深，欲语忘言。江水不语，只是静静流淌着深沉、厚重、伤而不悲的湍流。

泰戈尔说，我们的生命是天赋的，我们唯有献出生命才能得到生命。泰翁早已为我们生命的意义写下了注脚，为此，才有书中那么多传奇人物的涌现。

书写警察题材的作品，我是有些纠结的。可是当你真正走进一支队伍，一个人，一座城的时候，那里成了我创作的根，那里有我的痛感和忧伤。现实中，这个群体往往是既被人关注又被人忽视的。所以，自觉书写是我的责任和担当。我所关注的恰恰是伦理道德的扭曲、人心人性的复杂和社会结构的变化。

书中刻画的人物陈风及他的团队铸就了《风云紧急》这本书。我认为真正的好作品都不是写出来的，而是活过来的，所谓“工夫在诗外”。书读得再多，还得读懂人生这本大书才行。一个作家无论写出多少文章、多少本书，我认为只有一个评判标准，即让那些过得好的人读了你的文字后良心感到不安，让那些过得不好的人读了你的文字后心里感到安慰。

窗外，冰雪消融，春天来了。当《风云紧急》付梓时，我还是有些激动和忐忑：激动，是它经过十月怀胎，一朝分娩，还是令我满心喜悦的；忐忑，是怕没有写足那些无所畏惧的年轻警察可歌可泣的故事。

《风云紧急》在创作中得到很多领导的关注与期待。创作初期是春莲和霍翠在打字方面给予的帮助，要感谢她们；感谢丽伟在电脑操作方面的指导，我才学会流畅地打字；感谢我的小侄儿郑翀读完初稿时提出来“不要一气呵成，要有小标题”的建议；感谢表哥孙树臣、作家陈春山、作家吕占明看完中期书稿时提出的宝贵意见；感谢原二十三军副参谋长姜兴滨为本书书名题字；感谢我的表妹孙淑香为本书联系出版事宜；感谢赵婧花费一个多月时间完成电子稿；尤其感谢本书责编赵芳为书稿修改所付出的时间和精力……要感谢的人实在太多，谢谢您对《风云紧急》的加持，才有机会使这本书得以呈现。

请让这篇后记成为纸页间的余震吧。当你合上《风云紧急》时，或许会听见潇潇雨声在字缝里奔涌；或许会摸到冻僵的土地因大爆炸在纸背上崩裂；或许会看见白桦林里雪卷风，冤魂与东北虎共呼啸；或许有人正在西餐厅谋划绑架案，也有那样一支队伍八千里路云和月，始终追逐着正义……这些被时光封存的紧急时刻从未远去，它们只是换了种方式，在文字的胸腔里继续跳动，等待每个愿意倾听的人，用指尖翻阅历史的回声——那是无数个“他们”曾在风雨雷电中奔跑的足音，此刻正化作你翻书时，纸页间轻轻扬起的永不消散的风云。

写作，是我最无欺的感情试剂和一世相守的伴侣。生命之水不竭，文学之树常青。写作，也是我唯一表达情感的地方，它是我精神皈依的地方。